KB232260

過香積寺
향적사를 찾아가다

향적사 어딘지 알지 못하여

구름 봉우리 속으로 몇 리나 들어간다

고목 우거져 사람 다니는 길 없건만

깊은 산 속 어딘가의 종소리

샘물 소리 가파른 바위에서 흐느끼고

햇살은 푸른 소나무를 차갑게 비치고 있네

해질녘 고요한 연못 굽이에 앉아

편안히 참선하며 잡념음을 걷어 낸다네

不知香積寺
數里入雲峰
古木無人徑
深山何處鍾
泉聲咽危石
日色冷青松
薄暮空潭曲
安禪制毒龍

공간참
FantasticOrientalHeroes
空間斬

공간참 1

일성 新무협 판타지 소설

초판 1쇄 찍은 날 § 2005년 8월 1일
초판 1쇄 펴낸 날 § 2005년 8월 10일

지은이 § 일성
펴낸이 § 서경석

편집장 § 문혜영
편집책임 § 서지현
편집 § 장상수 · 최하나

펴낸곳 § 도서출판 청어람
등록번호 § 제1081-1-89호
등록일자 § 1999. 5. 31
어람번호 § 제2-0664호

주소 § 경기도 부천시 원미구 심곡1동 350-1 남성B/D 3F (우) 420-011
전화 § 032-656-4452 팩스 § 032-656-4453
http://www.chungeoram.com
E-mail § eoram99@chollian.net

ⓒ 일성, 2005

ISBN 89-5831-656-X 04810
ISBN 89-5831-655-1 (SET)

일성 新무협 판타지 소설

1

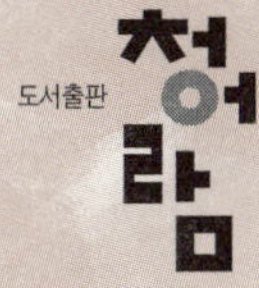

목차

시간은 눈 깜짝할 사이에 지나간다는 말이 맞는 것 같습니다. 전역 후, 글을 쓰기 시작한 지 꽤 많은 시간이 흘렀음을 기억하곤 저 스스로도 놀랄 때가 많으니까요.

그간 이것저것 많은 글을 써 보았지만 아직도 부족함을 느끼고, 앞으로도 그럴 것 같아 아쉬움이 남습니다. 그래도 끝까지 자판을 떠나지 못하는 것은 계속 발전하리라는 생각 때문일 겁니다.

어떨 때는 짜증이 나기도 하고, 어떨 때는 모든 것을 훌훌 털어버리고 어디론가 떠나고 싶을 때도 있지만 글 쓰는 것에 중독이 되었는지 일어나면 어느새 컴퓨터 앞에 앉자 자판을 두드리는 제 자신을 발견하곤 합니다.

첫 출판인 '음공의 대가' 는 개인적으로 아쉬움과 기쁨, 그리고 후련함으로 남아 있습니다. 그리고 이번에 '공간참' 을 내게 되었습니다.

'공간참' 은 어떻게 될지 모르겠지만 최대한 여러분에게 재미를 줄 수 있고, 나 스스로에게도 아쉬움이 남지 않는 글이 되었으면 합니다.

이번에도 연무지회(http://hope.gomurim.com)에서 많은 도움을 받았습니다. 주지는 않고 받기만 했다는 마음 때문에 조금 미안하기도 했지만 그래도 조언과 가르침을 아끼지 않으시는 금강님과 여러 선배, 동료 분들에게 다시 한 번 감사드립니다.

마지막으로 글 쓴다며 방에서 두문분출 있는 저를 묵묵히 지켜봐 주신 부모님과 항상 저를 지켜주시고 힘을 주시는 하나님 아버지께 감사드립니다.

공간참을 재밌게 읽어주시길 바라며 일성이 독자 분들께 올림.

무인들은 강함에 이끌린다.

항상 최고가 되고자 하는 인간의 욕망 탓이리라.

하지만 강함에도 여러 가지의 길이 있다.

하나의 길만 있다면 차라리 나았을 것을…….

그래서 무인들은 항상 선택의 기로에 서며, 어느 길이 빠를 것인가,
어느 길이 나에게 적절할 것인가에 대해 고민하고 또 절망한다.

나 자개양(紫開洋)은 속도에 길을 두었다.

사람을 현혹시키는 화려한 무공, 막아도 막을 수 없는 강맹한 무공,
그 외에도 기괴한 특징을 가진 무수히 많은 무공의 길이 있지만 난 오
로지 속도에 끌렸다. 대부분의 무인들이 자신이 가고 있는 무도(武道)
에 대한 자부심과 신념을 가지는 것처럼 나 또한 속도가 무공의 정점

이라고 확신하기 때문이다.

생각해 보라!

아무리 화려한 무공이 있다 한들 그것을 펼치기도 전에 상대의 목을 베어버린다면?

상대가 무기를 뽑기도 전에 제압해 버린다면?

상상만 해도 희열이 솟구치지 않는가!

하지만 여기에도 문제점은 있다. 상대가 무공을 펼치기도 전에 제압해야 하는 극쾌의 속도를 자랑해야 하기 때문이다.

그저 '남들보다 조금 빠르다' 라는 정도로 그것이 될까?

될 수 없다.

말 그대로 극쾌, 눈으로 좇을 수 없는 신법을 가지고 있어야만 가능한 것이다.

나는 그것을 이루어냈다. 만산보(萬山步)와 운신보(雲神步)를 개발한 후 그것을 합쳐 만산운신공(萬山雲神功)으로 재탄생시킨 것이다. 그후 난 신법으로 명성을 날릴 수 있었다. 무림 최고의 강자라고 말할 수는 없었지만 신법 하나만큼은 내가 최강이라고 자타가 공인하게 되었다. 그를 만나기 전까지.

그는 빨랐다. 그리고 그를 이길 수 없음을 알곤 난 나에 대한 회한으로 고통 속에 살아야 했다.

만리독행(萬里獨行) 파양호(巴良好).

그 이름을 내 속에서 지울 수가 없다.

그는 나와의 비무 후 신법으로 독보적인 존재로 올라섰다. 그리고 날 영원한 이인자로 주저앉혀 버렸다.

내공부터 차이가 났다. 출가경(出家境)의 고수가 펼치는 신법의 속도
는 지독하리만큼 빨랐다. 내공의 차이를 극복하기 위해 만산운신공을
익혔던 것인데, 그래서 그간 화경의 고수와 경공술을 겨뤄도 결코 뒤지
지 않았는데…….

확실히 화경을 넘어선 출가경의 고수는 달랐다.

그 앞에서는 어떤 방법도 무용지물이었다. 백 년이 지난다 한들, 천
년이 지난다 한들 난 그를 이길 수 없음을 깨닫곤 절망에 빠질 수밖에
없었다.

하지만 내 사전에 포기란 없다.

어떻게 해야 그를 누를 수 있을 것인가.

내공의 차이를 어떻게 극복해야 하는 것인가.

고민하고 또 고민했다.

그렇게 십 년의 세월이 흘렀을까? 한 가지 사실을 알게 되었다.

속도에도 깨달음이 있다는 것을,

속도의 이론을 무시하고 마음으로 움직이는 극쾌의 신법이 있다는
것을 말이다.

그것을 나는 공간참(空間斬)이라 명했다.

공간의 문을 만든 후 그것을 찢고 들어갔을 때 새로운 속도의 세상
이 펼쳐진다는 사실이 나를 흥분시켰다.

모든 시간은 정지되고 나 홀로 움직이는 세상!

모든 것이 내 뜻대로 움직이는 세상!

멋지지 않은가?

그것이 가능하다면, 그리고 익힐 수만 있다면 백 장 밖의 적도 한순
간에 베어넘길 수 있다는 생각이 나를 전율케 했다.

그 공간 속에선 내가 주인이 되고 신이 된다. 최고가 될 수 있는 세상이 내 눈앞에 있는 것이다.

그런데 시간이 부족하다.

길어야 이 년이랬던가?

몸속에 반위가 생겼다니…….

그나마 내공으로 병이 퍼지는 시간을 막고는 있지만 오 년을 넘길 수 없음을 나는 안다.

시한부 인생이 주는 절망감은 나를 무력하게, 그리고 심약하게 만들었다. 나의 의제(義弟) 자엽평(自燁萍)까지도…….

엽평에게 짐을 지운 것 같아 미안한 마음이 든다. 차라리 그에게 말하지 않았더라면 좋았을 것을.

그는 지금 어디서 무엇을 하고 있을까?

‘제가 형님의 병을 고쳐 드리겠습니다’ 라는 편지 한 장을 남기고 떠난 그가 걱정된다.

第一章

고통을 이겨낸 아이

강서성(江西省) 중앙에 위치한 옥화산(玉化山)에는 험한 산세에 기댄 거대한 전각들이 즐비하게 늘어서 있다. 안에서는 빠져나가기 쉬운 지세. 반면 밖에서는 좀체 들어오기 힘든 천연의 요새 같은 느낌을 주고 있었다. 그것은 전각과 그 사이에 놓인 건물들이 거대한 진법을 구성하고 있었기 때문이다.

한눈에 보기에도 범상치 않은 곳임을 쉽게 짐작할 수 있는데…….
이곳이 바로 그 이름도 유명한 천왕교(天王敎)의 총단이었다.

천왕교는 장사꾼에서부터 관부의 관리, 그리고 기녀와 농민에 이르기까지 무려 삼십만이나 되는 교도들이 각지에 흩어져 있어 그 세를 과시했다. 옥화산의 총단뿐만 아니라 호남, 호북, 안휘, 절강, 복건성에까지 지단을 두고 있어 무림에서는 막강한 영향력을 행사했다.

그들이 보유한 고수만도 총단에만 일만 오천, 각 지단에 적게는 삼

천에서 많게는 오천까지 있었으니 그들을 합한다면 단일 세력으로는 무림 최강의 집단이라 말해도 누구도 부정하지 못하는 절대자라 할 수 있었다.

특히 총단에 있는 오대무력세력인 천수대(天獸隊), 천강대(天剛隊), 천룡대(天龍隊), 천귀대(天鬼隊), 천령대(天靈隊)는 무림에서도 찾기 힘든 절정고수들로 이루어져 있었다. 그들이 있어 창교 이래 사백 년이라는 역사 동안 단 한 번의 패배도 허락해 본 적 없는 신화를 만들어낼 수 있었다.

그 때문에 무림 정파를 통제하고 인도한다는 무림맹(武林盟)에선 언제나 골머리를 썩을 수밖에 없었다. 마교로 분류된 그들을 처단하고 무림의 평화를 도모하자니 그 막강한 힘이 은근히 두려웠기 때문이다. 게다가 천왕교 다음으로 거대한 세력을 과시하는 혈화궁(血花宮)과 천왕교와 같이 마교로 분류되어 무림맹과 적대하고 있는 수라교(修羅敎)까지 천왕교주인 천왕대제(天王大帝) 주서진(周西進)과 막역한 친분을 유지하고 있어 더욱 처단하기 힘든 상대라 할 수 있었다. 그런 천왕교의 총단 중앙대전에 때 아닌 침묵이 감돌았다.

언제나 교도들의 경전 읊는 소리로 가득 찼던 대전은 아침부터 침묵이 시작되어 오후가 넘어가는 지금까지 무게있는 긴장감으로 주위의 분위기를 짓누르고 있었다.

평소 향을 사르고 교주를 향해 절을 하는 일반 교도들은 대전에서 볼 수조차 없었다. 하지만 갑작스러운 아이의 울음소리가 그 묘한 분위기를 일순 폭발시켰다.

"으아앙!"

울음소리와 함께 대전 지하의 문이 열렸다.

얼마나 세게 열었는지 '탕' 하는 거친 소음과 함께 지하에서 초로의 노인이 헐레벌떡 뛰쳐나왔다. 그의 얼굴은 흥분과 땀으로 얼룩져 있었다.

"성공했습니다!"

처음의 떨리는 목소리에 이어 확신에 찬 노인의 목소리가 다시 이어졌다. 기쁨의 탄성이었다.

"교주님!"

노인은 급히 대전을 가로질러 가기 시작했다. 그러더니 단상 위에 앉아 있는 오십대 후반 정도로 보이는 사내에게 다가가 부복했다. 그의 행동에 대전 양편에 늘어서 있던 천왕교의 간부들이 지금까지의 긴장된 얼굴을 버리고 기쁨의 표정을 지으며 노인과 마찬가지로 부복했다.

노인은 좋아서 어쩔 줄 모르겠다는 듯 눈물까지 흘리고 있었다.

"교주님, 성공했습니다! 소교주의 입천식(入天式)을 해도 되겠습니다!"

금빛 찬란한 장포를 걸치고 금색 단상 위에 앉아 있는 오십대 후반의 사내는 감고 있던 눈을 슬며시 떴다. 화려한 복장과 함께 나이에 맞지 않게 이목구비가 뚜렷한 오십대 사내는 눈을 떴다는 단순한 변화만으로도 주위를 무겁게 만드는 힘을 가지고 있었다.

그가 바로 천왕대제 주서진이다.

언제나 평정심을 유지하던 그는 노인의 말에 흔들림을 보였다. 백일간의 노력의 결실이 이제야 눈앞에 나타났기에 당연한 반응일지도 모른다.

그간 얼마나 많은 아이들이 희생되었던가!

재능있는 아이들을 골라 뽑아 교주의 뒤를 잇게 하기 위해서는 백일 동안 천명심단(天明心丹)을 먹여야 했기에 그 희생은 말로 다 할 수 없는 것이다. 태어난 지 백일도 안 되는 아이가 천명심단의 뜨거운 기운을 견딜 수 있을 리가 없었기 때문이다.

믿었던 것은 골라 뽑은 아이들이 천명심단을 받아들이기에 적합한 체질로 타고났다는 것, 그거 하나뿐이었는데…….

대부분 팔십 일을 넘기지 못하고 죽어나갔다.

지금까지 이십여 명의 아이들 중 백일까지 견딘 아이는 모두 세 명뿐이라는 것이 천명심단의 약효를 여실히 나타내고 있었다. 그것만 봐도 어린아이들에게 천명심단을 먹이는 것이 얼마나 위험한 것인지를 보여주는 것이었다.

하지만 정작 위험한 것은 마지막이었다.

백일이 되는 날, 마지막 천명심단을 먹이면서 아이의 단전에 인위적으로 기를 불어넣음으로써 내공을 익히기에 가장 적합한 몸을 만들어야 하기 때문이다. 천왕교에서 대대로 내려오는 인위적인 환골탈태의 방법인 분근축성공(分根築成功)이었다. 이것을 완전히 이루어내면 차기 교주로서 소교주가 될 자격이 주어지지만 성공하는 아이가 극소수라는 것이 문제였다.

그런데 지금 한 아이가 성공했다고 한다.

천왕교주의 기분이 좋은 것도 무리는 아니었다. 그간 천명심단을 만드는 데 들어간 노력과 자금은 아무것도 아니게 느껴질 정도인 것이다.

역대 교주들은 모두 성공을 거둔 자들이었다. 천왕대제 주서진 또한 기억이 없는 갓난아이 때 천명심단을 견뎌내었다.

보통의 사람은 단전에 기를 만들기 위해서 육체적인 수련이 동반되어야 하고, 그것으로 기를 느끼게 된 후에야 그 기운을 각 문파에서 전해 내려오는 심법에 따라 수련하여 단전에 쌓게 된다. 대개의 경우 빨라야 여덟 살, 늦어도 근골이 형성되기 전인 열다섯 살 안에는 내공을 익혀야 대성할 수 있다고 전해진다.

하지만 의지와 생각이 없는 갓난아이 때부터 특별한 수련 없이 기의 흐름을 느끼고 무의식적으로 단전에 기를 쌓을 수 있게 된다면 그 성취도는 놀라울 수밖에 없는 것이다.

그래서 역대 천왕교주들은 모두 한 시대를 풍미했던 절대 강자로 이름을 남겼다. 무림십대고수의 반열에 항상 거론된 인물들이었다는 것이 천명심단을 견디고 살아남은 자의 능력과 가능성을 증명하는 것이었다.

특히 전대 교주인 주만학(周晩學)은 무림에서 적수를 찾아보기 힘든 최고의 고수로 정평이 났었다.

"수고했다."

현 천왕교주 주서진은 한마디 말로 노인의 노고를 치하했다. 그리곤 기쁜 마음과는 달리 한숨을 쉬고 있었다. 교주가 되기 위해 의지와 상관없이 천명심단을 먹게 하고 희생된 다른 아이들을 생각해서였다.

천왕교주가 무겁게 입을 열었다.

"소교주의 이름은 서양(西洋), 주서양이다."

천명심단을 견딘 아이의 이름이 바로 정해졌다.

"모든 교도들에게 이 사실을 알리고 보름 후 소교주 입천식을 거행할 것이니 인근에 있는 교도들을 참석케 하라. 그리고 그전에 소교주의 호위대를 뽑아야 한다. 소교주가 훗날 본 교를 이끌 것이니 최고의 정예들로 구성해야 할 것이다."

그 말에 간부들이 일제히 고개를 숙였다.

"명을 받들겠습니다!"

천왕교에서 가장 높은 전각의 이름은 천왕각. 총 팔층으로 이루어진 천왕각에는 극도의 사기(邪氣)를 풍기는 교주의 호위대가 매 층마다 매복해 경계를 늦추지 않고 있었다. 그리고 꼭대기가 바로 천왕교주가 기거하는 곳이었다.

"데려왔느냐?"

방 안에서 교주의 목소리가 들리자 백색 머리를 곱게 빗어 넘긴 양성붕(羊토鵬)이 문 앞에서 깊이 고개 숙여 예를 표했다.

"네, 교주님!"

양성붕은 사대호법 중 한 명으로 사대호법은 천왕교의 오대무력세력을 움직이는 실세였다. 그렇기에 교주에게 많은 신임을 받았다. 특히 양성붕의 경우는 개인적으로도 교주와 남달리 친분이 두터웠다. 교주보다 마흔 살이 더 많은 그는 교주의 스승이기도 했고, 교 내에서 유일한 출가경(出家境)의 고수이자 현 무림의 세 손가락 안에 드는 실력자이기도 했다. 그 외에도 세 명의 호법이 더 있었지만 교주는 언제나 양성붕을 곁에 두었다.

사대호법 외에 오법왕과 오부법왕이 각 지단을 관리하며 지단 내의 고수들을 움직였고, 총단의 살림을 책임지는 총관과 장로들이 각자 능력에 맞게 일을 하고 있었다.

양성붕은 고개를 들어 그를 따라온 시녀의 품에 안겨 있는 보자기를 조심스럽게 받아 안았다. 그러자 안에서 교주의 목소리가 들려왔다.

“들어오라!”

명과 함께 그는 문을 열고 교주의 방 안으로 들어섰다.

교주는 은은한 미소를 지으며 양성붕을 바라보고 있었다. 정확히 양성붕이 들고 있는 보자기를 바라보고 있었다.

“상태는 어떤가?”

“송구하옵니다만 아직 기운을 차리지 못하고 있습니다.”

대답과 함께 양성붕이 보자기의 윗부분을 살짝 들췄다. 그러자 그 안에 갓난아이가 모습을 드러냈다.

교주의 인상이 살짝 찌푸려졌다. 예쁜 아기라기보다는 징그러운 괴물 같았기 때문이다. 불에 그을린 듯한 검푸른 피부와 뼈에 살만 붙여 놓은 것 같은 모습은 도저히 태어난 지 이백 일 된 아기라고 볼 수 없었다.

하지만 교주는 이내 미소를 되찾았다.

“나도 이랬나?”

양성붕 또한 미소를 지어 보였다.

“교주님께서는 더하셨지요.”

“그렇군. 그럼 언제쯤이면 피부가 다시 예전처럼 돌아오나?”

“인위적이기는 하지만 환골탈태를 겪은 상태라 피부가 검게 타 들어갔습니다. 보통 사람이라면 열흘은 넘어야 정상으로 돌아오겠지만 교주님의 경우에는 삼 일 만에 검은 피부가 벗겨지고 완전히 새살이 돋아났던 것으로 기억합니다. 소교주님도 그 정도 걸릴 것입니다.”

“그렇군. 나도 이럴 때가 있었다니 믿어지지가 않아.”

말과 함께 교주는 보자기를 안고 있는 양성붕의 주름진 손을 슬며시 잡았다.

“고맙네.”

“……?”

“이제는 이런 말 하기에 나도 너무 늙었지만 아직 날 키워주고 지켜 준 자네에게 고맙다고 한 적이 없는 것 같군.”

“벼, 별말씀을……. 당연히 해야 할 일이었을 뿐, 그런 말씀을 하실 필요는 없으십니다.”

말은 그랬지만 양성붕의 깊이 패인 주름이 떨려왔다.

교주는 고개를 끄덕였다.

“자네의 마음은 잊지 않겠네.”

“망극하옵니다.”

“그래, 이 아이에게도 날 지켜주고 가르쳐 준 자네 같은 호위 책임자를 붙여줘야 할 텐데, 정했나?”

“적임자를 한 명 생각하고 있습니다만 아직 확실한 것은…….”

“어떤 자인데 그러나?”

“다른 면에서는 손색이 없는데 본 교에 들어온 지 삼 년밖에 되지 않았다는 것이 문제가 되고 있습니다.”

“삼 년밖에 되지 않았다?”

“그렇습니다. 무림맹의 무사들을 죽이고 쫓기던 자인데, 본 교에 들어왔습니다. 그 후로 본 교를 위해 모든 것을 바쳐 일하고 있습니다.”

“그럼 문제가 없지. 성정은?”

“차분하고 매사에 일 처리가 깔끔합니다. 또한 무공이 높아 일 년 전 외곽 경계 책임을 맡겼는데 수하들의 텃세에도 불구하고 지금은 모두 그를 잘 따르고 있습니다.”

“통솔력도 좋은 자로군.”

“그렇습니다.”

“그럼 그를 불러주게. 내가 만나보고 결정을 내리지.”

“알겠습니다.”

목적이 있는 사람은 무섭다. 그래서 그는 무서운 자였다. 목적을 위해서는 무엇이든지 할 수 있는 사람이기 때문이다. 적어도 지금 그가 목표로 하는 일을 위해서라면 무엇이든지 할 수 있는 자였다.

그는 삼 년 전 천왕교에 투신했다. 무림맹의 고수들을 죽인 후 추격을 피해서였다. 덕분에 천왕교에 의심없이 받아들여질 수 있었다.

사실 무림맹의 고수들을 죽인 것은 과정에 지나지 않았다. 그렇기에 그는 최선을 다해 자신의 능력 이상의 것을 천왕교를 위해 바쳤다.

몸을 돌보지 않으며 천왕교를 위해 싸웠고, 그럴 때마다 몸에 상처가 하나씩 늘어갔으며 그 상처만큼이나 공도 세웠다.

그 때문에 지금은 천왕교 총단의 외곽 경계 책임자까지 될 수 있었다.

인정을 받은 것이다.

“이름이 주성각(周醒覺)이라 했느냐?”

미소 띤 교주의 말이 실내를 흔들었다.

사내는 부복한 채 고개도 들지 못했다. 다만 떨리는 음성으로 입을 열 뿐이었다.

“그렇습니다.”

“무림맹 고수들을 죽였다고 들었다. 맞느냐?”

“맞습니다.”

“어떤 자들이냐?”

“한 명은 진성자(陳聖子)라고 무림맹의 집사였습니다. 그리고 초요자(楚搖子) 당주와 장양(將陽) 당주, 그 외에 십여 명을 더 죽였습니다.”

순간 교주의 눈에 이채가 떠올랐다. 집사를 죽였다는 것도 놀라웠지만 무림맹의 당주 정도 되는 고수라면 실력이 상당할 것이기 때문이다.

“그들을 한 번에 죽였단 말이냐?”

그는 믿어지지 않는다는 표정이었다. 앞에 부복해 있는 주성각의 외모로 보아 많아야 서른 후반도 되지 않아 보였기 때문에 더욱 그랬다.

대부분 무공을 익히게 되면 노화가 상당히 느려지는 것이 사실. 심신을 모두 수양하기 때문이며, 내공이 쌓이게 되고 깊이를 더해갈수록 노화는 더욱 느려질 수밖에 없다. 그 때문에 병에 걸려도 쉽게 나으며, 불치병에 걸려도 그 병의 진행이 상당히 더디게 된다. 한마디로 젊음을 오래 유지하며 장수할 수 있다는 말이다.

그렇게 본다면 서른 후반으로 보여도 실제 나이는 더욱 많을 것이다. 하지만 분명히 한계가 존재할 수밖에 없다.

내공이 깊어 젊은 외모를 오랫동안 유지하고 있다고 보아도 오십은 넘지 않을 것이 분명했다. 그런데 그런 자가 무림맹의 당주 두 명과 집

사, 그리고 무림맹의 고수 십여 명을 한 번에 죽였다는 것이 교주로서
는 놀라울 수밖에 없었다.

하지만 주성각의 대답은 실망스러운 것이었다.

"아닙니다."

"그럼?"

"저는 전문 살수였습니다."

교주의 눈빛에 다시 이채가 감돌기 시작했다. 조금은 상기된 물음이
그의 심경을 대변해 주었다.

"그럼 무림맹에 들어가 죽였다는 말이냐?"

"그렇습니다."

교주는 황당하다는 표정으로 앞의 사내를 바라보았다.

그렇게 한참을 바라보다 침묵이 어색해질 때쯤 그의 입에서 감탄 섞
인 말이 흘러나왔다.

"자네, 배포 하나는 알아줘야겠군."

그 말밖에는 할 말이 없었다.

무림 정파를 선도한다는 무림맹은 하남 개봉에 위치해 있다. 그 크
기와 보유하고 있는 고수의 수는 상상을 넘을 정도로 거대한 세력이었
다. 무림인들의 성지라고도 할 수 있는 그곳은 각 문파에서 실력있는
고수들을 돌아가면서 파견시키고 있었고, 무림맹 자체적으로도 고수를
양성하고 있었기에 경계도 다른 문파에 비할 바가 못될 것이 분명했다.
그런데 그런 곳에 들어가 보란 듯이 무림맹 고수들을 죽이고 나왔으니
교주가 할 말은 그것밖에 없을 수밖에.

하지만 사내 주성각은 별스러울 것도 없다는 듯했다.

"원한은 깊어야 사내가 아닙니까."

"원한이라······."

"그렇습니다."

"청부가 아니었나?"

"청부였다면 거절했을 겁니다."

"훗!"

교주는 피식 웃으며 말을 이었다.

"그렇겠지. 목숨과 돈을 바꿀 수는 없는 일. 그래, 추격이 심했을 텐데 어떻게 빠져나왔나?"

"목표는 진성자였습니다."

"집사라는 자 말인가?"

"그렇습니다. 나머지는 일을 성공한 후 맹을 빠져나올 때 추격을 당했는데 그때 죽였습니다."

"한 번에?"

"아닙니다. 처음에는 초요자 당주가 수하들과 추격해 왔습니다. 그래서 수하들의 시선을 다른 곳으로 돌린 후 그를 암습했고, 그 이후에는 책임자를 바꾸어 추격을 해왔습니다. 진성까지 도망쳤사온데 덜미가 잡혀 마지막에는 정면 대결로 책임자인 장양 당주와 그 수하들을 죽이고 사천으로 갔다가 다시 강서로 길을 돌려 본 교에 입교했습니다."

"흐음, 뛰어난 살수였나 보군."

슬며시 호기심이 든 교주가 웃으며 물었다.

"나를 죽이라면 죽일 수 있겠나?"

그 말에 주성각은 몸을 떨었다.

"제가 어찌······."

"그런 뜻이 아니다. 자네의 객관적인 실력을 물어보고 싶어서일 뿐. 나를 죽일 수 있겠나? 물론 살수로서."

답변은 한참 동안 나오지 않았다. 그것으로 보아 주성각은 정말 교주를 시해할 상황을 생각하고 있는 듯했다. 그 모습에 교주는 미소를 지었다.

차 한 잔 마실 정도의 시간이 지났다. 그제야 추성각이 입을 열었다.

"무림맹의 일을 성공했던 것은 목표가 집사였기 때문입니다. 그 때문에 무림맹에서도 추격에 크게 신경 쓰지 않았습니다. 맹주였다면 결코 성공하지 못했을 겁니다."

그는 신중에 신중을 더해 대답했다. 곧이곧대로 말할 그가 아니었기 때문이다. 뜬금없이 맹주를 비유로 든 것도 그 때문이었다. 그렇게 해도 앞의 교주가 알아들을 것이란 걸 알고 있었기 때문이다.

그의 의도대로, 은근히 상대를 높여주고 경계의 빛을 늦추게 하는 언술이 먹혀든 모양이다.

교주가 너털웃음을 터뜨렸다.

"허허허, 너는 날 맹주 그 늙은이와 동급으로 취급하는구나."

"교주님은 사파의 맹주이십니다."

"놈!"

약간의 노기가 섞인 일갈이었지만 그리 기분 나쁘진 않는 듯했다. 현 무림의 삼대절대자를 거론하자면 천왕교의 사대호법 중 하나인 양성붕과 무림맹주, 그리고 만리독행 파양호였기 때문이다. 모두 출가경의 고수로 그 실력을 짐작키 어려운 하늘 같은 고수들이다. 그중 무림맹주의 배분과 입지는 상당했으니 그런 그와 같은 반열로 보아준다는 것이 기분을 좋게 했을 것이다.

하지만 교주는 한 마디 하는 것을 잊지 않았다.

"적당한 아부는 도움이 되지만 도를 넘어선 것은 안 하느니만 못하다."

"명심하겠습니다."

대답과 함께 교주가 주성각을 지그시 내려다보더니 넌지시 물었다.

"본좌가 너에게 중요한 임무를 내리려 한다. 너는 이행할 수 있겠느냐?"

"어떠한 일이든 하명만 해주십시오!"

고개를 끄덕인 교주가 엄하게 입을 열었다.

"오늘 신의 계시로 훗날 본 교를 이끌 소교주가 탄생되었다. 너를 소교주의 호위대 수장으로 앉히려 한다. 너의 무공이 높긴 하지만 실제 너를 따를 수하들이 더 뛰어날 것이다. 하지만 너를 수장으로 지목한 것은 통솔력과 일 처리의 정확성을 높이 평가해서이다."

그 말에 주성각이 다시 몸을 떨었다.

"거, 거둬주십시오. 제가 감히 감당키 힘든 직책입니다."

"정말 거두길 원하느냐?"

"제 능력 밖의 일입니다."

"너의 능력만 보고 결정한 것은 아니다. 난 양성붕 호법을 믿기에 결정한 것이다. 그가 너를 적극 추천했다."

"호, 호법께서 말입니까?"

"그렇다. 그와 친분이 있더냐?"

"예전 남궁세가와의 격돌에서 그분의 지시를 어겼습니다."

교주가 고개를 갸웃거렸다.

"그런데 어찌 그가 너를 염두에 두었느냐?"

"그분의 지시가 제 수하들의 많은 희생을 요구했습니다. 그래서 제 임의대로 작전을 바꿨습니다."

"그래서 공을 세웠느냐?"

"실패했습니다."

교주는 더욱 모르겠다는 표정을 지었다. 그러자 주성각이 설명했다.

"그 실패 후 다음 작전에서 승리를 거뒀습니다."

"어떻게?"

"호법께서는 다음 전투에 제가 처음 사용했던 계획을 지시하셨고, 저는 호법께서 처음 저에게 명했던 작전대로 행했습니다."

"흐음, 두 번이나 지시를 불이행한 셈이군."

"호법께서는 제가 지시를 어길 것을 알고 계셨을 겁니다."

"왜 그렇게 생각하나?"

"제가 실패했던 방법을 썼더라면 다시 실패했을 것이기 때문입니다. 하지만 제 휘하의 대원들은 상당수 살 수 있었을 겁니다."

"그럼 자네는 자네 대원들이 죽는 방법을 택했던 게로군."

주성각은 한참 동안 대답을 회피하더니 조심스럽게 입을 열었다.

"저와 대원들의 목숨이 작은 것이란 걸 알았습니다. 작은 희생으로 본 교의 큰일을 도모할 수 있다면 버려야 된다고 보았습니다. 처음 작전에 그것을 보지 못한 것이 아쉬울 뿐이었습니다. 처음 희생을 각오하고 호법의 명대로 공격했다면 두 번째 싸움은 일어나지도 않았을 테니까요."

"결국 처음의 지시 불이행 때문에 두 번째 전투가 벌어졌고 피해가 더 커졌다는 말인가?"

"그렇습니다."

“그걸 알았다니 앞으로는 그런 실수는 하지 않겠군.”

“송구하오나 아직 어떤 것이 정답인지 모르겠습니다.”

교주는 고개를 끄덕였다.

“모르는 것이 정답일 수도 있다. 호법이 너를 왜 추천했는지 알 것 같군.”

교주는 확정적으로 말했다.

“네가 호위대 수장을 맡아야겠다.”

“그, 그건……..”

“이건 교주로서의 명이다.”

그 말에 주성각이 고개를 들어 교주를 한 번 바라보더니 더욱 깊숙이 몸을 숙였다.

“목숨을 바쳐!”

“믿도록 하지. 그럼 보름 후 입천식 때 모두가 보는 앞에서 너를 소교주 호위대 수장으로 임명할 것이니 마음의 준비를 해두거라. 입천식 전에 호위대원들을 소개받게 될 것이다.”

“알겠습니다.”

“그럼 이만 가보거라.”

주성각은 자리에서 일어나 절을 한 후 뒷걸음질로 방을 빠져나왔다.

그는 천왕각을 빠져나올 때까지 굳은 표정, 긴장된 얼굴을 지우지 못하고 있었다. 하지만 그것도 잠시.

“고생한 보람이 있구나.”

천왕각이 점점 멀어지자 득의한 미소가 그의 얼굴 전체에 감돌기 시작했다.

다음날 한 사내가 주성각을 찾아왔다. 그는 천왕각이 있는 내당(內堂)으로 주성각을 안내했다.

주성각은 어제 교주를 만나러 천왕각에 가본 적이 있지만 그 외의 지리는 모르고 있었기에 사내를 따라 내당에 있는 모든 건물을 돌아다니며 하나하나 설명을 들어야 했다. 내당이라지만 워낙 넓은 곳이라 다 돌아보는 것도 상당한 시간이 걸릴 수밖에 없었다.

"여기가 마지막이오."

사내는 무뚝뚝한 음성으로 앞의 건물을 가리켰다.

주성각이 눈을 들어 바라보자 건물 현판에 '천왕보고(天王寶庫)'라는 글씨가 거친 필체로 새겨져 있었다.

순간 주성각의 눈빛이 번뜩였다. 하지만 재빨리 표정을 숨기고는 차분한 목소리로 입을 열었다.

"천왕보고라면 천왕교의 무공 비급과 보물이 보관되어 있는 곳이 아닙니까?"

"그렇소."

"그런데 생각했던 것보다 허름하군요."

"오래됐지만 새로 짓고 비급들을 옮기는 일도 만만치 않아 그대로 놔두고 있는 것으로 알고 있소. 앞으로 당신도 이곳에 출입할 수 있을 것이오. 하지만 제일보고(第一寶庫)와 제이보고(第二寶庫)는 교주님 이외에는 금지 구역이니 기억해 두시오."

"제일보고와 제이보고?"

사내는 고개를 끄덕이곤 설명을 하기 시작했다.

"천왕보고에는 제일보고부터 제팔보고까지 있소. 그중 제팔보고부터 제오보고까지는 내당의 출입 허가된 고수라면 누구든지 들어가 볼 수 있소. 그 외 제사보고는 간부급들, 즉 오대무력세력의 고수들과 허가를 받은 자에 한하고, 제삼보고는 호법님들의 허가를 받은 자에 한해 들어갈 수 있소. 그리고 제이, 제일보고는 말했듯이 교주님 이외에는 아무도 들어갈 수 없소. 유일하게 예외된 분이 바로 양 호법님이오.”

“흐음, 그렇군요. 무공 비급은 많습니까?”

“제팔보고에서 제오보고까지는 무림에서 흔히 구할 수 있는 비급에서부터 천왕교만의 비급까지 상당수 보관되어 있소. 그리고 제사보고부터는 천왕교에서 상당히 높은 경지의 무공 비급들이 소장되어 있소. 실제 팔보고에서 오보고까지는 들어가 본 사람이 거의 없다고 봐도 무방하오. 내당에 출입이 가능한 자들은 대부분 무림에서도 보기 드문 고수들이니 허접한 무공 비급을 볼 일이 없겠지.”

“그렇겠군요.”

“어차피 그대도 이곳에 들어와 무공 비급을 볼 일이 있을 것이오. 한 번 내부를 둘러보시겠소?”

“그러지요.”

주성각은 천왕보고로 들어가 내부를 하나하나 훑어보기 시작했다. 사내의 안내대로 움직이고는 있었지만 그의 눈은 칼날같이 예리하게 돌아가고 있었다.

문득 사내가 돌아보자 주성각이 급히 눈빛을 풀었다.

“여기서부터가 제이보고라 들어갈 수 없소. 그리고 제일보고는 저기 맞은편 철문을 열고 지하로 내려가야 하오. 두 곳 다 출입 금지 구역이니 이곳으로는 오지 않도록 주의하시오.”

“알겠습니다.”

대답과 함께 주성각이 궁금한 표정을 드러내며 슬며시 물었다.

"천왕보고에는 창교 당시부터 내려오는 천년설삼(千年雪蔘)과 교주님의 신물인 천왕신검(天王神劍)이 있다고 들었습니다. 맞습니까?"

"그렇소."

"구경할 수 있습니까?"

"보고 싶소?"

주성각이 고개를 끄덕이자 사내가 처음으로 미소 같은 것을 띠었다.

"그럼 나중에 보시오. 제일보고에 있으니까."

"……?"

"당신은 언젠가는 볼 수 있을 것 아니오? 소교주님의 호위대 수장이 될 것이니 훗날 소교주님이 교주가 되셨을 때 호법이 될 가능성이 가장 높소. 그때 소교주님께 부탁하면 양 호법님처럼 볼 수 있을 것이오."

"그래도 아쉽군요. 무림에도 소문이 자자한 천왕신검과 천년설삼이 어떻게 생겼는지 예전부터 궁금했거든요."

"그럴 테지. 하지만 나도 본 적이 없어 설명을 못해주겠소. 듣기로 천왕신검은 검을 잡았을 때 주인의 내력 성격에 따라 여러 가지 빛을 발한다고 했고, 천년설삼은 어떠한 병도 고칠 수 있다고 했으니……. 교도들 사이에서 떠도는 소문으로는 그 정도까지는 아니라고 하지만 교주님과 양 호법 이외에 누가 알겠소. 나중에 보게 되면 나에게 말해 주시오."

주성각도 피식 웃었다.

"훗, 그때가 된다면 알려 드리지요."

그러면서 속으로 중얼거렸다.

'그때까지 내가 여기에 있다면 말이지.'

두 사람은 천왕보고를 마지막으로 내당을 나와 헤어졌다.

그 후 주성각은 소교주의 입천식까지 상당히 바쁜 나날을 보내야 했다. 배우고 숙지해야 할 것이 상당히 많았기 때문이다. 그 외에도 계속해서 심사를 거처 뽑히는 소교주 독립 호위대 대원들을 만나 면담도 해야 했기에 시간은 눈코 뜰 새 없이 빠르게 지나갔다. 그리고 보름 후 예정대로 소교주의 입천식이 시작되었다.

입천식은 성대하게 치러졌다. 인근에 있는 교도들은 모두 참석했고, 그 외에 타 문파에서도 축하객을 보내와 소교주의 탄생을 축복했다. 사파에서는 조금이라도 천왕교와 친분을 쌓기 위해, 정파에서는 천왕교의 세력을 확인해 보기 위해.

심지어는 천왕교를 무림의 질서를 흩뜨리는 마교로 지정해 적대시하는 무림맹에서까지 사람을 보내왔을 정도였다. 그만큼 천왕교를 견제하고 있다는 증거였다.

수많은 인파가 소교주를 보기 위해 몰려들었지만 실제 대전에서 거행되는 입천식에 참여할 수 있는 사람은 얼마 되지 않았다. 대전에는 이천 명을 수용할 수 있었고, 일천오백여 명의 교도들과 오백여 명의 타 문파에서 온 축하객들만 참석했을 뿐이다. 나머지는 전부 대전 밖에서 대전을 향해 절을 하고 있었다.

입천식은 교문을 읊는 것을 시작으로 해서 일천오백여 명의 교도들이 백팔 배를 한 다음 교주가 소교주 주서양을 번쩍 안아 사람들에게 보임으로써 절정에 다다랐다. 그 후 소교주를 호위할 호위대원들이 소개되고, 그들의 충성을 맹세하는 서약식이 있었다. 마지막은 교주의 연설이었다.

간단한 연설만으로도 교도들이 함성을 지르며 계속해서 절을 해대

자 무림맹을 대표해 축하객으로 온 외총관 진솔(眞率)이 그를 수행해
온 마충길(馬忠拮)에게 나직이 투덜댔다.

"역시 마교는 마교로세. 교주의 말 한마디에 저렇게 정신 나간 사람
처럼 행동할 수 있다는 것이 믿어지지 않는군."

그 말에 마충길이 긴장된 표정으로 주위를 살피며 역시 나직하게 입
을 열었다.

"들릴 수도 있습니다."

진솔이 고개를 끄덕였다. 조심해서 나쁠 것은 없었다. 하지만 한탄
을 잊진 않았다.

"위에서는 도대체 무슨 생각을 하고 있는지 모르겠네. 곽성(郭成) 대
협(大俠)의 무덤이 발견된 것만으로도 전 무림에 혈풍의 조짐이 보이는
데 한가하게 천왕교의 세력을 확인해 보라니……. 지금은 소교주의 탄
생으로 들떠 있는 천왕교보다 곽성 대협의 무덤을 차지하기 위해 이빨
을 드러낸 여러 문파들을 통제하는 것이 중요한 일이 아닌가 말이야."

"듣기로는 곧 무사들을 투입시켜 곽성 대협 무덤 주위에 몰려든 문
파들을 해체시킬 것이라고 하니 조용해질 겁니다."

"정파야 어떻게는 통제에 따르겠지만 문제는 사파 녀석들이지. 그들
이 어디 우리 무림맹의 통제를 따르겠는가."

"힘으로 누르는 데야 어쩔 수 없지 않겠습니까?"

"뭐, 천왕교야 곽성 대협의 무덤 사건에 관심이 없는 듯하고… 문제
는 혈화궁과 수라교일세. 그들까지 무덤 인근에 있는 다른 세력들을
견제하고 있는 모양인데……. 혈화궁은 정사의 중간에 위치해 있으니
말만 잘하면 넘길 수도 있겠지만 수라교는 무리가 있을 게야. 자칫하
다가는 정사 간에 피바람이 불지도 모르지."

“너무 심려치 마십시오. 그런데 저자는 어디서 본 듯한 느낌이 듭니다.”

마충길의 말에 진솔이 천왕교의 교주가 서 있는 단상을 바라보았다. 거기에는 소교주를 호위할 호위대 무사들이 기립해 있었다.

“누구 말인가?”

“저기 가장 선두에 서 있는 자 말입니다.”

진솔이 고개를 갸웃거렸다.

“글쎄, 개인적으로 아는 사이가 아닌가?”

“낯이 익은데 기억에는 없습니다.”

“그럼 자네가 아는 사람과 비슷하게 생긴 것일 수도 있겠지. 아무튼 입천식이 끝나는 대로 내일 새벽 떠날 준비를 해놓게. 보고서를 작성하는 것 잊지 말고.”

“알겠습니다.”

밤이 깊어가고 있었다. 하지만 천왕교는 여전히 축제(祝祭) 분위기였다. 형형색색의 등이 사방에 걸려 있어 옥화산 전체가 대낮 같을 정도였다. 입천식을 보기 위해 몰려들었던 교도들 또한 돌아가지 않고 여기저기에서 벌어지는 술자리에 모여 대화를 나누고 있었다.

스르륵!

그때 무언가가 움직였다.

양이 있으면 음이 있듯 밝음이 있으면 어둠이 존재하기 마련이다. 떠들썩한 잔치 분위기 속에서도 조용한 곳이 있었는데 그곳이 바로 내원이었다.

내원의 담장을 넘는 검은 인영은 지리를 손바닥 보듯 잘 알고 있는

지 거침없이 움직이고 있었다. 심지어는 경계 무사가 있는 곳까지 정확히 파악하고 있는 것이 분명했다.

"새벽에 출발할 수 있도록 준비해 놨습니다."

문을 열고 들어온 마충길의 말에 진솔이 물었다.

"건물의 위치와 지리 등은 파악해 놨느냐?"

"네. 하지만 내당은 들어갈 수 없었습니다. 잠입을 할까 생각도 해 보았지만……."

마충길이 고개를 저었다.

진솔이 씁쓸한 표정을 지으며 고개를 끄덕였다.

"잘했네. 긁어 부스럼을 만들 필요는 없지. 자네가 생각하기에 천왕교의 세력이 어느 정도 될 것 같나?"

"예상으로밖에는……."

"그 예상을 말해 보게."

"오늘 입천식에 참가한 교도들 중 섞여 있는 고수들을 본 결과 상당한 실력자인 것 같았습니다. 소문으로는 총단에만 정예가 오천이 넘는다고 하니 오늘 대전에서 본 자들이 천왕교의 정예라면 웬만한 대문파도 상대가 안 될 것 같았습니다."

"무림맹과 비교한다면?"

"솔직히 말하면 정면으로 붙어도 무림맹이 밀릴 듯해 보였습니다. 총단만이라면 모르겠지만 이곳 강서 외에도 호북, 호남 등 다섯 개의 성에 지단이 있는 것으로 압니다. 그 지단은 법왕들이 따로 이끌어 나가지만 교주의 명을 받들고 있는 자들이니 그들까지 합한다면 무림맹이라도 제대로 버틸 수 없을 것입니다."

“흐음, 내 생각도 자네와 같네. 위험한 자들이야. 언젠가는 꼭 무너뜨려야 할 자들이기도 하지. 사파 전체가 천왕교를 중심으로 움직이기 전에 반드시 무너뜨려야 해.”

“맞는 말입니다.”

“이만 가서 쉬게.”

“편히 쉬십시오.”

마충길이 나가자 진솔은 자리에서 일어나 창가로 향했다.

맹에서 출발한 순간부터 이곳에 올 때까지 자신의 입지가 떨어지고 있는 것 같은 느낌을 지울 수가 없었다.

그는 답답한 마음에 창문을 열어젖혔다. 그런데 그때 창문 밖에서 검은 인영(人影)이 반대편 건물 지붕에 낮게 엎드려 있는 것이 보였다.

순간 진솔과 검은 인영의 눈이 마주쳤다. 하지만 진솔은 이내 시선을 거두고 창문을 닫았다.

“훗, 다른 문파에서도 천왕교를 견제하고 있군.”

그는 검은 인영이 천왕교의 정세를 파악하기 위해 다른 문파에서 보낸 암행자(暗行子)라 생각했기에 괜스레 방해할 필요성을 느끼지 못해 모른 척해 버렸다.

그런데 그게 아닌 모양이었다. 잠시 후 창틀에 무언가 부딪치는 소리가 들렸다.

툭!

처음은 그냥 흘려 넘겼으나 잠시 후 다시 진솔의 신경을 건드렸다.

툭! 툭!

진솔은 인상을 찡그리며 창문을 다시 열었다. 그러자 다시 창틀로 작은 기와 조각 하나가 날아와 부딪쳤다.

"밤손님은 달 구경이 편치 않은 모양이구나."

진솔은 검은 인영을 보며 혼잣말하듯 중얼거렸다. 그것을 신호로 알았는지 검은 인영이 급히 진솔의 방 창문 안으로 몸을 날려 들어왔다.

진솔은 가만히 그가 하는 양을 지켜보았다. 적의가 없어 보였기 때문이다. 혹시 정보를 얻을 수 있을지도 모른다는 기대도 하고 있었다.

검은 인영은 야행복에 복면을 쓰고 있었고, 등에는 보자기 하나가 메어 있었다. 그가 방 안으로 잠입하자 진솔은 창문을 닫은 후 물었다.

"어이하여 내 방에 들어온 것이오?"

"무림맹에서 오지 않았습니까?"

"그렇소만."

"한 가지 제안을 하지요."

"……?"

검은 인영은 품속에서 종이 몇 장을 꺼내 든 후 말을 이었다.

"여기에는 내당의 건물 지리가 세세히 그려져 있고, 다른 종이에는 내당을 둘러싸고 있는 담에 쳐져 있는 진법의 종류와 경계를 서는 무사들의 위치가 상세히 기록되어 있습니다. 훗날 천왕교를 공격할 때 중요한 정보가 될 것입니다."

그 말에 진솔의 눈이 번뜩였다.

"그것이 정말이오?"

"그렇습니다."

"그것을 왜 나에게 말하는 것이오?"

"거래할 것이 있습니다."

검은 인영의 말이 사실이라면 무림맹으로서는 엄청난 정보일 수 있었다. 잠깐 사이에 계산을 마친 진솔이 급히 물었다.

"무엇이오?"

"저를 여기에서 빠져나갈 수 있게 해주십시오."

"그건 무슨 말이오? 보아하니 잠행과 야행에 상당한 실력이 있는 것 같은데 혼자 힘으로 힘들다는 말이오?"

검은 인영은 숨기지 않았다.

"지금은 입천식 때문에 일을 성사시킬 수 있었습니다. 내일 아침쯤이면 들통날 것입니다. 지금 도망치는 것은 문제가 안 되나 그 이후의 추격이 문제입니다."

"그럼 먼저 그 종이를 넘기시오. 진짜인지 한번 봐야 하지 않겠소?"

검은 인영이 고개를 저었다.

"믿지 못하겠다면 그냥 가겠습니다."

"흐음."

진솔은 복면 밖으로 드러난 검은 인영의 두 눈을 바라보았다. 그러더니 피식 미소를 지으며 말했다.

"거짓말 같지는 않군. 좋소, 노부가 한번 믿어보지. 단, 일을 마치면 분명히 그 종이를 나에게 넘겨야 하오."

"걱정 마십시오."

"그런데 어느 문파에서 왔는지, 무슨 목적으로 이곳에 왔는지 물어봐도 되겠소?"

"밝힐 수 없습니다."

"그럼 등에 메고 있는 보자기는 무엇이오?"

"그 또한 말할 수 없습니다."

진솔은 다시 한 번 검은 인영의 눈을 바라보았다.

'분명 천왕교에서 중요한 것을 빼낸 것 같은데⋯⋯.'

그는 잠시 동안 검은 인영을 제압한 후 종이를 빼앗는 것을 머리 속에 그려보았다. 하지만 이내 고개를 저었다. 상대의 실력이 상당해 보이기도 했고 제압한 후에도 처리가 용이하지 않을 것이기 때문이다. 그리고 검은 인영이 무슨 일을 저질렀는지는 모르지만 재수없을 경우 그것을 고스란히 뒤집어쓸 수도 있었다.

“좋소. 말하기 싫다면 묻지 않겠소.”

“그럼 강서를 빠져나갈 때까지만 저를 숨겨주십시오.”

“그건 걱정 마시오. 천왕교에서 선물로 술 몇 동이를 주어 그것을 마차에 실어갈 거요. 술동이가 사람 한 명 정도는 들어가고도 남을 크기이니 술을 비우고 그 안에 숨어 있는다면 의심받을 일은 없을 거요.”

“언제 빠져나갈 생각이십니까?”

“새벽, 정확히 오경 초(五更初:오전 5시).”

“시간이 없습니다. 조만간 천왕교에서 알아차릴 겁니다.”

“그럼?”

“지금 출발해 주십시오.”

“흐음.”

잠시 생각하던 진솔이 흔쾌히 허락했다.

“좋소. 어차피 새벽에 갈 것이라 말해 두었으니 한 시진 반 정도를 앞당긴다고 의심하지는 않겠지. 그럼 마차 위치를 알려줄 테니 거기에 숨어 있으시오. 그리고 마치를 지키는 무사들에게 이것을 보여주고 내가 허락했다고 전하시오.”

그러면서 진솔은 품속에서 나무패 하나를 꺼내 검은 인영에게 건네주었다.

나무패를 받아 쥔 검은 인영이 고개를 숙였다.

“감사합니다. 강서를 빠져나가면 종이는 분명히 드리겠습니다.”

“교주님, 큰일났습니다!”
문밖에서 헐떡이는 무사의 목소리에 천왕교주 주서진은 다급함을 알아차렸다.
“무슨 일이냐?”
묻는 그의 목소리는 언제나처럼 침착했다. 하지만 무사의 보고에 주서진은 자리에서 벌떡 일어설 수밖에 없었다.
“천왕보고에 있던 천년설삼이 사라졌습니다!”
잠시 침묵이 이어졌다.
“그것이 무슨 소리냐? 경계 무사들은?”
“교대 시간이었는지라…….”
순간 교주의 인상에 살기가 감돌았다.
“교대 시간에 문제가 있었다는 말이냐?”
“그, 그것이… 입천식의 축제 때문에 교대를 하지 않은 것 같습니다.”
“천왕보고를 비워두었단 말이냐?”
“반 각 정도를…….”
“입구는?”
“입구를 지키는 세 명의 무사가 건물 뒤쪽에서 시체로 발견되었습니다.”
교주의 몸이 떨리기 시작했다. 분노를 참지 못하는 그의 몸부림에 문짝까지 들썩였다. 교주에게 대대로 전해지는 천왕신공의 폭발적인 기운 때문이었다.

자연 문밖에 있는 무사는 기겁할 수밖에 없었다.

"주, 죽을죄를 지었습니다!"

"네놈을 죽이는 것은 일도 아니다! 잘못에 대한 추궁은 나중에 할 터! 찾아라!"

"존명!"

무사가 몸을 날리려 하자 교주가 덧붙였다.

"교도들과 타 문파에서 온 축하객들에게는 비밀로 해야 한다! 알겠느냐?"

"존명!"

무사의 기척이 사라지자 교주는 평소의 차분함을 잃어버리고 이를 갈았다.

"대체 어떤 놈이……."

사백 년간 단 한 번도 외부로 유출된 적이 없던 천년설삼이 자신의 대에서 사라졌으니 그의 분노는 당연했다. 실제 사백 년간 천년설삼을 한 번도 써본 적이 없었고, 앞으로도 그럴 것이기에 아까움은 없었지만 체면에 문제가 생긴 것이다.

하지만 그것은 아무것도 아니었다.

한 시진 후, 소교주의 호위대 수장인 주성각의 수하가 서신 한 장을 올렸을 때 교주는 하루 동안 정신을 잃을 수밖에 없었다. 소교주가 사라졌다는 것과 함께 그 서신엔 추격하면 소교주의 시신을 볼 것이라는 내용이 적혀 있었기 때문이다.

주성각의 수하에게 물었을 때, 주성각이 몇 시진 전 '교주님께 올릴 보고서이니 다음날 날이 밝기 전에 꼭 전하라' 라는 말을 남겼다는 것이다.

　그나마 다행인 것은 서신에 일 년 후 소교주를 다시 본 교로 돌려보내 주겠다는 내용이 있는 것이었다. 하지만 그것을 믿고 마냥 기다리고만 있을 수는 없는 일.

　정신을 차리고 신중히 고민하던 교주의 명은 하나였다.

　"은밀하게 그의 뒤를 추적하고 전 교도에게 주성각의 용모파기(記容貌記)를 퍼뜨려라!"

第二章

삼 년 만의 만남

  형산(衡山)은 태산(泰山), 화산(華山), 숭산(嵩山), 항산(恒山)과 더불어 오악(五岳)의 하나를 차지하고 있다. 오악 중 남악(南岳)이라 불리는 이곳은 호남성(湖南省)에 자리잡고 있으며, 회안(回雁)에서 북으로 악록(嶽麓)까지 팔백 리에 이르는 거대 산맥이다.

  상강(湘江)을 따라 펼쳐진 일흔두 개의 봉우리는 돌고 돌아 서로 절을 하는 형상이라 구향구배(九向九背)라고도 했고, 산 위가 언제나 안개로 덮여 있어 사람의 시선을 현혹시킨다 하여 운봉무쇄(雲封霧鎖)라고 불리기도 했다.

  형산은 이름답고 운치가 좋은 곳이라 많은 여행객들이 찾는 곳이다. 하지만 간간이 남색 도복을 입은 도사들을 볼 수 있는 곳이기도 했다. 경치를 구경하기 위해 도사들이 몰려드는 것이 아니라 형산에 도사들이 살고 있기 때문이었다.

바로 형산파(衡山派).

그들이 똬리를 틀고 앉은 곳이 남악의 형산이었다.

형산파는 한때 구파일방의 하나로 이름 높은 곳이었다. 하지만 오십여 년 전부터는 구파일방에 형산파를 거론하는 강호인은 없게 되었다.

그것은 형산파가 무림 강호의 일에 많이 관여를 하지 않은 이유도 있었지만 그보다 더 큰 이유는 점점 도사들의 수가 줄어들고 뛰어난 고수가 배출되지 않았기 때문이다.

언제부턴가 수가 점점 줄기 시작하더니 지금에 이르러서는 심신 수양과 더불어 무도를 닦는 도인들이 칠백 명이 채 되질 않았다. 무림의 태산북두라 불리는 소림과 무당에 비교한다면 오분의 일밖에 되지 않는 상태였다.

백오십 년 전만 해도 사천 명의 문도 수를 자랑하던 형산파의 위세를 생각한다면 지금의 형산파는 초라하기 짝이 없었다.

짹짹짹!

때는 늦봄이라 청명한 산새 소리 울리고, 풀벌레 날아다니는 소리, 나뭇잎이 바람에 날리는 소리가 귀를 즐겁게 했다.

형산이었다.

"휴!"

자개양은 한숨을 쉬며 형산의 경치에 취했다.

그가 이곳에 뿌리를 내린 지는 벌써 십여 년이 넘었다. 하지만 매번 보는 경치는 언제나 그의 눈을 새롭게 자극하고 있었다. 봉우리 위로 펼쳐져 있는 안개와 구름, 그 사이사이를 뚫고 비치는 햇살, 울창하게 솟아 있는 고목들이 자연의 웅장함을 나타내는 듯했다.

"점점 쇠약해져 가는구나. 벌써부터 숨이 차 올 줄은 몰랐군."

불치병에 걸렸다는 것을 알게 된 지 벌써 삼 년이 되었다. 그간 그는 보름에 두 번씩 마을에 내려가 의원에게 약을 받고, 객잔에서 음식을 구해오고 있었다. 그의 무지막지한 경공술이라면 반 시진도 걸리지 않는 거리였지만 병이 있음을 알게 된 후부터는 최대한 경공술을 펼치지 않으려 노력하는 그였다. 죽음을 앞두게 되자 세상이 새롭게 보였기 때문이다.

예전에 보지 못했던 나무와 공중을 배회하는 벌레들과 새들이 요즘 그가 눈여겨보는 것들이었다. 길옆에 피어나 있는 들꽃들도 그의 이목을 끄는 것이었다.

경공술을 펼칠 때는 보이지도 않던 것들이 요즘은 왜 그렇게 신기하게 보이는지 자개양 스스로도 놀랄 정도였다.

"마음까지 약해진 걸까?"

그는 중얼거림과 함께 손에 들린 작은 술병을 보았다. 갑자기 술 생각이 나 형산으로 들어올 때 되돌아가 사 온 것이었다.

의원의 말에 따르면 술은 반위에 상당히 해롭다 했지만 벌써 술을 못 마신 지 삼 년이 지났기에 한잔하고 싶은 마음이 일어나는 것을 막을 수 없었다.

"오랜만에 진생을 한번 만나봐야겠군. 그놈과 술을 못한 지 꽤 됐어."

진생은 그의 오랜 친구로 현 형산파의 장문인이다. 어릴 때의 인연으로 알고 지내다가 나이 서른쯤에 무림대회에서 만나 상당히 가까워졌다. 그 이후로 자주 연락을 주고받다가 자개양이 만리독행에게 패한 후 경공에 대한 새로운 연구를 하기 위해 조용한 장소를 물색하고 있을 때 진생의 초청에 형산파로 온 것이다.

물론 그는 도인이 아니었기에 형산파에서 지내지는 않고, 형산에서 백여 리 떨어진 외딴 곳에 따로 초가를 지어 하루하루를 보내고 있었다. 그 초가도 진생이 형산파 도인들을 시켜 지어준 것이었지만.

"술만 들고 가는 것은 예의가 아니지."

그는 형산파로 방향을 돌리려다 초가로 걸음을 재촉했다. 말은 그렇게 했지만 사실 그 자신이 좋아하는 술안주를 직접 만들어 가져가려는 것이다. 형산의 도인들이 술과 고기를 안 하는 것은 아니지만 형산파 안에서는 언제나 나물류만 먹는 것을 알고 있었기 때문이다. 보름 전에 사뒀던 마른 고기가 있었기에 그것으로 안주를 만들어 가져갈 생각인 것이다.

"오랜만에 경공술을 펼쳐 볼까?"

그의 의제 자엽평이 떠난 후 부쩍 혼잣말이 늘어난 그는 중얼거림과 함께 내력을 돌리기 시작했다. 그리고 순간 그의 몸에 불똥이 튀는 듯한 느낌을 주더니 순식간에 앞으로 쏘아져 나갔다.

무공을 모르는 사람들이 보았다면 사라진 줄 착각할 정도로 빠른 몸놀림이었다.

상당히 먼 거리였음에도 불구하고 자개양의 눈에는 벌써 초가가 들어왔다. 하지만 초가의 이십여 장(60미터) 앞에서 경공을 멈추고 바닥으로 내려섰다. 그의 예민한 귀로 초가 안에서 인기척이 느껴졌기 때문이다.

잠시 긴장한 그는 이내 긴장을 풀었다. 노골적으로 인기척을 낸다는 것은 적의가 없다는 것을 뜻하기 때문이다.

그는 걸음을 빨리해 초가로 다가가 외쳤다.

"누가 왔는가?"

그러자 초가 안 방문이 소리를 내며 열렸다.

순간 자개양의 두 눈이 경악으로 부릅떠졌다.

"자, 자네, 자네가 어떻게……?"

방문 앞에는 잘생긴 삼십대 중반의 사내가 미소를 머금은 채 서 있었다. 그가 자개양을 보며 웃었다.

"그간 잘 지내셨습니까, 형님?"

자개양은 그 말을 듣지 못한 듯 다시 물었다. 아직도 마음이 진정이 안 된 격앙된 어조였다.

"갑자기 편지 한 장 남겨놓고 떠나더니 어쩐 일인가?"

"우선 들어오십시오. 그간 사정을 다 말씀드리겠습니다."

자개양은 자신과는 다른 사내의 능청스러운 반응에 얄밉다는 듯 노려보더니 이내 방 안으로 들어갔다.

방 안에 들어선 자개양은 다시 한 번 놀랄 수밖에 없었다.

"저, 저 아이는 누구인가? 언제 자식을 낳았나? 이 년 동안 결혼도 했었나?"

쏟아지는 질문 속에서 사내는 역시 미소만 지을 뿐 그는 보자기 안에서 웅얼거리는 아이를 지그시 바라보더니 자개양에게 권했다.

"우선 앉으십시오."

서로 자리에 앉기가 바쁘게 자개양이 재차 물었다.

"누구인가? 정말 정신이 없군. 도대체 그간 무슨 일을 벌인 겐가?"

사내는 삼 년 전 떠나 버렸던 자개양의 의제 자엽평이었다.

자엽평은 바닥 한쪽에 놓여 있는 작은 상자 하나를 꺼내 탁자 위에 올려놓았다.

“받으십시오.”

“이건 뭔가?”

“우선 열어보십시오. 그럼 알 수 있을 겁니다.”

자개양은 의심스런 표정을 짓더니 급히 상자를 열었다. 그러자 상자 안에서 연기가 피어올랐다.

연기를 본 자개양이 경악했다.

“이, 이건……?”

“맞습니다. 천년설삼입니다. 천 년이 됐는지 아닌지는 모르겠지만 진품인 것은 확실합니다.”

상자 안에 들어 있는 설삼에서는 아직도 연기가 피어오르고 있었다. 물론 차가운 연기였다.

자개양은 천년설삼의 효능을 알기에 연기조차 아까운 듯 급히 상자의 뚜껑을 닫았다. 그는 멍한 표정으로 아직도 믿어지지 않는다는 듯 자엽평을 바라보았다.

“이런 진귀한 것을 어디에서 구했나?”

“천년설삼이 있는 곳에서 구했지요.”

웃으면서 하는 말에 자개양이 인상을 찌푸렸다.

“설마 천왕교는 아닐 테고…….”

“맞습니다.”

“……?!”

“천왕교에서 구해왔습니다.”

“자, 자네 정말…….”

자개양은 몸을 떨기 시작했다.

천왕교가 어디인가? 단일 세력으로는 무림 최강의 집단이 아닌가 말이다.

전국 각지에 퍼져 있는 교도만 해도 삼십만을 넘어선다는 천왕교. 고수들만도 수를 헤아릴 수 없을 만큼 많은 그곳에서 보물로 간직해 오던 천년설삼을 자엽평에게 줄 리가 없었다.

가져왔다는 것은 훔쳐 왔다는 것과 진배없는 것이다.

"미쳤군! 정말 미쳤어!"

"걱정 마십시오. 지금 무사히 형님 앞에 있지 않습니까."

"그것이 문제가 아니지 않은가! 천왕교의 교도들은 사방에 깔려 있네. 평생 사람도 만나지 않고 이곳에 숨어 지낼 생각인가? 아니지. 여기도 안전하지는 못하네."

"당분간만 숨겨주십시오."

"무슨 말인가?"

"이번 일이 천왕교에서 어느 정도 잊혀질 때쯤 세외로 조용히 떠날 생각입니다."

"가능하리라 생각하나?"

"천왕교의 교도들이 아무리 많다 해도 한계는 있습니다. 지금쯤이면 눈에 불을 켜고 찾겠지만. 후후."

비소를 흘리는 자엽평을 향해 자개양이 고개를 갸웃거렸다.

"저 아이 때문에 드러내 놓고 저를 찾지는 못할 것입니다."

자개양은 자엽평의 시선을 따라 아이에게로 눈을 돌렸다.

"저 아이가 누구인데 그러나?"

자엽평이 잠시 뜸을 들였다. 그리고는 놀라지 말라는 듯한 표정을 짓더니 득의양양하게 대답했다.

"천왕교의 소교주입니다."

“이런!”

급기야 자개양의 입이 벌어졌다.

잠시 후 그는 깊은 한숨을 쉬었다.

“돌려주게.”

“예?”

“이 설삼하고 저 아이를 돌려보내게.”

“그럴 수는 없습니다.”

“그렇게 해야 하네. 이번 일의 심각성을 자네는 아직 모르는 것 같은데, 설삼도 문제지만 저 아이를 데려왔다면 앞으로 돌이킬 수 없는 일이 발생할지도 몰라. 돌려보내고 사죄하게.”

자개양이 씁쓸한 미소를 지었다.

“그래도 제 죄가 없어지는 것은 아닙니다.”

“아니면 내가 찾아가서…….”

자개양이 급히 그의 말을 끊었다.

“이미 쏟은 물은 주워 담을 수 없다는 것을 모르십니까? 그리고 전 아직도 잊지 않고 있습니다, 형님이 다 죽어가는 저를 살려주신 것을. 이번 일은 그 은혜를 갚기 위한 것입니다. 아무 말씀 마시고 받아주십시오.”

“하지만…….”

“이번 일에 삼 년의 시간을 버리고 목숨을 걸었습니다. 그것을 헛되게 할 생각이십니까?”

자개양은 자엽평의 눈빛을 보고 섬뜩한 기분을 느꼈다. 그리고 옛 기억을 떠올렸다. 형산으로 들어온 지 일 년째가 되던 해에 태진문주의 아내를 죽이고 도망쳐 온 그에 대한 기억이었다.

상강에 떠밀려 거의 반 시체가 되다시피 한 그를 구해주고 태진문을 따돌려 준 기억이 새록새록 머리 속에 떠올랐다. 순전히 첫인상이 끌린다는 그 느낌 하나만으로 그때 자개양은 모험을 한 것이다. 누가 뭐래도 태진문은 그때나 지금이나 정도무림을 이끄는 주축에 서 있는 거대 문파였기 때문이다. 만약 둘러댄 말이 들통났을 때에는 태진문과 되돌릴 수 없는 사이가 될 수도 있었다.

지금 자엽평의 눈빛은 처음 그를 만났을 때 죽어가면서도 죽을 수 없다던 당시의 강렬한 의지의 눈빛과 같았다.

"휴!"

자개양은 한숨을 쉬었다.

"알겠네. 이건 내가 취하도록 하지."

말과 함께 그는 상자를 자신 쪽으로 끌어당겼다. 그러면서 천왕교의 소교주를 바라보았다.

"저 아이는 어쩔 셈인가?"

"이 년간 데리고 있어야 할 것 같습니다."

"이 년이라……."

"사실 천왕교를 빠져나올 때 교주에게 편지 한 통을 남겼습니다. 저 아이를 인질로 삼을 테니 쫓지 말라는 내용이었죠. 일 년 후에 돌려보낸다는 내용과 함께였습니다."

"자네 정말 대담하군."

"그래야 성공할 수 있으니까요. 입천식 때문에 모든 것이 순조롭게 풀릴 수 있었습니다. 기회였죠."

"그런데 일 년 후에 보내야 한다면서 어째서 이 년간 데리고 있어야 한다는 건가?"

“심리전이죠.”

“……?”

자엽평은 웃으면서 설명했다.

“일 년이라는 시간을 주었으니 천왕교에서는 반신반의하면서도 섣불리 저를 찾으려 들지 않을 것입니다. 하지만 일 년이 지난 후, 저를 잡기 위해 기다렸다는 듯이 저를 찾아 헤맬 겁니다. 그때는 제가 돌아다닐 수 없습니다. 세외로 빠져나가는 것이 오히려 힘들어질 겁니다.”

“천왕교를 지치게 만들 생각인가?”

“그렇습니다. 일 년이 지났는데도 소교주가 돌아오지 않으면 말했듯이 본격적으로 찾아 나서겠죠. 하지만 일 년이라는 시간은 깁니다. 일 년간 돌아오지 않은 소교주를 내심 포기하고 있을지도 모르죠. 그 상황에서 제가 제시한 약속 시간을 넘어 소교주가 돌아오지 않으니……. 또 일 년간 저를 찾지 못했으니 멀리 도망갔으리라고 생각할 겁니다. 저를 찾으면서도 포기하는 기분으로 찾게 될 것이라는 것을 노리고 있습니다. 지금부터 이 년, 그 시간이 되면 추적도 완전히 포기하겠죠. 그때서야 세외까지 가서 소교주를 천왕교에 돌려보낼 생각입니다.”

“그럴듯하긴 하지만 생각만큼 호락호락하지 않은 자들이네.”

“알고 있습니다. 하지만 지금으로서는 이 방법밖에 없죠.”

“그럼 저 아이를 이 년 동안 우리가 키워야 한다는 말이로군.”

말과 함께 자개양이 약간의 호기심을 드러냈다.

“무림에 알려지기로는 천왕교에서 소교주가 되려면 아주 지독한 술법을 걸어 강해질 수 있는 신체를 준다고 들었네. 정말인가?”

“저도 자세한 것은 모릅니다. 천왕교에서도 상층부 인물들만 그 방법을 알고 있을 뿐이죠. 하지만 술법이라기보다는 다른 방법을 취하는 것은 확실합니다."

그러면서 자엽평이 자리에서 일어나 소교주를 안아 탁자 위에 올려 놓았다. 아이는 활짝 웃으며 손을 뻗어 허공에 휘휘 저어대고 있었다. 안아달라는 듯한 행동을 보며 자엽평이 말했다.

"진맥을 한번 해보십시오. 아마 기겁하실 겁니다."

호기심을 참지 못한 자개양이 즉시 아이의 팔을 잡아 진맥했다. 그리고 이어지는 경악.

"이럴 수가!"

자개양은 평생 놀랄 것을 오늘 한꺼번에 놀란다고 생각했다. 자엽평이 갑자기 나타난 것에서부터 그가 보여준 천년설삼, 그리고 인질로 데려온 소교주까지. 하지만 지금은 더욱 놀라고 있었다.

"화, 환골탈태?"

탄성처럼 내뱉은 자개양은 세심히 아이를 진맥하기 시작했다. 시간이 지날수록 그의 표정은 불신으로 가득 차기 시작했다.

"이런 일이 있을 수 있나? 이제 태어난 지 일 년도 되지 않은 아이가 환골탈태를 어떻게 한단 말인가? 이것이 역대 천왕교주들이 강했던 이유인가?"

"그럴 겁니다. 저도 어찌 만들었는지는 모릅니다. 천왕교에서 비밀리에 전수되는 방법인 것 같습니다. 이십여 명의 무공을 익히기에 최고로 적합한 아이들이 총단으로 들어온 적이 있었는데, 백일 후 한 명을 제외한 나머지는 모두 시체로 나갔다는 소리를 들었습니다. 이 아이만 살아남은 거고. 그래서 소교주로 지목되었죠."

"놀랍군. 아이의 단전이 이렇게 요동친다는 소릴 평생 들어본 적이 없네. 이런 상태라면 금방 내력이 쌓이겠어."

순간 자개양이 고개를 저었다.

"맙소사! 아니군. 보아하니 누군가가 이종진기를 단전에 불어넣었어. 그 상태에서 환골탈태를 유도했군. 이종진기는 환골탈태가 됨과 동시에 사라진 것 같군."

"저와 비슷하게 추측하시는군요. 저도 그렇게 생각했습니다."

"그런데 어떻게 이종진기를 불어넣는 것만으로 환골탈태를 시킬 수 있었을까? 분명히 방법이 있었을 텐데 전혀 감이 안 잡히는군."

자개양은 호기심을 풀어줄 방법을 알지 못하자 아쉬운 표정으로 계속 고민했다. 하지만 결국 포기하고 말았다.

"모르겠군, 모르겠어. 하지만 확실한 것은 환골탈태로 처음부터 압축된 기가 쌓일 거야. 내공 수련을 하기만 하면 남들보다 훨씬 빠른 진보를 보이겠어."

자엽평도 고개를 끄덕였다.

"그럴 겁니다. 보통 내력을 쌓다 보면 단전의 크기 때문에 한계에 부딪치지 않습니까. 그 한계를 넘기 위해서 환골탈태를 해 단전을 크게 변형시키고 그간 쌓인 기의 성질도 압축하면서 변화시켜야 하는데, 훗, 이 녀석은 별 노력도 없이 환골탈태를 이뤄냈으니 우리보다 낫군요."

"허허, 그럼 현 무림에서 최연소 환골탈태를 이뤄낸 화경의 고수라고 해야 하나?"

자개양은 지그시 소교주를 내려다보며 웃었다.

"평생 무공에 정진해 내 나이 오십에 단전에 기운을 가득 쌓을 수 있었지. 그 이후 환골탈태를 해 화경의 반열에 들어보려고 그렇게 애를 썼건만…… 아마 내가 화경의 경지에 들어섰다면 그 막강한 내력을 기반으로 한 경공은 아마 천하제일이 됐을 걸세. 만리독행 그자에게 패하지 않았을지도 모르지."

"혹시 이 아이에게 관심이 있으십니까?"

자엽평의 말에 자개양은 고개를 저었다. 하지만 안타까운 빛을 역력히 드러내고 있었다.

"아닐세. 솔직히 이 아이의 재질이 뛰어나긴 하지만… 그래서는 안 되지. 잘 보살핀 후 천왕교에 보내게."

"알겠습니다."

자엽평은 별스럽지 않게 대답했다. 하지만 자개양의 표정을 놓치지 않았다.

자개양은 그에게 있어 스승이자 친구, 그리고 형제였다. 마흔 살이 넘는 나이 차이에도 불구하고 두 사람은 서로를 아꼈다. 자개양이 그를 구해줘서가 아닌, 몇 년을 보아오며 생긴 가족 같은 정과 서로에 대한 믿음 때문이었다. 그런 자엽평이 자개양의 생각을 모를 리 없었다.

자개양은 이미 구십 세를 바라본다. 무공을 익힌 무인으로서도 꽤 많은 나이였다. 기의 성질을 변화시키고 단전을 변형시켜 환골탈태에 의해 화경의 경지에 들었다면 지금보다 훨씬 젊어 보이고 오래 살 수도 있겠지만 아쉽게도 그는 화경의 반열에 들지 못했다. 게다가 병까지 들었지 않은가!

분명히 자신의 무공을 전수해 줄 제자에 대한 욕심이 생겼을 것이다.

사실 자개양이 자엽평에게 무공을 가르쳐 주기는 했다. 그의 신법은 특별한 무공이 아니었기 때문이다. 내공만 있다면 응용할 수 있는 하나의 기술이었다.

단지 그것이 상당 시간의 수련이 필요하다는 것, 그리고 자엽평 또
한 살수라는 직업상 신법에 대한 조회가 상당했고 완전히 자신의 신법
에 익숙해져 있었다는 것이 걸림돌이 되었다. 전혀 다른 종류의 신법
에 적용하기 힘들 수밖에 없었던 것이다. 처음 이 년 정도를 익히다가
포기를 한 이유가 거기에 있었다.

자엽평이 무겁게 입을 열었다.

"천년설삼이 있으니 반위도 걱정없을 겁니다. 제가 나중에 뛰어난
아이를 구해드리겠습니다."

자개양이 미소를 지었다.

"천년설삼이 대단하다고는 하지만 사실 죽은 사람을 살려내는 효능
은 없을 걸세. 영약을 먹여 죽은 사람을 살렸다는 말은 많이 들어봤지
만 다 꾸며낸 이야기일 뿐이지."

"저도 알고 있습니다. 하지만 병이 퍼지는 것을 상당 시간 막을 수
있을 겁니다."

"그렇겠지. 하지만 얼마나 버틸 수 있을지……."

"저보다는 오래 사셔야죠."

"하하, 농을 해도……."

자엽평이 표정을 굳혔다.

"농이 아닙니다. 형님의 꿈을 알고 있습니다. 시간과 공간을 초월한
신법을 완성시키는 것이 아닙니까. 저는 형님이 그것을 완성해서 시전
하는 것을 꼭 보고 싶습니다."

"……."

자개양은 아무 말도 하지 않았다. 잠시 어색한 침묵 후 그가 말했다.

"우선 술이나 한잔하세. 아침부터 술이 마시고 싶더라니, 자네가 올

것을 은연중 예견한 모양이야."

"괘, 괜찮습니까? 술은 반위에 안 좋다고……."

자개양이 앞에 있는 상자를 들어 흔들었다. 천년설삼이 든 상자였
다.

"뭐가 걱정인가! 전설의 천년설삼 때문에 자네보다 오래 살 텐데!"

그 말에 자엽평은 기분 좋은 미소를 지었지만 그도 알고 있었다, 천
년설삼이라도 반위가 낫지 않는다는 것을.

　술자리는 오래갔다. 한 병밖에 없는 술이었지만 조금씩 음미하며 마신 덕분이었다.

　술을 마시는 동안 자엽평은 천왕교에 어떻게 투신했는지, 그리고 그 안에서 어떻게 지냈는지를 찬찬히 설명했다. 마지막으로 그가 천왕교를 빠져나와 형산으로 도주할 때까지의 이야기를 들은 자개양이 감탄을 했다.

　"자네는 정말 뛰어난 살수일세. 사람들의 이목을 숨기는 데 있어서는 가히 천하제일이라 할 만하군."

　자엽평은 미소를 지었다.

　"삼 년 동안 천왕교에서 지내며 세운 계획이었습니다. 계획을 세운 후 기회만 엿보고 있었는데 천행(天幸)으로 소교주의 입천식이 있었던 거죠. 입천식에 많은 사람들이 몰려왔고 또한 그동안 천왕교 내로 한 번도 침입자가 없었기에 가능했습니다. 아마 지금쯤이면 천왕보고의 경계가 훨씬 강화됐겠죠."

"허허, 자네와 내가 이렇게 느긋하게 술을 마시고 있는 줄 알면 천왕 교주가 이를 갈겠군."

"하하하, 그럴지도. 하지만 그를 한 번 만나보았는데 상당히 침착한 사람이었습니다. 가장 상대하기 어려운 부류죠. 하지만 그 또한 사람 이니 소교주가 정해지자마자 인질로 사라진 것에 대해서는 노기가 머 리끝까지 치밀었을 겁니다. 그리고 노기를 억누르느라 꽤나 고생할 겁 니다. 천왕교의 체면 때문에 무림에 알리지도 못할 테니까요. 그의 성 격으로 보아 추격을 지시했겠지만 일 년 정도는 참을 수 있는 사람임 이 분명합니다. 아무도 모르게 저를 찾으려 하겠죠."

"나도 천왕교주에 대해서 들었네. 위엄이 있는 자더군. 참, 난 내일 다시 산을 내려가야겠어."

"왜 그러십니까?"

자개양은 쌔근쌔근 자고 있는 소교주를 가리켰다.

"염소라도 두 마리 사 와야 하지 않겠나?"

"아, 젖 때문에 그러시는군요?"

"그렇네. 이도 없는 아이가 음식을 씹어 먹지는 못할 것이 아닌가? 여기까지 오는 동안 뭘 먹였나?"

"당연히 젖을 먹였죠. 그 때문에 고생 좀 했습니다. 무림맹의 무사 들과 강서성을 빠져나올 때까지는 그들에게 부탁했지만 그 다음부터는 밤마다 염소나 소를 키우는 집 담을 넘어야 했거든요."

말과 함께 자여평이 호탕하게 웃었다.

"젖을 짜는 일이 처음인지라 얼마나 조심을 했는지……."

자개양도 그 모습을 상상했는지 미소를 지었다.

"한데 무림맹의 무사들도 자네가 소교주를 납치해 왔다는 것을 알고 있나?"

"모릅니다. 며칠 동안 술독 안에만 있었기에 제가 아이를 데리고 있다는 것조차 몰랐을 겁니다. 다행히 아이가 술독 안의 술 냄새에 취했는지 잠만 잤거든요. 그들이 음식을 넣어주기 위해 뚜껑을 열 때는 아이를 보자기 속에 숨겼죠."

갑자기 자개양이 대소를 터뜨렸다.

"허허허, 나중에 술꾼이 될 가능성도 있겠군. 어릴 때부터 술 냄새를 그렇게 오래 맡으면 술꾼이 된다고 하지 않던가."

"하하, 그렇습니까?"

"그런데 그자들은 뭐라던가?"

"예? 누구를 말씀하지는지……?"

"다 큰 사내가 우유를 구해달라고 했으니 황당했을 것 아닌가? 아무 말 않고 구해주던가?"

"처음에는 의아해했으나 별다른 의심은 하지 않았습니다."

"속으로는 그들도 웃었을 걸세."

"그럴지도 모르죠."

"이름은 뭔가?"

"저 아이 말입니까?"

"……."

궁금증이 담긴 자개양의 눈빛을 뒤로하고 자엽평은 슬며시 미소를 지어 보인 후 대답했다.

"주서양이라고 하더군요."

"주서양이라……. 차기 교주다운 이름이군. 하지만 여기 있는 동안은 다르게 부르는 것이 좋겠어. 왠지 거부감이 드는 이름이니까."

"뭐, 상관없겠죠."

"그럼 엽령이 어떻겠나?"

순간 자엽평이 인상을 찡그렸다.

"설마 자엽령으로 하시려는 건 아니겠죠?"

"왜 아니겠나? 자네가 데려왔고, 이 년간 자네가 키워야 되니 주서양이라는 이름보다는 자엽령이 훨씬 정감이 가고 어울리지 않는가."

잠시 생각하던 자엽평이 우스갯소리를 했다.

"장가도 가지 않았는데 아이부터 만들어 버리시는군요."

"허허, 듣고 보니 그런 그렇군."

"그런데 요즘 무림 사정은 어떻습니까? 곽성 대협의 무덤이 발견되어 시끄러웠던 것은 아는데……."

"아, 나도 그에 대해 궁금해 삼 일 전 진생을 만나서 물어봤지."

"뭐랍니까?"

"무림맹에서 고수들을 파견해 좋게 마무리 지었다더군. 수라교와 거의 부딪칠 기세였는데 중간에 혈화궁이 중재를 한 모양이야."

"하하, 혈화궁은 예전부터 느낀 거지만 정사를 오가는 박쥐 같은 자들인 것 같습니다."

"뭐, 그것도 능력 아니겠나. 사파이면서도 무림맹, 정파와 친분을 유지하기가 그리 쉽지 않으니 말이야."

"그런데 곽성 대협의 무덤에서 발견된 것은 있습니까?"

"사람들이 잔뜩 기대를 한 모양인데 곽성 대협의 것으로 보이는 사람의 뼈와 시 한 소절만 나온 모양일세. 그런데 그 시 때문에 상당히 문제가 됐다고 하더군."

"무슨 시인데 그런 겁니까?"

"적혈검(赤血劍) 알지?"

"네, 신화성(神化城)이 있는 지도가 검신에 새겨져 있지 않습니까?"

"맞네. 그것이 사실인지는 모르지만 아무튼 적혈검이 숨겨져 있는 장소를 뜻하는 시였다고 그러더군."

"엄청난 분란이 일어났겠군요."

"말해 무엇 하겠나? 신화성에 들어갈 수만 있다면 단순간의 수련으로 강해질 수 있는 전설의 무공들을 가질 수 있으니 누구라도 눈이 돌아갈 만하지. 곽성 대협도 오백여 년 전 우연히 신화성에 들어갔다 나와 전 무림을 피바다로 만들지 않았나. 홀홀단신으로 당시 무림 정파를 이끄는 사황오선(四皇五仙)을 모조리 꺾어버렸다니 실로 짐작조차 하기 힘든 무공이 있을 게야. 그 때문에 수라교와 무림맹 간의 다툼이 있었던 것이라 들었네. 그래서 혈화궁이 중간에서 그곳에 모여든 모든 사람들에게 그 시를 알려주는 것을 제안했고, 다른 문파에서도 그렇게 해달라고 요구를 했다네. 무림맹만 아니었다면 상당히 거칠어질 태세였으니 무림맹에서도 한발 물러설 수밖에 없었을 거야. 수라교도 마찬가지였을 거고."

"보지 않아도 짐작이 갑니다. 그런데 신화성이라……. 저도 한 번 가보고 싶군요."

"무림인들의 꿈이지. 나도 한 번 가보고 싶네. 도대체 어떤 무공들이 소장되어 있어서 한낱 삼류무사였던 곽성 대협을 무림 역사상 최강의 고수로 만들었는지 정말 궁금해."

"시를 들어보셨습니까?"

자개양이 고개를 저었다.

"형산파의 장문인이나 된다는 작자도 모른다는데 난들 어찌 알겠나? 무덤에 몰려든 문파 사람들만 알고 있는 것 같더군. 하지만 비밀은 없는 법이니 조만간 전 무림에 그 시가 퍼져 나갈 게야."

"조만간 그 때문에 혈풍이 불겠군요."

"어찌 될른지 모르지."

술자리는 늦은 밤이 돼서야 끝이 났다. 술 한 병이었지만 그 양과는 상관없이 두 사내는 오랜만에 두서없이 이런 저런 이야기를 주고받았다.

피곤함 때문이었을까, 아니면 나눠 마신 술 반 병에 취한 것일까.

밤이 점점 깊어가자 자엽평이 슬며시 자리에서 일어섰다.

"이제부터 이 년간 답답한 생활을 할 수밖에 없겠군요."

"뭐가 답답한가? 예전에도 이곳에서 지냈지 않은가?"

"그때는 자유라도 있었죠. 하지만 지금부터는 이곳 초가를 벗어날 수가 없지 않습니까?"

"형산의 아름다움에 마음껏 취해보게. 그것만으로도 무료하지는 않을 게야."

자엽평이 피식 웃었다.

"하긴 천왕교에 있을 때보다는 낫겠군요. 거기에서는 정말 심신이 모두 피곤했었으니까요."

"나 때문에 고생한 것이 억울하다는 말투로군."

"하하, 그렇게도 해석이 가능합니까? 아무튼 이제 눈 좀 붙여야겠습니다. 제 방은 그대로 있겠죠?"

자개양이 당연하다는 듯 고개를 끄덕였다.

“먼지는 조금 쌓여 있을 걸세.”

“상관없습니다.”

곤히 자고 있는 아이를 안아 든 자엽평이 무언가 생각난 듯 몸을 돌렸다.

“참, 수련은 계속하고 있습니까?”

“요즘 들어 체력이 부쩍 안 좋아졌어. 그래서 연구만 하고 있는 실정일세.”

“그럼 내일부터 천년설삼을 드시고 괜찮아지면 계속 수련하십시오. 저도 돕겠습니다.”

자개양이 고개를 끄덕였다.

다음날 아침, 자개양은 다시 형산을 내려갔다. 이제는 주서양에서 자엽령이 되어버린 아이에게 젖을 주기 위해서였다. 그가 나가 있는 동안 자엽평은 천년설삼을 탕에 넣고 제조에 들어갔다.

대개 소문으로는 영약을 먹으면 일반인에게는 보신이 되고 무공을 익힌 사람의 경우에는 내공이 증가한다고 알려져 있지만 실제로는 잘못된 말이다. 무엇이든 장단점이 있기 때문이다.

장점을 극대화시키고 단점을 없앤 후에야 영약도 영약의 역할을 할 수가 있었다.

그런 면에서 본다면 천년설삼도 그냥 먹는다면 오히려 해가 될 수도 있다. 보통 사람의 경우에는 그 자리에서 오장육부가 얼어 즉사할 수도 있는 위험한 약초다.

독한 약의 경우 보통은 즙을 내어 말린 후 조금씩 먹거나 환단(丸丹)으로 만들어 먹는 것이 대부분이었다. 두 가지 모두 몸속을 보호할 수 있는 다른 약과 섞는 것은 필수였다.

자엽평은 두 방법 중 후자를 선택했다.

그는 우선 큰 쇠 그릇을 찾아 물을 붓고 끓였다. 반 시진(한 시간) 정도가 지나고 물이 끓기 시작하자 자엽평은 상자를 열어 통째로 천년설삼을 넣고 뚜껑을 닫았다.

또다시 반 시진이 흐르고 끓는 수증기의 힘에 못 이겨 뚜껑에 들썩일 때 그동안 준비한 다른 약초들을 집어넣었다. 마지막은 습기를 흡수해 물을 진하게 만드는 환흡(丸翕)을 넣었다. 환흡를 넣고 젓게 되면 물기가 점점 사라지고 물에 남아 있는 성분은 환흡에 흡수되어 만두피처럼 변하게 된다.

시간이 지나자 진득한 초록색 물이 증기를 뿜어내며 용암처럼 끓어올랐다. 자엽평은 긴 막대를 이용해 정성껏 젓기 시작했다. 그렇게 이각 정도가 흐르자 더 이상 막대가 저어지지 않을 정도로 뻑뻑해지더니 급기야 쇠 그릇 아랫부분이 타는지 메케한 냄새가 올라왔다.

자엽평은 즉시 불을 끄고 내용물을 들어냈다.

보통 사람이라면 손을 대기도 힘들 정도로 뜨거웠지만 그는 내력을 손에 모아 반죽을 시작했다. 점점 딱딱해지는 설삼의 환흡이 굳는 데는 많은 시간이 걸리지 않았다.

그는 딱딱해진 설삼의 환흡을 조금씩 떼어내 먹기 좋게 환단으로 만들기 시작했다. 모두 떼어 둥글게 만들어놓자 총 이백여 개가 조금 넘는 알약이 만들어졌다.

조금 남아 있는 것을 집은 그는 그것을 유심히 살펴본 후 입속으로 가져갔다. 그 효능을 알아보기 위해서였다.

"크읍!"

미량의 환흡이었음에도 순식간에 속이 차가워지는 느낌과 함께 정신이 번쩍 들며 머리가 맑아지기 시작했다.

"약효가 상당히 강하군."

그때 밖에서 염소 소리가 들려왔다. 자개양이 도착한 것이다.

"잘 되어가나?"

문을 열고 들어온 자개양이 인상을 찡그렸다. 주방에서 흘러나오는 메케한 냄새가 코를 자극하고 있었다.

"이것이 설삼의 냄새?"

"그런 것 같습니다. 그런데 환단으로 만들기는 했는데 이걸 얼마만의 기간 동안 한 알씩 먹어야 할지 감이 잡히질 않는군요."

"먹어보면 알겠지."

말과 함께 자개양은 망설이지도 않고 환단 하나를 집어 입속으로 넣어 삼켰다. 순간 그 또한 자엽평과 같은 표정으로 인상을 쓰더니 참기 힘든 듯 한숨을 내쉬었다. 그러자 입에서 하얀 입김이 뿜어져 나왔다.

"정말 독하군. 그런데……."

"……?"

"……!"

"왜 말이 없습니까? 이상합니까?"

"아니, 몸속이 시원해져. 몸이 가벼워지는 느낌이야."

"효과가 있는 것 같습니까?"

"아직은 잘 모르겠지만 나쁘지는 않아. 좀 더 증상을 지켜보면서 먹어봐야 할 것 같네. 그런데 독하기는 정말 독하군. 눈물이 찔끔 날 지경이야."

그의 말에 자엽평이 피식 웃었다.

“그 나이에 엄살도 피우십니까?”

“갈!”

그날 이후 자개양은 몸 상태를 살피며 약효를 알아내기 시작했다.

약효의 증상은 불규칙하기는 했지만 대략 한 달 정도였다. 한 달이 지나자 자개양은 오히려 고통을 호소했고, 환단 한 알을 먹자 그 즉시 예전처럼 돌아왔다. 그 때문에 자엽평은 속으로 다행이라 생각하면서도 고민해야 했다.

환단은 모두 이백열다섯 개. 한 달에 한 개를 먹는다면 이십 년 가까이는 병이 퍼지는 것을 막을 수 있는 개수였다. 하지만 약효가 떨어지면 고통이 동반되는 것으로 보아 중독성이 상당히 강한 것 같았기에 세 달이 지난 어느 날 자엽평이 충고를 했다.

“약효가 떨어져 고통스럽더라도 먹는 기간을 조금씩 늘리는 것이 좋을 것 같습니다.”

“허허, 내 나이 벌써 구십이 다 되어가네. 지금까지 산 것만으로도 장수한 셈이지. 언제 죽을지 모르는, 검끝에 목숨을 걸고 살아가는 무림인으로서도 꽤 오래 산 편이고.”

“하지만 꼭 이뤄야 될 일이 있지 않습니까?”

“그렇지. 좀 더 시간을 두고 증상을 살펴봐야겠어. 내일은 의원을 좀 만나봐야겠네. 얼마나 호전되었는지 알아봐야 하니까.”

다음날 아침 자개양은 다시 형산을 내려가 의원을 만나 진맥을 받았다. 그런데 천년설삼이 효과가 있기는 있는 모양이었다. 자개양을 진맥하던 의원이 도저히 믿을 수 없다는 표정으로 병이 퍼지는 것이 완전히 멈췄다는 소리를 했다.

“이런 경우는 처음입니다. 대개 내공을 익히는 무인들이 반위에 잘 걸리지 않는데 선생님께서는 걸렸습니다. 특이한 경우죠. 그런데 반위의 진행이 완전히 멈춰진 것도 정말 특이한 일입니다. 저로서는 무엇 때문인지 알 수가 없네요."

"좋아지고 있는 것인가?"

"그런 것은 아닙니다. 말 그대로 진행이 멈췄습니다. 반위는 몸속에 혹이 생기는 병입니다. 한 번 생겨나면 시간이 지날수록 점점 커지고 목숨을 앗아가는 불치병이죠. 그런데 선생님께서는 그 진행이 멈춰 있는 것 같습니다. 석 달 전 진맥했을 때와 지금이 거의 같습니다."

"흐음, 그나마 다행이군."

의원이 은근한 눈빛으로 물었다.

"혹시 제가 준 약 이외에 다른 약을 드시는 것이 있습니까?"

자개양은 능청스럽게 거짓말을 했다.

"그럴 리가 있나? 자네가 준 약만 먹고 있네."

의원은 고개를 갸웃거렸다.

"이상한데……."

"뭐가 말인가?"

"제가 지어준 약은 고통을 없애는 것과 몸의 기운을 북돋워주는 것 외에는 다른 효능이 거의 없거든요."

"허허, 자네의 정성이 병의 진행을 막아준 것이겠지. 아무튼 난 이만 가보겠네. 다음달에 다시 오지."

"살펴가십시오."

자개양이 돌아 나가는 뒷모습을 보면서도 의원은 계속 고개를 갸웃 거렸다.

第三章

"봤나?"

자개양의 말에 자엽평이 고개를 저었다.

"뭘 말입니까?"

자엽평이 이곳에 온 지도 벌써 일 년 하고도 육 개월이 지나고 있었다. 그동안 자개양은 몸 상태가 좋아지자 자신이 창안해 낸 이론인 공간참을 연구하고 수련하는 데 매달렸다.

자엽평의 말에 자개양이 흥분된 목소리로 대답했다.

"방금 공간을 이동을 한 것 같은데……. 아니, 확실히 했네."

"저는 보지 못했습니다. 그저 경공술을 펼쳐 십여 장을 움직인 것밖에는……."

"이런."

자개양은 적이 실망한 표정을 감추지 못했다. 언젠가부터 눈앞에 검은 막이 보이기 시작했고, 그것은 점점 커지고 있었다. 그는 그것을 뚫고 들어가려고 부단히 애를 쓰는 중이었다. 하지만 그가 검은 점막에 다가갈수록 점막도 멀어질 뿐. 하지만 오늘 그것을 분명히 뚫었다. 그런데 아무런 변화도 없었다니…….

"정말 못 느꼈는가?"

"모르겠습니다. 점막을 뚫기는 했습니까?"

자개양이 단호히 고개를 끄덕였다.

"분명히 뚫었네."

"뚫으니 뭐가 달라지던가요?"

"나도 모르겠네. 달라진 것은 없는 것 같은데……. 그저 원래 생각한 대로 시간이 멈췄다고나 할까, 아니면 멈춘 느낌이랄까?"

"시간이 멈춰요?"

"그렇네. 아주 잠깐이지만 시간이 멈춘 것 같은 느낌이 들었지. 너무 찰나지간이라 내가 착각한 것일 수도 있지만……. 하지만 분명한 것은 점막을 뚫고 들어가면 시간이 정지된 공간이 펼쳐져야 한다는 것이야. 이론상으로는 그래야 해."

"그 다음은요? 점막을 뚫고 들어간 다음은 시간이 멈춘 것 같다. 그리고 그 다음은 어땠습니까?"

자개양은 곰곰이 생각했다. 하지만 답답한 듯 한숨을 쉬며 고개를 저었다.

"모르겠네. 분명 점막을 뚫고 들어갔는데 어디서부터 잘못된 것일까? 휴, 정말 모르겠군."

"그래도 점막을 뚫었다니 한 단계는 진보한 것이 아닙니까?"

"글쎄, 다시 해보라면 자신이 없네."

"계속 연구하고 수련하다 보면 분명히 답이 생길 겁니다. 잘못된 것이라면 차차 고쳐 나가면 되지 않습니까."

자개양도 수긍을 하며 고개를 끄덕였다. 아침부터 시작된 수련은 점심도 거른 채 저녁까지 이어지고 있었다.

계속 신법을 전개하던 자개양이 지친 듯 말했다.

"오늘은 이만 하세. 내일 일찍 나가봐야 하니까."

"알겠습니다. 그런데 이번에 나가실 때는 천왕교에 대해서 좀 더 자세히 알아봐 주십시오. 약속 시간에서 육 개월이나 더 지났는데 너무 조용한 것이 이상합니다."

"알겠네."

말과 함께 초가로 들어가려는데 멀리서 인기척이 들려왔다. 순간 자개양과 자엽평이 인상을 굳히며 서로를 바라보았다. 인기척의 주인은 지나는 여행객이 아닌 듯 점점 초가로 가까워지고 있었기 때문이다.

자엽평은 자개양에게 눈빛을 보낸 후 곧바로 숲 속으로 몸을 숨겼다. 이곳에 사람이 찾아올 때면 언제나 자엽평은 몸을 숨겼다. 누구도 믿을 수 없었던 것이다.

그가 몸을 숨기고 난 잠시 후 인기척의 주인이 모습을 비췄다. 초가로 천천히 걸어오는 자는 뚱뚱한 사십대 여인이었다. 검은 피풍(皮風)을 걸친 그녀는 가슴 부위에 '심령(心靈)'이라는 글자가 새겨져 있는 검은 경장을 입고 있었다.

그녀를 보며 자개양이 반색을 했다.

"자네는 손모(孫母)가 아닌가?"

그의 말에 손모라는 괴이한 이름으로 불린 여인이 고개를 숙이며 미소를 지었다.

“그동안 안녕하셨습니까, 어르신?”

“그, 그렇네만 자네가 여긴 어쩐 일인가? 요화(謠花)에게 무슨 일이라도 생긴 겐가?”

손모는 미소를 잃지 않은 채 고개를 저었다.

“마녀(魔女)께서는 언제나 평안하십니다.”

“허허, 아직도 마녀라고 부르나?”

“그렇게 불리는 것을 좋아하시니 저야 어쩔 수 없지요.”

“거참, 나이 일흔이 다 되어가면서도 그 요상한 취미는 없어지질 않는군.”

그 말에 손모가 피식 웃음을 흘렸다.

“훗, 그것이 마녀님의 매력이죠.”

“그렇다면 아직도 그 괴상망측한 방법으로 젊음을 유지하고 있겠군.”

“네, 여전하십니다.”

“쯧쯧, 그러니 무림인들이 하나같이 치를 떨지. 그녀의 무공이 높지만 않았다면 벌써 공적으로 몰려 죽었을 게야. 내가 봐도 하는 짓이 악독할 정도니까.”

말과 함께 그가 물었다.

“그런데 정말 어쩐 일인가? 아무 일도 없다면 요화가 자넬 보낼 이유가 없지 않은가?”

“어르신을 모시고 오라는 명이 있었습니다.”

“날? 왜?”

“그건 저도 자세히 모릅니다.”

자개양이 인상을 찡그렸다.

"또 쓸데없는 일로 날 귀찮게 하려는 것이겠지?"

"중요한 일인 것 같았습니다만……."

자개양은 손을 휘휘 저었다.

"일없네. 그리고 한동안 난 여길 떠날 처지가 못 되네."

"꼭 모시고 오라고……."

"가서 전하게, 만나고 싶으면 직접 오라고."

그러자 손모가 묘한 표정을 지었다.

"이런 말도 했습니다."

"……?"

"오기 싫다고 하시면 나중에 꼭 후회하게 될 것이라고요."

"허허, 참. 그 녀석은 정말 변하지 않은 것 같군. 젊을 때나 지금이나 하는 짓이 똑같아. 아무튼 정말 갈 수 없는 사정이 있으니 그리 전하게. 다음에 여유가 생기면 꼭 찾아간다고도 말하고."

자개양의 말이 단호하자 손모는 어쩔 수 없다는 듯 고개를 숙였다.

"어쩔 수 없군요. 알겠습니다. 그렇게 전하겠습니다."

"미안하네, 멀리서 이곳까지 왔는데."

"저야 심령도(心靈島)에만 있었으니 세상 구경도 하고 좋았습니다. 그럼 이만."

"차라도 한잔하고 가지 그러나."

"아닙니다. 해가 떨어지기 전에 형산을 빠져나가야지요. 그럼 다시 뵐 때까지 안녕히 계십시오."

"가보게. 멀리 나가지 않겠네."

그녀는 간단히 예를 표하고 몸을 돌렸다. 그런데 그녀가 갑자기 동작을 멈추며 다시 몸을 돌렸다.

“왜 그러나?”

“저 아이는 누구입니까?”

그녀의 말에 자개양이 뒤를 돌아보았다. 그러자 초가 담장에 위험천만하게 매달려 있는 자엽령이 보였다. 그것도 위험을 모르는 듯 웃으면서였다.

“저, 저 녀석이!”

자개양이 기겁하며 재빨리 초가로 신법을 전개했다. 그때 자엽령은 손에 힘이 모자랐는지 담장에서 떨어지려는 찰나였다.

자개양은 급히 자엽령은 붙잡은 후 땅에 내려놓았다. 그리 높은 담은 아니었지만 두 살짜리 아이가 떨어진다면 다칠 위험이 있었기 때문이다.

“놈!”

자개양이 호통과 함께 자엽령의 살짝 쥐어박았다. 그런데도 자엽령은 까르르 웃더니 ‘재밌어!’ 라는 어린아이 특유의 불분명한 목소리만 남기고는 뒤뚱뒤뚱 방 안으로 걸어가기 시작했다. 흡사 아무 일도 없었다는 듯한 행동이었다.

금방이라도 넘어질 것 같은 그 모습에 자개양이 미소를 지었다.

“저렇게 장난기가 심해서야……. 한시도 마음을 놓을 수가 없단 말이야.”

그의 중얼거림 뒤로 손모의 목소리가 따랐다. 그녀는 초가로 들어와 자개양의 뒤에 서 있었다.

“누구 아이죠? 설마……?”

“쓰, 쓸데없는 생각 말게. 부모를 잃은 아이라 내가 잠시 데리고 있는 것뿐이야.”

“그렇군요. 그런데 아이가 상당히 예쁘게 생겼네요. 여아인가요?”

“그렇게 보이나?”

“그럼 남아?”

자개양이 고개를 끄덕이자 손모가 의외라는 듯한 표정을 지었다.

“저래 보여도 튼튼한 남자 아이일세. 이제 두 살 됐지.”

“정이 든 모양이군요.”

말을 하면서도 미소를 짓고 있는 자개양을 향한 손모의 말이었다.

자개양이 얼굴을 붉혔다.

“정은 무슨……. 워낙 활동량이 왕성한 녀석이라 골머리를 썩고 있지. 골칫거리야.”

“그래도 저 아이를 보는 어르신의 눈빛에 정이 담겨 있습니다..”

“갈! 그런 소리 말고 어서 가보게. 형산의 해는 빨리 떨어지니까.”

“알겠습니다. 안녕히 계십시오.”

그녀는 말과 함께 올 때와는 달리 경공술을 펼쳤다. 뚱뚱한 몸이 어찌 저렇게 빠르게 움직일 수 있을까 의아할 정도로 뛰어난 몸놀림이었다.

그녀가 사라지고 난 후 숲에서 자엽평이 뛰쳐나와 초가 안으로 달려들었다. 그 또한 자엽령이 담장 너머로 떨어지는 것을 본 때문이었다.

“령아는 괜찮습니까?”

다급한 표정으로 묻는 그 말에 자개양이 고개를 절레절레 흔들었다.

“다행히 괜찮네. 그런데 저 녀석, 누굴 닮아서 저렇게 별난지……. 잠시도 가만히 있지를 않는군. 천왕교에 돌아가면 속깨나 썩일 놈이 될 게야.”

자개양의 말에 가슴을 쓸어 내린 자엽평이 웃으면서 입을 열었다.

"그래도 일 년 전 하루 종일 잠만 잘 때보다는 재밌는데요. 밤에 이리저리 방 안을 뛰어다니는 것을 지켜보면 어찌나 웃기는지……."

"허허. 하긴, 나도 저 녀석이 이리저리 돌아다니며 말썽 피우는 것을 보면 도대체 무슨 생각으로 저러나 하는 생각이 들 때가 많네. 훗날 천왕교의 교주가 될 녀석인데, 그때 꼭 보고 싶을 정도야. 어떻게 천왕교를 끌고 나갈지 정말 궁금하단 말이지."

"하하하, 저도 궁금합니다."

그때 자엽령은 뭐가 좋은지 문틈에 엎드려 자개양과 자엽평의 웃는 모습을 보고 따라 웃고 있었다. 그 모습을 보고 있던 자엽평이 궁금함을 드러냈다.

"그런데 방금 전 왔다 간 중년 여인은 누구입니까?"

"전에 말했지? 내게 사매가 있다고."

"설마……?"

자엽평은 경악했다. 언젠가 자개양에게 사매가 있다는 말을 들은 적이 있었다. 그녀는 무림에서 악명 높고 손속이 잔인하기로 유명한 심령마녀라는 소리를 들었을 때는 상당히 놀랐었다. 의형인 자개양과는 전혀 어울리지 않았기 때문이다.

하지만 지금 자엽평이 놀란 것은 그것 때문이 아니었다. 심령마녀는 잔악하고 괴팍하다고 알려져 있지만 정작 그녀를 유명하게 만든 것은 그 막강한 무공과 함께 주안술로 인한 빼어난 미모였던 것이다. 그런데 방금 전 본 여인은 그리 박색하지는 않지만 뚱뚱하고 볼품없는 중년 여인이 아닌가!

"그녀가 심령마녀(心靈魔女)였습니까?"

자개양이 엉뚱하다는 듯 자엽평을 바라보았다.

"그럴 리가 있겠나? 방금 전 그녀는 손모라고 불리는 요화의 심복이야."

"그렇군요. 어쩐지 소문과는 너무 다르다고 생각했습니다."

"허허허."

"그런데 무슨 일로 왔답니까?"

"나를 데려오라고 했다는데……."

"찾아가실 생각입니까?"

"그녀의 성격으로 보아 별일 아닐 게야. 그래서 거절했네. 다음에 여유가 생기면 한번 찾아가 봐야지."

시간은 빠르게 지나갔다. 그동안 자개양과 엽평, 그리고 엽령은 지루하면서도 평화로운 나날을 보냈다. 하지만 시간이 점점 다가올수록 자개양의 안색은 점점 걱정과 불안으로 어두워지고 있었다.

자엽령에게 정이 든 탓이었다.

처음 자엽령을 보고 그를 키워 나갈 때는 한 번도 해보지 못한 '아이 키우기'에 대한 유희 정도로 생각했던 것이 점점 시간이 지나자 정말 자신의 사질이라도 된 것 같은 느낌이 강해지고 있는 자개양이었던 것이다.

언제나 자개양이 정성을 쏟아 자엽령을 대하는 것을 보던 자엽평이 몇 번의 충고를 했지만 자개양은 웃음으로 대답할 뿐 더욱 자엽령에 대한 애정을 키워갔다.

최근 들어는 좀 더 아이가 커가는 것을 보고 싶다는 말을 혼잣말처럼 자주 내뱉는 그였다.

“아!”

“아!”

자개양이 입을 벌리자 자엽령도 따라 입을 벌렸다.

자개양은 자엽령의 입속으로 음식을 집어넣어 주며 그가 음식을 씹어 먹는 것을 지그시 바라보았다. 그리고 또다시 음식을 집으며 입을 벌렸다.

“아!”

“아!”

자개양은 음식을 집어주고 자엽령은 먹기만을 반복하자 옆에서 지켜보던 자엽평이 한숨을 쉬었다.

“이제 그만 하십시오. 버릇 나빠지겠습니다.”

“버릇이 나빠질 게 무에 있겠나. 내일 아침이면 더 이상 볼 수 없을 것을…….”

시간은 이미 이 년이 지나가 있었다. 자개양이 틈틈이 밖으로 나가 살펴본 결과 천왕교는 자엽평의 계획대로 더 이상 자신을 찾는 것을 포기했다고 판단이 되었다. 그러니 떠날 일밖에 남지 않은 것이다.

자엽평은 내일 자엽령을 데리고 북해로 빠져나갈 계획을 잡고 있었다. 자엽령을 데리고 가는 이유는 혹시 모를 적의 추격에 대한 대비로 인질이 필요해서였다. 자엽령이 곁에 있다면 들켜도 천왕교에서 섣불리 손을 쓰지 못할 것이기 때문이다.

자엽령을 천왕교에 보내는 것은 북해에 거의 당도했을 때 그곳에 있는 표국(鏢局:짐이나 물건을 운반해 주는 운송 사업장)을 이용할 작정이었다.

자연 이 년간 정이 든 자엽령과 헤어지기 싫은 자개양일 수밖에 없었다. 그리고 그것은 자엽평도 마찬가지였다. 자엽평은 그래도 북해까지 자엽령과 동행하게 되었으니 서운함이 조금은 덜했다.

자개양은 연신 자엽령에게 음식을 집어주면서 한숨을 쉬었다.

"이렇게 보내기가 영 내키지 않는군."

"그간 정이 많이 들어서겠죠. 하지만 우리가 없더라도 천왕교에서 잘 키워줄 겁니다. 오히려 여기 있을 때보다 더욱 호강하며 살겠죠."

자개양이 씁쓸한 미소를 지었다.

"아직 어리니 몇 년간 우리를 못 보면 잊어버리겠지?"

"두 살밖에 되지 않았으니 당연히……."

"쯧쯧, 정을 주는 것이 아니었어."

"워낙 귀여운 녀석이라 정을 안 줄래야 안 줄 수 없지 않았습니까."

"그렇기는 하지."

말과 함께 자개양이 자엽령을 향해 물었다.

"령아, 가지고 싶은 거 없느냐?"

말을 알아들었는지 자엽령이 멀뚱멀뚱 자개양을 바라보더니 목으로 시선을 돌렸다. 자개양의 목에는 목에 딱 맞는 염주가 걸려 있었다.

"이것이 갖고 싶으냐?"

자엽령은 아무 말도 하지 않고 손으로 고기 완자 하나를 집어 입속에 집어넣고 있었다. 어린아이답게 염주보다는 먹는 것에 끌린 모양이었다.

그것을 보고 있던 자개양이 미소를 지으며 목에 걸려 있던 염주를 빼냈다. 염주를 잇는 줄은 탄력이 있는 것인지 목에서 빠져나오자 줄어들었다.

그는 그것을 오물거리며 완자를 씹고 있는 자엽령의 목에 걸어주었
다. 조금 헐렁하기는 했지만 흔들릴 정도는 아니었다.

"오늘밤은 내가 이 녀석을 재워도 되겠지?"

"그렇게 하십시오."

"새벽에 떠날 생각인가?"

"그래야겠지요."

"흐음, 령이는 아침잠이 많은데 고생하겠구나."

그 말에 자엽평도 씁쓸한 표정을 지었다. 의형인 자개양이 자엽령에
게 정을 줘도 너무 줬다는 생각이 들었던 것이다. 자신과 자엽령이 떠
나면 오랜 기간 동안 혼자 지내야 할 의형을 생각하자 마음이 편치 못
한 것은 당연했다.

솔직한 마음으로는 자엽령을 보내지 않고 자신도 숨어서 평생 이렇
게 지내는 것이 낫지 않을까 하는 생각도 들었다. 하지만 그는 내심 고
개를 저었다.

천왕교의 뒤를 이을 아이를 데려와 이런 숲 속에서 키운다는 것은
차마 못할 짓이라는 생각이 들었기 때문이다. 정이 없었다면 오히려
계속 데리고 있었을 것이다. 하지만 정이 들었기에, 그리고 자엽령이
좋은 환경에서 크게 성장했으면 하는 아끼는 마음이 있었기에 그럴 수
없었다.

그는 달래듯 자개양에게 말했다.

"너무 걱정하지 마십시오. 어차피 제대로 걷지도 못하니 제가 업고
다닐 생각입니다."

"그렇다면 다행이지만… 북쪽으로 가면 추울 걸세. 옷 단단히 입혀
서 다니게."

“알겠습니다.”

오지 않았으면 하는 새벽은 언제나처럼 찾아왔다.

자개양은 삼십 리나 형산을 내려와 자엽평과 자엽령을 배웅하고 있었다.

“들어가십시오.”

헤어짐을 참지 못하고 끝내 발길을 돌리지 않고 있는 자개양. 그를 보던 자엽평의 말에 자개양은 아쉬운 듯 자엽평의 등에서 곤히 자고 있는 자엽령을 응시했다.

“휴!”

그의 나직한 한숨에 자엽평이 어두운 표정으로 말했다.

“훗날 이번 일이 잊혀질 때쯤 꼭 돌아오겠습니다. 그때 저를 반겨 주십시오.”

차마 그동안 죽으면 안 된다는 소리를 못하는 자엽평이었다. 그의 말에 자개양이 씁쓸한 미소로 답했다.

“그리고 그때는 공간참이 완성되어 있기를 바랍니다. 형님이 꼭 공간참을 시전하는 모습을 보고 싶습니다.”

자개양이 고개를 끄덕였다.

“더 배웅하면 자네 마음이 불편하겠지?”

“밤 공기가 찹니다. 걱정 마시고 들어가십시오.”

“알겠네. 그럼 잘 가게. 그리고 아직도 천왕교가 자네를 찾고 있을지 모르니 항상 주의하고 조심해야 하네. 낮보다는 밤에 다니는 것을 잊지 말고. 그리고 사람들이 있는 곳을 지날 때는 변장을…….”

“하하, 저를 어린아이 취급 하시는군요. 알겠습니다. 그럼 이만 가보겠습니다."

자엽평은 자개양을 일별한 후 뒤도 돌아보지 않고 떠나갔다.

멀어지는 그와 태평스럽게 업혀서 자고 있는 자엽령을 보며 자개양
은 또다시 한숨을 쉬었다.

흔들리는 운명

"휴, 이제 조금만 더 가면 북해빙궁(北海氷宮)의 영역이구나."

남색 도복에 긴 흰 수염을 휘날리며 노인은 흑룡강성(黑龍江省) 최북단의 이름도 없는 산 정상에서 가벼운 한숨을 토해냈다. 따스한 초가을인데도 불구하고 차가운 바람은 몸서리쳐질 정도로 시리기만 했다. 하지만 노인은 추운 기색은커녕 오히려 시원하다는 듯한 표정이었다.

그의 등에서는 흰색의 두터운 천에 감싸여 있는 갓 세 살 된 아이가 장난을 치고 있었다. 장난이래 봐야 별거 없었지만 뭐가 그리 좋은지 헤벌쭉 웃으며 연신 노인의 뒷머리를 잡아당겼다.

노인은 그에 연연하지 않고 산 아래의 마을을 유심히 살펴보고 있었다. 마을이라고 하기에는 상당히 넓으며 큰 건물도 꽤나 눈에 들어왔다.

"저 마을에 천신표국이 있다던데……."

노인은 고개를 돌려 아이를 보았다. 바로 등 뒤에 붙어 있었기에 얼굴은 볼 수 없었지만 장난치고 있는 아이의 손짓이 눈에 들어왔다.

"저기에서부터는 너와도 안녕이다. 이 년 동안 정이 들어 헤어지는 것이 아쉽지만 그래도 너에게는 천왕교에 있는 것이 훨씬 나은 미래를 보장받을 수 있을 거다. 부디 건강하게 자라거라."

노인은 말과 함께 산을 내려가기 시작했다. 그사이에도 아이는 그의 뒷덜미와 귀를 잡아 흔들어댔다. 무슨 장난감이라도 되는 줄 아는 모양이었다.

마을 어귀에 도착하자 노인은 손을 머리 위로 옮긴 후 슬쩍 잡아당겼다. 그러자 놀랍게도 흰머리가 벗겨지며 검은 머리가 드러났다. 다음은 수염을 잡더니 찌찌직 소리와 함께 떼어냈다.

노인은 준수한 사십대 초반의 사내 자엽평이었다.

북경을 넘어 요녕성(遼寧省)에 들어서면서부터 천왕교도들이 없다고 판단했기에 변장을 하지 않아도 됐지만 혹시나 싶어 흑룡강성까지는 변장을 유지하고 있었던 것이다. 그 때문에 수염을 붙인 곳의 피부가 거칠어져 있었지만 상관하지 않았다.

지금부터 표국에 자엽령을 맡긴 후 북쪽으로 육백 리만 더 가면 북해의 지배자 북해빙궁의 세력권이었다. 세외에서 유일하게 통일된 무림. 그런만큼 막강한 힘을 가지고 있었기에 중원의 무사들은 함부로 활개를 칠 수 없는 곳이었다.

중원에 천왕교가 있다면 북해에는 북해빙궁이 있다라는 말이 있다.

하지만 북해빙궁의 입장은 천왕교와는 달랐다. 천왕교는 무림맹을 비롯해 수많은 견제 세력이 있어 제 힘을 발휘하지 못하는 반면 북해는 북해빙궁이 전체를 대표하고 그들에 의해 무림이 움직이고 있었기

때문이다. 북해빙궁주는 말 한마디로 북해의 수많은 문파들을 움직일
수 있는 막강한 힘을 가지고 있었다.

자엽평은 북해에서 지낼 생각이었다. 천왕교로서는 소교주까지 안
전하게 인계받을 것이니 어느 정도 시간이 지나면 자신에 대해서 완전
히 잊어버릴 것이다. 그때가 돼서 그는 다시 중원으로 나올 생각이었
다. 물론 천왕교 내에서 자신의 얼굴을 아는 자가 상당히 많았기에 드
러내 놓고 돌아다니지는 못하겠지만 찾으려고 애쓰지는 않을 테니 조
용히 농사나 짓고 지낼 생각이었다.

"무슨 일이오?"

마을 주민에게 물어 천신표국을 찾아가자 체격이 장대한 위사(衛士)
하나가 자엽평의 앞을 가로막고 나섰다. 자엽평도 그리 작은 키가 아
니었지만 위사의 키가 너무 큰 탓에 올려다봐야 했다.

"운송을 해야 할 물건이 있소."

위사는 자엽평의 살펴보더니 미심쩍은 눈빛을 드러냈다. 허름한 도
복을 입은 자엽평의 모습에서는 어디를 봐도 돈이 나올 것 같지 않았
기 때문이다.

당연히 무시하는 말투가 나올 수밖에 없었다.

"물건이 무엇이오?"

"그건 국주에게 직접 말해야 하는 거요."

"국주께서는 아무나 만나주지 않소."

그 말에 자엽평이 품속에서 동전 한 닢을 꺼내 들었다. 번쩍이는 금
화였다.

"이번 일만 성사시켜 주면 이것의 다섯 배를 줄 것이오."

순간 위사의 눈이 휘둥그레졌다. 그는 좀 전의 의심스런 표정을 버리고 언제 그랬냐는 듯이 비굴하게 변했다.

"자, 잠시만 기다려 주십시오, 대인!"

위사는 잠시 안으로 들어갔다 나오더니 허리를 굽신거렸다.

"들어오십시오."

위사를 따라 표국 안으로 들어가자 시골 촌구석의 표국답게 규모가 작았다. 하지만 정작 문제는 지나다니는 표사들의 행동에 절도가 없어 보인다는 것이었다. 그저 그런 삼류무사로밖에 보이지 않았다. 과연 이자들이 일 처리를 잘 해줄까 하는 의심도 들었지만 표국이 이곳밖에 없었기에 어쩔 수 없었다.

건물로 들어가 국주가 있는 집무실로 들어서자 기름기가 좔좔 흐르는 뚱보가 비굴한 표정으로 자리에서 일어서며 자엽평을 반겼다.

"어서 오십시오. 그래, 운송하고 싶은 물건이 무엇이오?"

집무실로 안내한 위사가 사라지길 기다린 자엽평이 배에 묶여 있는 보자기의 매듭을 풀며 말했다.

"이 아이를 강서에 데려다줘야겠소."

뚱보의 표정이 찡그려졌다.

"물건이 아니라 아이입니까?"

"그렇소."

"돈은 그대로겠죠? 돈만 제대로 지불해 주신다면 상관은 없습니다."

그러자 자엽평이 품속에서 주머니 하나를 꺼내 들었다.

툭!

탁자 위에 올려진 주머니가 묵직한 소리를 냈다.

"금화 다섯 냥이오. 이 정도면 되겠소?"

"하하, 충분하고도 남지요."

탐욕이 가득해 보이는 돼지는 자엽평의 생각이 바뀔까 봐 급히 주머니를 챙겨 품속에 넣었다. 그러면서 비굴한 미소와 함께 물었다.

"정확히 강서성의 어디로 데려다 드리면 되겠습니까?"

"천왕교!"

"천왕교라면…… 강서의 그 천왕교 총단?"

"맞소."

돼지는 뒤뚱거리며 집무실 여기저기를 기웃거리는 자엽령을 바라보았다.

"저 아이가 누군데 그러십니까?"

"그건 알 필요 없소. 해줄 수 있겠소?"

돼지는 품속에 느껴지는 묵직한 돈주머니를 한 번 쓰다듬더니 잠시 후에 흔쾌히 고개를 끄덕였다.

"알겠습니다. 한 달 안으로 천왕교에 도착할 수 있게 해드리겠습니다."

"그럼 믿고 가겠소."

"확인도 안 하시고……."

"국주를 믿는 거요. 이번 일이 잘못되면 그만한 대가를 치를 것이니 결코 금화 다섯 냥이 비싼 것만은 아닐 것이오. 확실하게 처리해 주시오."

조금은 협박같이 들리는 말에 돼지가 떨떠름한 표정을 지었다.

"아, 알겠습니다. 그래도 일을 잘 끝냈다고 알려줘야 하는 의무도 있는데 어디로 연락드리면 되겠습니까?"

"훗날 내가 다시 찾아오겠소. 그럼 바쁜 일이 있어서 이만."

자엽평은 말과 함께 자엽령에게 다가가 무릎을 꿇었다.

"이만 헤어져야겠다. 훗날 만날 수도, 그렇지 못할 수도 있지만 천왕교에 가서 잘 지내거라."

그러자 자엽령이 배시시 웃으며 웅얼거렸다.

"어띠 가?"

이제 말이 틔기 시작한 자엽령이 기특한 듯 자엽평은 미소를 지었다. 그는 대답없이 자리에서 일어나 국주에게 다시 한 번 당부한 후 집무실을 나가 버렸다.

자엽평이 사라지자 돼지는 자엽령에게 다가가 물었다.

"이름이 무엇이냐?"

"자접… 쩡!"

불분명한 대답에 돼지가 확인하듯 다시 물었다.

"접령?"

자엽령이 고개를 도리도리 저었다.

"그럼 엽쩡?"

"……."

"접령?"

"……."

"엽령!"

몇 번의 물음 끝에서야 자엽령이 고개를 끄덕이자 돼지가 능글스러운 표정을 지었다.

"자엽령이로구나. 아까 널 데려다준 사람은 누구시냐?"

"압바!"

돼지가 고개를 갸웃거렸다. 발음으로 보아 '아빠' 라는 것 같은데 자엽평의 행동과 말투로 보아 아버지와 아들 같아 보이지는 않았기 때문이다.

"상관없겠지, 돈까지 두둑하게 받았으니."

말과 함께 밖을 향해 외쳤다.

"총관!"

잠시 후 수염이 텁수룩하게 자라난, 조금은 무식하게 생긴 사내가 집무실 안으로 들어섰다.

"표행을 떠날 준비를 해주게."

"어디로요?"

"천왕교!"

"천왕교라면 강서성에 있는 천왕교를 말씀하시는 겁니까?"

돼지는 고개를 끄덕이며 자엽령을 가리켰다.

"저 아이를 천왕교에 데려다줘야 하네."

"아이를 왜요?"

"난들 어찌 알아, 의뢰가 들어왔으니 하는 수밖에."

그의 말에 총관이 자엽령을 바라보았다. 자엽령은 그가 들어왔는데도 집무실에 있는 붓을 가지고 노느라 정신이 없었다. 구석에 앉아 붓으로 바닥을 쓸고 있었다.

"누가 의뢰를 했습니까?"

"모르네. 삼십대 후반에서 사십대 초반 정도로 보이는 사내였지. 꽤 잘생긴 사내더군."

총관은 다시 자엽령을 바라보았다. 그리고 슬며시 돼지에게 물었다.

"이 년 전 천왕교에서 협조 요청서를 보내온 걸 기억하십니까?"

"내가 그런 걸 어찌 아나? 여기가 천왕교의 세력권도 아닌데 건방지

게 이래라저래라 지시하는 것부터 마음에 들지 않아 보지도 않고 처박
아뒀지. 그런데 왜 그러나?"

"그 요청서를 본 적 있는데 사내의 용모파기와 함께 현상금이 걸려
있었거든요."

"그게 우리와 무슨 상관인가?"

"용모파기와 함께 적혀 있던 내용이 한 살 된 아이를 데리고 세외로
빠져나가려는 자를 보는 즉시 알려달라는 것이었습니다."

그러자 돼지가 자엽령을 유심히 바라보았다.

"이 년 전 한 살이었으면 지금 저 아이만하겠군."

"그렇죠."

"그리고 사내가 데려왔으니……."

말끝을 흐리며 잠시 생각에 빠진 돼지가 물었다.

"현상금이 얼마였나?"

"금화 삼백 냥이었습니다. 그래서 아직도 기억하고 있죠."

"허억!"

돼지의 입이 쩍 하니 벌어지더니 침까지 흘렀다.

"사, 삼백 냥?"

"네."

"빨리 가져오게."

"……?"

"용모파기를 빨리 가져오란 말이야!"

"서재에 두기는 했는데 워낙 오래돼서……."

돼지가 버럭 소리쳤다.

"일각 안에 찾아왓!"

총관이 나가자 그는 다시 무사 몇 명을 불렀다. 무사들이 오기가 무섭게 그가 명했다.

"좀 전에 나간 사내를 찾아라! 얼마 지나지 않았으니 멀리 가지는 못했을 거다! 찾는 즉시 미행을 하고 중간중간 이곳으로 연락을 넣어라! 성공하면 이번 달 급료를 세 배 올려주겠다!"

그 말에 요즘 일거리가 없어 돈이 궁했던 표사들의 얼굴에 생기가 감돌기 시작했다.

"맡겨주십시오!"

"이자가 맞습니까?"

총관이 가져온 용모파기를 본 돼지의 얼굴에 경악과 희열이 교차했다.

"이럴 수가! 어젯밤 꿈자리가 좋더라니……."

"맞습니까?"

"그래, 이자가 분명해!"

돼지는 흥분된 표정을 지우지 못하고 총관에게 물었다.

"이곳에서 가장 가까운 천왕교의 분타나 사업장이 어디 있나?"

"요녕성에 있는 금주로 알고 있습니다."

"엄청 멀군. 요녕에 연락이 가능한 곳이 어디가 있지?"

"방 대인이 있습니다."

"맞아, 그곳에 가는 전서구가 있었지? 그럼 지금 즉시 방 대인에게 전서구를 날리게. 내용은 비밀로 하고 전서구 편지를 천왕교에 전해주라면 될 거야."

"알겠습니다. 그런데 저 아이는 어떻게 할 생각이십니까?"

“중요한 아이인 것 같으니 전서구를 보내고 나서 자네가 직접 천왕교에 데려다주게. 이틀 후 북경으로 떠나는 표행이 있지?”

“네.”

“그러면 그들과 같이 가게. 그리고 북경에서는 표사들은 돌려보내고 자네만 아이를 데리고 천왕교로 찾아가면 될 거야. 천왕교에 데려다주면 그들이 구워 먹든 삶아 먹든 알아서 하겠지.”

“알겠습니다.”

＊　　　＊　　　＊

“어디요?”

강만량은 사람의 말소리 하나만으로도 소름이 돋는다는 것을 오늘 처음 알았다. 짙은 자색 경장에 검을 차고 있는 모습은 다른 무인들과 하등 다를 것이 없었지만 문제는 풍겨 나오는 살기였다.

특별히 내력을 밖으로 뿜어내지 않는데도 불구하고 피부가 따가운 느낌이 그를 떨게 만들었다. 그것은 국주에게 지시를 받은 다른 표사들도 마찬가지였다.

“저, 저기로 한 시진 전에 지나갔습니다.”

강만량의 말에 자색 경장의 사내가 고개를 끄덕이며 그의 수하인 듯한 사십여 명의 사내들에게 나직이 명했다.

“열 명씩 네 개 조로 나누고 두 개 조는 흔적을 찾아 전진, 남은 두 개 조는 우회해서 따라붙는다.”

“존명!”

대답과 함께 사십여 명의 사내가 일제히 몸을 날렸다. 그 모습을 지

100

커본 강만량과 동료 표사들은 기겁했다. 자신들도 검을 배우고 무공을 익혔지만 천왕교에서 온 고수들의 움직임은 자신들과 하늘과 땅 차이였던 것이다. 잠깐 사이에 이미 점이 되어버린 천왕교의 고수들을 경악하며 바라보던 표사들을 향해 책임자가 물었다.

"얼마나 미행을 했소?"

강만량이 극히 조심스럽게 떠듬거렸다.

"여, 열흘 정도입니다."

"열흘?"

"네."

"그런데 여기까지밖에 못 왔단 말이오?"

"첫날부터 이틀 동안은 표국 주위를 맴돌며 감시만 했습니다."

"표국을 왜?"

"그가 찾아오고 난 이틀 뒤에야 표국에 맡긴 아이가 천왕교로 떠났거든요. 그 아이가 표행과 함께 떠나는 것을 확인한 후에 마을을 벗어나 북쪽으로 방향을 잡기 시작했습니다."

"흐음, 미행의 낌새를 알아 차리지는 않았소?"

"그럴 리가요. 한눈에 보기에도 무공을 익힌 것 같아서 미행을 하기보다는 멀찍이 흔적만 따라왔을 뿐입니다. 절대 미행이 있었다는 것을 눈치채지 못했을 겁니다요."

"다행이군. 그런데 그 아이는 확실히 천왕교로 보낸 것 맞소?"

"북경으로 가는 표행에 같이 보낸 것으로 알고 있습니다. 이제 일주일 정도 지났으니 요녕성에 있겠죠."

"표사들의 실력은 믿을 수 있소?"

"그럼은요. 이번에 운반하는 물건 중에 귀중품이 꽤 있어서 표사만

이십 명이 따라붙었는데요. 오랜만의 일거리라 모두들 정신 바짝 차리고 있을 겁니다. 그런데……."

몇 마디 주고받으면서 어느 정도 긴장이 풀렸는지 강만량이 슬며시 사내에게 물었다.

"그 아이는 누군데 그렇게 신경 쓰십니까?"

순간 사내의 눈빛에 살기가 감돌았다.

강만량은 사내의 눈빛에 오금이 저리는 것을 느끼고는 급히 고개를 저었다. 그리고 저절로 지어지는 난감한 웃음.

"헤헤, 뭐, 사실 궁금한 것은 아니었습니다."

그 말에 사내는 품속에서 주머니를 꺼내 강만량에게 내밀었다.

"따로 주는 수고비요. 이후부터는 이번 일에서 빠지고 잊으시오."

말과 함께 자색 경장의 사내는 그의 수하들이 간 방향으로 몸을 날렸다. 그것을 보고 있던 강만량은 사내가 시야에서 완전히 사라지고 나서야 투덜댔다.

"젠장, 건방지기 짝이 없군, 한주먹거리도 안 될 놈이."

그 말을 들은 동료 표사들이 키득거리며 조롱하듯 그를 바라보았다.

第四章

채채챙!

"크아악!"

병장기 부딪치는 소리가 들리더니 그 뒤로 찢어질 듯한 비명이 숲을 울렸다.

'잡았구나!'

천왕교의 천강대 소속 백인대장(百人隊長)인 고진길(高眞拮)은 생각과 함께 소리가 들린 곳으로 몸을 날렸다. 칠십여 장 정도를 달려가자 숲이 끝나고 절벽이 보였다. 절벽에는 자색 경장을 입은 자신의 수하 몇몇이 무기를 거두고 있었고, 또 몇몇은 바닥에 쓰러져 있었다.

"잡았나?"

그의 물음에 수하 하나가 급히 고개를 숙이며 보고를 올렸다.

"잡지는 못했습니다만 처리는 했습니다."

고진길의 인상이 찌푸려졌다.

"생포하라고 했을 텐데?"

"죄송합니다. 상대가 워낙 뛰어난 실력을 가지고 있어 생포를 위해서는 더 많은 희생을 각오해야 했습니다."

수하를 바라보던 고진길은 잠시 생각하더니 고개를 끄덕였다.

"어쩔 수 없지. 지금 어디 있나?"

수하의 손이 절벽 밑을 가리켰다.

고진길의 표정이 다시 구겨졌다.

"죽인 것도 아니다?"

"죽은 것이나 진배없습니다. 심한 부상을 입은 데다 절벽에서 떨어졌으니……. 검신에 독을 뿌려놨기에 상처 부위에서부터 살이 썩어 들어갈 겁니다. 절벽에서 요행히 살아났다 하더라도 며칠을 버티지 못할 겁니다."

고진길은 절벽 끝으로 걸어가 아래를 바라보았다. 삼십여 장은 족히 되는 높이에 바닥은 계곡으로 급류가 흐르고 있었다.

"물에 빠졌나?"

"그렇습니다."

"우리 측 피해는?"

"사망자 넷, 부상자 여섯입니다."

"꽤 많군."

"놈이 암습을 가하며 치고 빠지기를 반복하는 바람에 의외로 피해가 컸습니다."

"쥐새끼 같은 놈. 놈의 시신을 확인했어야 하는데……."

고진길이 몸을 돌렸다.

“전사자는 어쩔 수 없이 여기에 묻는다. 그리고 천수!”

호명된 또 다른 수하가 앞으로 나섰다.

“네!”

“부상자는 네가 수습해 데려와라. 나는 나머지와 함께 본 교로 이동 중이신 소교주님을 따라잡아야겠다. 표국에 맡기는 것보다는 우리가 직접 호위하는 것이 나을 것이다.”

“존명!”

＊　　　　＊　　　　＊

“젠장! 퉤!”

끓어오르는 분노를 참지 못한 왕정(王正)은 거칠게 침을 뱉었다. 마음의 준비를 단단히 하고 한 달 전부터 계획했던 일인데 생각과는 달리 그 피해가 막심했기 때문이다.

“천삼, 몇 명이나 죽었어?”

그의 말에 동료의 시체들을 치우고 있던 자들 중 눈이 가늘고 약삭빠르게 생긴 수하, 천삼이 급히 뛰어와 대답했다.

“서른네 명이 죽었는뎁쇼.”

왕정의 눈빛이 사나워졌다.

“이게 뭔 짓이냐?”

“네?”

“분명히 표사가 열 명 이상 없을 거라며?”

“그, 그건……. 그래서 저도 보자마자 포기하자고 했지만 대장이 계획대로 털자고 했지 않습니까!”

“그럼 여기까지 와서 표물이 지나가는 걸 넋 놓고 보고만 있어야 했냐? 처음부터 제대로 된 정보만 있었어도 더 준비했거나 아예 포기했을 것 아니냐?”

그 말에 천삼은 작은 눈을 더욱 가늘게 뜨며 불만 가득한 표정을 지었다.

“뭐야? 불만있어?”

“아닙니다. 제가 죽일 놈이라서 그런 거죠. 잘되면 대장 공, 안 되면 다 제 탓 아닙니까.”

“말하는 꼬락서니 하고는…….”

왕정이 한 대 칠 듯 손을 치켜들자 천삼이 움찔하며 막는 시늉을 했다. 그때 다른 수하 하나가 크게 외쳤다.

“대장, 여기 좀 와보십시오!”

그 소리에 왕정은 천삼을 한 번 더 노려본 후 몸을 돌렸다.

“뭔데 그래? 황금 보따리라도 나왔냐?”

“그게 아니라… 이게 나왔는데요! 아아, 잠깐!”

말과 함께 수하가 마차 안에서 무언가를 꺼내는 듯하더니 간지러운 듯한 비명을 질렀다. 그 모습을 보고 있던 왕정이 급히 다가가 궁금증을 드러냈다.

“왜 그래?”

“이 녀석, 그만 하라니까!”

“뭐야? 누구에게 하는 말이냐?”

대답을 하지 않는 수하를 밀친 왕정이 마차 안으로 고개를 집어넣었다. 그리고 그 또한 비명을 질러야 했다. 단지 수하와 다른 점이 있다면 그의 비명은 고통에 못 이겨, 짜내는 듯한 비명이라는 점이었다.

"아악! 내 눈!"

왕정은 급히 고개를 뺀 후 발을 동동 굴렀다. 마차 안으로 고개를 집어넣자마자 웬 어린 놈이 손가락으로 눈을 찔러왔기 때문이다. 그것도 웃으면서.

연신 한쪽 눈을 비벼대는 그를 향해 다른 수하들이 하던 일을 멈추고 몰려들었다.

"무슨 일입니까?"

왕정이 눈물을 짜내며 소리쳤다.

"저, 저 자식은 뭐야?"

한참 동안 눈을 감싸 쥔 왕정의 물음에 처음 비명을 질렀던 수하가 어깨를 으쓱했다.

"처음부터 마차 안에 있었는데 제가 어찌 압니까?"

"오늘 재수가 없는 것 같더니 별 험한 꼴을 다 당하는군. 젠장! 표물을 숱하게 털어봤지만 표물 안에 애새끼가 끼어 있는 경우는 오늘이 처음이야. 아이고, 눈깔 빠지는 줄 알았네."

"그런데 어떻게 할까요?"

"뭘 어떻게 해? 신경 쓰지 말고 우선 돈이 될 만한 것부터 전부 다 챙겨!"

그러자 수하가 한쪽에 쌓아둔 동료의 시신과 표사, 쟁자수들의 시신을 가리키며 물었다.

"시체는요?"

"한두 번 일해보냐? 알아서 안 보이는 곳에다 버려!"

일은 순조롭게 진행되었다. 하지만 정작 문제는 투자한 노력과 그 피해에 비해 대가가 너무 적다는 것이었다. 돈이 될 만한 것을 닥닥 긁어 모았지만 남은 삼십 명의 산적이 나눠 가지기에는 부족함이 많았다.

결국 왕정이 또 욕지거리를 내뱉었다.

"젠장, 큰 건이라고 해서 천 리나 원정 왔는데 이게 웬 빌어먹을 경운지……. 이게 다 저 녀석 때문이야."

원망 가득한 그의 눈빛은 천삼에게로 향해 있었다. 그 눈빛을 받은 천삼이 작은 소리로 대꾸했다.

"그래도 요즘 녹림십팔채(綠林十八寨)가 활개를 치는 덕분에 중원에는 일거리도 없잖습니까. 이 정도 건진 것도 다행이죠."

"말이라고 하냐? 젠장, 덤으로 혹까지 딸렸네."

그는 마차 안에서 배시시 웃으며 허탈한 표정을 짓고 있는 산적들을 재밌다는 듯 구경하고 있는 아이, 자엽령을 바라보았다. 울화가 치민 왕정이 버럭 소리쳤다.

"뭐가 좋다고 웃어!"

갑작스런 그의 고함에 놀랐던지 자엽령이 흠칫 떨더니 이내 울음을 터뜨렸다. 그러자 왕정이 시끄럽다는 듯 귀를 후비며 수하들에게 외쳤다.

"정리 다 됐으면 물건을 나눠라!"

그때 옆에 있던 다른 수하가 물었다.

"저 녀석은 어떻게 합니까?"

"뭘 어떻게 해? 신경 쓰지 말고 놔둬!"

"그냥 가시려고요?"

"그럼 내가 키우리?"

"그래도……."

수하는 왠지 정이 가게 생긴 예쁜 아이를 안쓰러운 듯 바라보았다. 왕정도 그것을 보았지만 일부러 거친 투로 말했다.

"지나가는 사람들이 있으면 거둬 키우겠지."

"여기는 사람들이 잘 지나다니지 않는 곳 같은데요. 이런 거친 숲길에 사람이 지나다닐 리가 없죠."

왕정이 눈을 가늘게 떴다.

"그래서 어쩌란 말이냐?"

"그냥 그렇다는……."

"쓸데없는 소리 말고 나눈 물건이나 가져와!"

그의 말에 빼앗은 표물을 서른 등분한 천삼이 보자기 중 하나를 가져와 왕정에게 내밀었다. 왕정은 보자기를 열어 확인하다 말고 험악하게 인상을 썼다.

"뭐야? 왜 이렇게 작아?"

"서른 등분 하니까 그렇게 되던데요. 그래도 대장님께 일부러 많이 넣은 겁니다."

"호, 그래?"

"그렇고말고요."

"그럼 네놈 것을 가져와 봐!"

천삼이 움찔했다.

"제, 제 건 봐서 뭐 하시게요?"

"쓰읍!"

"아, 알았어요."

천삼은 주춤거리며 자신의 보따리를 가져와 왕정에게 내밀었다. 그것을 받아 내용물을 살핀 왕정의 표정이 더욱 험악해졌다.

“이건 뭐냐?”

왕정의 손에는 은괴 세 개가 들려 있었다. 천삼의 보따리에서 꺼낸 것이었다.

“대, 대장님 보따리에도 있습니다.”

“내 천부적인 기억력으로는 방금 전 열어본 보따리에 은괴가 한 개밖에 안 들어 있었던 것 같은데, 아니냐?”

천삼은 대답도 못하고 왕정의 눈치만 살폈다. 그러자 왕정이 심드렁한 표정으로 물었다.

“어떻게 할까?”

“……?”

“여기서 배신자의 말로를 겪을래, 아니면 이 보따리를 포기할래?”

답은 정해져 있었다. 평소라면 우선 주먹부터 날리고 보는 왕정이었기 때문이다. 지금 상황이라면 못해도 병신을 면하기 어려웠다.

천삼의 힘 빠진 목소리가 나직이 울렸다.

“가져가십시오.”

“이것으로 눈감아주는 것을 다행으로 알아!”

말과 함께 왕정이 수하들을 둘러보며 명했다.

“산채까지 보름은 족히 걸리는 거리니 올 때와 마찬가지로 따로 행동한다! 가다가 술을 사 마시든, 여자를 끼고 놀든, 도박을 하든 네놈들 마음이지만 수상한 행동으로 의심 살 짓은 하지 마라. 알겠냐?”

“네!”

“좋아, 산채에서 보자! 모두 흩어져!”

그의 말과 함께 수하들이 삼삼오오 짝을 이루어 산을 내려가기 시작했다. 그때까지 가만히 자리를 지키고 있는 천삼을 향해 걸음을 떼던 왕정이 물었다.

"넌 뭐 해? 여기에 계속 있을 거냐?"

"아닙니다. 배가 아파서요."

"쯧쯧, 가지가지 한다. 먼저 갈 테니 빨리 여기에서 멀어져라."

"예!"

천삼은 투덜대며 숲 속으로 급히 사라졌다. 그리고는 바지를 내리고 볼일을 보는 자세로 앉았다. 그때쯤 대장인 왕정을 비롯해 동료들은 보이지 않았다.

천삼이 음흉한 웃음을 흘렸다.

"흐흐흐, 이건 몰랐을걸?"

그는 중얼거림과 함께 앉은 자세로 손을 뻗었다. 얼기설기 얽힌 나뭇가지 사이로였다.

잠시 더듬거리던 그의 손이 빠져나오자 거기에는 줄이 잡혀 있었다. 그는 그 줄을 그대로 당겼다. 그러자 제법 큰 상자 하나가 딸려 나와 모습을 드러냈다.

"흐흐, 귀여운 것."

그는 상자를 쓰다듬더니 뚜껑을 슬며시 열었다. 처음 볼 때부터 귀한 보물이라고 생각했던 그였기에 동료들과 표사들이 싸우는 틈을 타 미리 숨겨놓았던 것이다.

"헉!"

상자가 열리자 천삼의 두 눈이 기쁨으로 휘둥그레졌다. 왕정에게 빼앗긴 은괴는 비교도 안 될 정도로 큰 은괴가 가득 쌓여 있었던 것이다.

"크흐흐흐, 이거 벼락부자 됐군. 이 정도면 근사한 집 한 채 사고 기루 하나 운영하면서 놀고 먹을 수 있겠어."

그는 끓어오르는 기쁨을 억누르며 자리에서 일어나 바지를 올렸다. 옷을 추스르면서도 다시 한 번 주위를 살폈지만 역시 아무도 없었다. 마차 앞에서 자엽령만이 바닥에 나뭇가지로 그림을 그리며 놀고 있을 뿐이었다. 그런데 너무 오랫동안 그 자세로(?) 앉아 있었기 때문일까?

"으윽!"

갑자기 배가 아파오기 시작했다. 그는 급히 바지를 풀어 내렸다.

푸지지직!

요란한 소리는 그의 튼튼한 위장을 증명했다.

"하, 시원하다!"

큰돈을 손에 쥐었겠다, 배설의 기쁨도 누렸겠다, 천삼은 더없이 좋은 기분으로 앞으로 무엇을 할지에 대해 구체적으로 계획을 세우기 시작했다. 물론 그런 중에도 내용물은 계속해서 몸속에서 빠져나오고 있었고, 역시 요란한 소리도 함께였다. 그런데 그런 그는 정확히 반 각후에 위기 상황을 맞이하게 되었다.

"천삼!"

갑작스럽게 그의 귀에 때리는 짜증나는 목소리는 바로 대장 왕정의 것이었다.

'이, 이런!'

천삼은 쥐 죽은 듯이 조용히 있었다. 왜 돌아왔는지는 모르겠지만 지금 자신의 모습이 그에게 보여진다면 어찌 될지 모르는 일이었기 때문이다. 큰것을 보는 부끄러움 때문이 아니라 큰것을 보고 있는 자신의 앞에 놓여 있는 상자 때문이었다.

"천삼!"

주위를 두리번거리며 몇 번이나 자신을 부르는 왕정 때문에 천삼은 애가 타 미칠 지경일 수밖에 없었다. 속으로 제발 빨리 가라는 주문을 열심히 외우는 수밖에 달리 방법이 없었다. 그런데 또 다른 문제가 그를 괴롭혔다. 천삼으로서는 하늘을 원망할 수밖에 없는 인생 최대의 위기라 할 수 있었다.

"아으, 냄새!"

천삼은 식은땀이 이마를 타고 코를 지나 입속으로 흘러드는 것을 느꼈다.

'비, 빌어먹을 놈!'

신경도 쓰지 않고 있던 자엽령이 뒤뚱거리며 숲을 헤치고 다가오고 있었다.

'가, 가란 말이야!'

차마 입을 열지는 못하고 손짓으로 가라는 뜻을 강렬하게 나타냈지만 어린아이가 제대로 알아들을 리 없었다. 차라리 더 어려서 말이라도 못하면 다행이었을 것이다.

"응가한다!"

'으윽!'

천삼은 속으로 기겁했다. 그러면서도 눈은 숲 건너편 마차를 향했다. 거기에 왕정이 아직도 두리번거리고 있었다.

다행히 왕정은 자엽령의 목소리를 듣지 못한 모양이었다.

내심 한숨을 쉰 천삼이 손을 입으로 가져가 조용히 해달라는 부탁을 자엽령에게 했다. 이번에는 제발 알아듣기를 바라면서…….

하지만 자엽령은 그를 매몰차게 배신했다.

좀 전까지 뭘 그리고 있었는지는 몰라도 바닥에 그림을 그리던 나뭇가지를 들고 천삼의 뒤로 가더니 배설물을 꾹꾹 쑤시기 시작하는 것이다. 간간이 천삼의 엉덩이를 쑤시기도 했다.

'내가 미쳐!'

천삼은 위기 상황 중에도 창피함을 느끼고는 얼굴을 붉혔다. 온몸에서는 진땀이, 표정은 수치스러움이 그를 괴롭게 했다.

'제발, 제발 빨리 가라!'

그는 주문을 외우며 왕정에게 시선을 떼지 못했다.

'제발!'

그의 바람이 먹혀든 것일까? 한참을 기웃거리던 왕정이 욕 몇 마디를 하더니 몸을 돌렸다. 그런데 그가 채 몇 걸음도 떼기 전에 천삼 쪽으로 다시 몸을 돌렸다.

원인은 자엽령이었다. 자엽령이 갑자기 울음을 터뜨렸기 때문이다.

"으아아앙!"

놀란 천삼이 고개를 돌려 뒤를 보았다. 거기에 자엽령이 눈물을 흘리고 있었고, 그의 손에는 방금 전까지 자신의 몸속에 있던 내용물이 묻어 있었다.

앉아서 내용물 가지고 장난치다가 손을 짚은 모양이었다.

'어린것이 더러운 건 알아가지고……'

생각과 함께 그는 쓴웃음을 흘렸다. 숲 풀을 헤치고 들어온 왕정과 눈이 마주쳤기 때문이다.

"헤헤, 대장이 여긴 왜 다시 왔습니까?"

어색한 물음 뒤로 답은 나오지 않았다. 왕정의 눈은 은괴가 들어 있는 상자에 꽂혀 있었다.

"네놈이 평소에 간사한 줄은 알았다만 이 정도일 줄은 몰랐다."

바지까지 까고 엉거주춤한 자세로 있는 천삼은 차라리 찜찜하더라도 왕정의 목소리가 들리는 즉시 도망가지 않은 자신을 질책했다. 하지만 후회는 아무리 빨라도 늦는 법.

픽!

왕정의 솥뚜껑만한 주먹이 작렬했다. 그와 동시에 천삼은 괴상한 신음과 함께 그대로 몇 바퀴를 뒹굴며 나무에 처박혀야 했다.

하지만 그것으로 끝내고 싶은 생각이 없는 왕정은 이제부터 시작이라는 듯 본격적으로 천삼을 밟아대기 시작했다.

처절한 비명이 아무도 지나가지 않는 산길을 울렸다.

"끄응!"

천삼은 어디 한 군데 부러지지 않고 살아 나올 수 있었다. 왕정의 구타가 의외로 빨리 끝났기 때문이다. 아마 왕정도 상자에 든 은괴에 정신이 팔렸기에 그를 두들겨 패는 것보다는 은괴를 챙겨 빨리 떠나고 싶었으리라.

천삼이 한 달 후 산채에 돌아가서 안 사실이지만 왕정은 산채로 돌아오지 않았다.

"나쁜 새끼!"

왕정이 상자를 챙겨 떠나고서 한참 만에야 천삼은 자리를 털고 일어나 욕지거리를 내뱉었다. 억울함, 그리고 맞은 아픔보다는 은괴를 빼앗긴 분노가 그를 자극했던 것이다. 동료들을 속이고 몰래 은괴를 챙긴 자신의 행동에 대한 창피함이나 미안함은 전혀 없는 그였다.

"젠장!"

절뚝거리며 몇 걸음을 떼자 바지가 자신의 대변에 의해 더럽혀졌다는 것을 알았다. 그는 마차로 다가가 여기저기를 뒤졌다. 옷가지 몇 벌을 찾은 그는 몸에 맞는 것으로 갈아입은 후 털썩 주저앉았다. 온몸이 쑤신 이유도 있었지만 앞이 막막했기 때문이다.

다른 일이나 찾아볼까 하는 생각도 들었지만 주먹질과 칼 휘두르는 것밖에 모르는 자신에게 누가 일을 맡겨줄 것인가!

일이래 봐야 육체적인 노동을 강요하는 힘든 일밖에 없을 것이다. 그러니 갈 곳은 이미 정해져 있었다. 어차피 산채로 돌아가야 할 인생인 것이다. 하지만 산채까지 가려면 족히 보름은 걸리는 거리였다. 그것도 쉬지 않고 가야 그 정도.

가는 것이야 문제가 없었지만 그 고민을 하게 만든 것은 주머니에 돈 한 푼 없다는 것이었다. 그는 원망스러운 듯 이제는 나무 밑에 쭈그리고 앉아 나뭇가지로 개미 떼를 괴롭히고 있는 자엽령을 바라보았다.

"휴!"

성질 같아서는 한 대 쥐어박아 주고 싶었지만 아무것도 모르는 애를 때려서 뭐 할까?

한숨을 쉰 그는 걸음을 옮기기 시작했다.

"가면서 암흑시(暗黑市)가 있으면 들러 하루 일거리를 찾아봐야겠군."

중얼거리던 그는 갑자기 우뚝 멈춰 섰다.

"맞아!"

그는 뒤를 돌아 자엽령을 바라보며 음흉한 미소를 지었다.

암흑시란 '어둠의 시장' 이란 뜻으로 무엇이든 사고팔 수 있는 곳을 말한다. 각 지방마다 은밀하게 행해지는 매매 대부분이 암흑시에선 공개적으로 행해지고 있었다.

물론 암흑시라는 것이 보통 사람들에게 알려진 것은 아니었다. 알

만한 사람들에게만 알려져 있는 비밀 같은 곳이었다. 거기에는 작물을 팔고 사거나 하는 등의 밀거래를 행했고, 심지어는 사람도 공공연히 사고파는 곳이었다.

천삼은 거기에서 몸을 팔 생각을 하고 있었다. 완전히 파는 것이 아니라 누군가를 두들겨 패달라는 청부를 맡아주거나 사람으로서는 하기 힘든 짓을 해주고 돈을 받을 수 있기 때문이다. 그런데 그럴 필요가 없어졌다.

암흑시에서는 어린아이들도 상당수 사고팔려진다. 그는 자엽령을 팔 생각을 하고 있었다.

생각과 함께 그는 자엽령에게로 다가갔다.

며칠 후, 자색 경장을 입은 세 명의 사내가 그곳에 나타났다. 그들은 널브러져 있는 시체와 여기저기 부서진 마차를 보며 경악했다.

그중 한 사내가 마차 여기저기를 뒤지더니 불안한 기색으로 보고를 올렸다.

"천신표국이 맞습니다."

"허!"

허탈한 신음이 묵묵히 서 있는 자색 경장의 사내 고진길의 입에서 튀어나왔다. 어이가 없다는 표정이기도 했고 황당하다는 표정이기도 했다. 그리고 앞으로 떨어질 질책에 대한 불안한 표정도 드러냈다. 하지만 그는 침착했다.

"산적들의 소행이겠지?"

"표물이 하나도 없는 것으로 보아 그런 것 같습니다."

"빌어먹을! 감히 어떤 놈들이!"

그는 이를 갈며 명했다.

"소교주님을 찾아라!"

그러자 수하 두 명이 동시에 사방을 헤쳤다. 잠시 후, 그중 하나가 외쳤다.

"여기 시체가 쌓여 있습니다!"

고진길이 급히 그곳으로 몸을 날렸다.

"소교주님은?"

"다행히!"

고진길은 가슴을 쓸어 내렸다. 산적들에게 당한 시체는 모두 있었다. 그런데도 소교주가 발견되지 않았다는 것은 아직 어딘가에 살아 있다는 것을 의미하기 때문이다.

그는 급히 수하에게 물었다.

"금주 분타가 여기에서 얼마나 떨어져 있나?"

"이백 리 정도입니다."

"그럼 너는 지금 즉시 금주로 가서 분타주에게 이 사실을 알려라! 모든 무사들을 총동원해서 요녕성에 있는 산적들의 신상 파악을 해야 한다!"

"존명!"

"손이 모자를 것 같으면 총단에 연락을 넣어라!"

"존명!"

수하는 대답과 함께 섬전과 같이 몸을 날렸다. 그가 사라지자 고진길은 남은 수하에게 명했다.

"너는 지금 흩어져 있는 대원들을 불러 모아라! 모이는 대로 천진표국으로 간다!"

“존명!”

남은 수하 또한 몸을 날려 신속을 헤매고 있는 대원들을 찾아 나섰다.

그리고 며칠 후.

갑자기 천진표국이 멸망하는 사태가 벌어졌다. 시체 하나 남지 않은 그곳을 향해 많은 사람들이 여러 가지 추측을 했지만 결론을 내리지는 못했다. 그리고 그 이후부터 흑룡강성과 요녕성에 천왕교의 고수들이 급격히 늘어나 돌아다니는 듯했다. 그 때문에 그곳을 영역으로 세력을 키우고 있는 모든 문파들이 일시에 긴장하는 사태 또한 벌어지고, 때 아니게 무림맹까지 긴장하게 되었다.

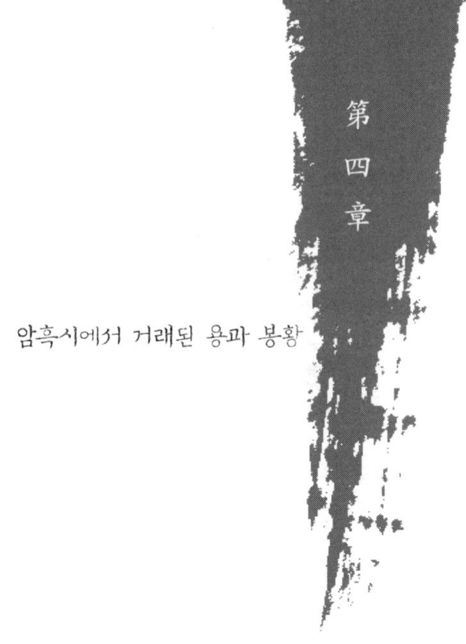

하북성(河北省) 승덕은 사방이 산으로 둘러싸여 있어 여름에는 덥지 않고 겨울에는 얼지 않는다 하여 열하(熱河)라고도 불렀다. 사람들이 살기에 최고의 쾌적한 환경인 곳이 바로 하북 승덕이었다.

승덕의 명물로는 경추봉(磬錘峰)을 들 수 있다. 승덕십대경관 중의 하나이며 봉우리 모양이 남근처럼 우뚝 솟아 있고, 위는 굵고 아래가 가늘어 봉추산이라고도 했다.

원래 많은 여행객들과 연인들이 찾는 경추봉이었지만 오늘은 그보다 더 많은 사람들이 경추봉에서 북쪽으로 사십 리 떨어진 사진(蛇陣)이라는 작은 마을로 몰려들고 있었다. 아침부터 조금씩 찾아오더니 오전이 조금 지나자 발 디딜 틈 없이 북적대기 시작했다. 오늘이 암흑시가 열리는 날이었기 때문이다.

암흑시는 일정한 시간을 두고 열리지 않는다. 한 달에 한 번 열릴 때도 있고 두 번 열릴 때도 있다. 또한 두 달이 지나도 열리지 않는 경우도 있었다. 반면 암흑시가 하북에만 있는 것도 아니었다. 각 지역마다 비밀리에 암흑시가 열려 사람들을 불러들였고, 암거래와 갖은 나쁜 형태의 매매를 부추겼다.

암흑시에서 가장 떠들썩한 곳은 바로 노예 시장이다. 공공연하게 사람을 사고파는 곳으로 어린아이에서부터 어른에 이르기까지 많은 사람들이 매매가 되었다. 이 시대에 사람을 사고파는 것이 그리 희귀한 일은 아니었지만 팔려 나가는 사람들 대부분이 납치된 사람이라는 점에서는 잘못된 것임이 분명했다.

"자자, 여기 이놈 좀 보십시오!"

"쌉니다, 싸!"

노예 시장 여기저기에서 험악하게 생긴 장사꾼들이 손님들의 발길을 끌기 위해 호객 행위를 하고 있었다. 오늘은 노예들이 상당히 많이 들어온 모양이었다. 쇠사슬이 채워져 있는 자들이 여기저기에서 무리를 지어 고개를 숙이고 주인을 기다리는 모습이 종종 눈에 띄었다.

노예 시장에서 가장 값이 비싼 품목(?)은 바로 열 살이 안 된 아이였다. 그래서 아이만 취급하는 곳에 사람들이 가장 많이 몰려 있었다.

"은전 두 냥 천오백 문 나왔습니다! 더 없습니까?"

장사꾼의 외침에 손님들이 침묵이 지키자 그가 다시 외쳤다.

"낙찰됐습니다! 후회없을 겁니다!"

그러자 값을 부른 중년인이 흐뭇한 표정을 지으며 천막 안으로 들어갔다. 그에게 팔린 것이다. 그는 천막 안에서 돈을 지불하고 값을 부른 아이를 데려가는 일만 남았다.

중년 사내가 사라지자 다시 한 아이가 끌려나왔다. 이제 열두 살 정

도 되어 보이는 소년이었다. 그는 제법 얼굴이 희고 건강해 보여 은전
세 냥부터 시작되었다. 여기저기에서 손을 들어 값을 부르고 그 소년
또한 한 사내에 의해 팔리게 되었다.

다음이었다. 이번에 나온 아이는 두 살이 조금 넘어 보이는 아기였
다. 아이가 끌려나오자 사람들이 저마다 호기심을 드러냈다. 뽀얀 피
부에 누가 봐도 보듬어주고 싶을 정도로 예쁘게 생긴 남아였기 때문이
다. 하지만 너무 어린 아이는 값이 싸다. 허드렛일이라도 할 수 있는
나이가 될 때까지 키워야 하기 때문이다.

그래서 그 아이도 은전 한 냥부터 거래되었다.

가장 먼저 손을 든 것은 중년미부였다. 확실히 여인이라 예쁜 아이
에 관심이 끌린 모양이었다.

장사꾼이 시작이 좋다고 생각했는지 미소를 지으며 외쳤다.

"은전 한 냥 나왔습니다! 백 문 이상 더 얹어주실 분 없습니까?"

그러자 한쪽에서 고급스런 비단옷과는 다르게 찢어진 눈에 염소수
염을 기른 노인이 손을 들며 물었다.

"아이를 가까이서 한 번 봐도 되겠나?"

장사꾼은 그를 보고는 드러나지 않게 입꼬리를 말아 올렸다. 노인의
이름은 공손기(公孫技)로 노예 장사꾼에게 잘 알려진 자였기 때문이다.
그는 한 번 산다고 결정을 내리면 어떤 가격을 치르더라도 사는 사람
이었다.

그가 아이들을 사들여 무엇을 하는지는 밝혀지지 않았다. 하지만 장
사꾼에게는 최고의 고객임이 분명한 자였다.

"올라와서 자세히 살펴보십시오. 사내 녀석이 예쁘장하면서도 잔병
하나 없이 건강합니다."

공손기는 고개를 끄덕인 후 앞으로 나와 아이 앞에 섰다.

"이름이 뭔고?"

아이는 자신이 무슨 신세인지도 모르는 듯 여기저기 두리번거리고 있었다.

공손기가 피식 웃으며 다시 물었다.

"이름이 뭐냐고 물었다."

그제야 아이는 공손기를 바라보더니 활짝 웃으며 대답했다.

"자쩝정!"

공손기는 아이들을 확실히 많이 취급했다는 것을 드러냈다. 보통 사람이라면 몇 번을 확인해야 할 것을 그는 바로 알아들었다.

"자엽령이라……. 손."

말과 함께 그는 자엽령의 손을 잡았다. 정확히 손목을 잡아 진맥을 하는 것이었다.

순간 공손기의 표정에 경악이 스쳤다.

"이, 이럴 수가!"

나직한 감탄성이었지만 그것을 들은 장사꾼이 불안한 표정으로 의아함을 드러냈다.

"왜 그러십니까, 어르신? 무슨 문제라도……."

"아, 아닐세."

공손기는 대답과 함께 다시 한 번 자엽령을 바라보았다. 그의 눈에는 믿을 수 없다는 불신과 함께 이채가 띠어 있었다.

"좋군."

중얼거림과 함께 그는 자리로 돌아가 손을 들었다.

"은전 한 냥과 오백 문 더!"

그의 외침에 '그럼 그렇지' 라는 표정으로 장사꾼이 미소와 함께 우렁차게 외쳤다.

"은전 한 냥과 오백 문 나왔습니다! 그 이상 없습니까?"

그러자 중년미부가 잠시 고민하는 빛을 띠더니 질 수 없다는 듯 다시 손을 들었다.

"팔백 문!"

"은전 한 냥 팔백 문 나왔습니다!"

생각할 필요도 없다는 듯이 공손기가 손을 들었다.

"은전 두 냥!"

거의 쐐기가 박히는 분위기였다. 망설임도 없는 공손기의 행동에 중년미부는 인상을 찡그리더니 결국 한숨을 쉬었다.

기대감을 가지고 그녀를 살피던 장사꾼은 내심 실망하며 외칠 수밖에 없었다. 그녀가 얼마를 더 부르든 공손기는 더 높은 가격을 책정할 것이기 때문이었다.

"은전 두 냥 나왔습니다! 더 이상 없겠죠?"

그런데 아닌 모양이다. 공손기의 반대편에 서 있던 사내가 손을 들며 공손기와 같은 물음을 던졌다.

"아이를 한 번 가까이서 보고 싶소!"

창이 긴 죽립을 쓰고 있어 얼굴을 자세히 볼 수는 없었지만 목소리가 나직하고 지긋한 것이 상당히 나이가 많은 자임이 분명했다. 백의를 입고 있는 그를 보며 장사꾼이 다시 고개를 끄덕였다.

"보십시오."

죽립사내는 앞으로 나와 자엽령을 살폈다. 하지만 공손기처럼 진맥을 하거나 하지는 않았다. 그저 가까이 다가가 자엽령을 유심히 바라보더니 자리로 돌아와 손을 들었다.

"은전 다섯!"

순간 모든 사람들이 경악한 표정을 지었다. 물론 장사꾼도 경악한 표정이었지만 속으로는 째질 듯 기쁘다는 것을 눈빛으로 드러내고 있었다.

반면 공손기는 인상을 구길 수밖에 없다.

"으, 은전 다섯 냥 나왔습니다! 더 없습니까?"

공손기가 지체없이 손을 들었다.

"여섯!"

여기저기서 불붙은 경매에 사람들이 감탄을 지르며 호기심을 드러내기 시작했다. 은전 여섯이라는 소리에 지나가던 사람들까지 걸음을 멈추고 몰려들 정도였다. 그리고 지금까지의 상황을 알고 있는 사람들은 모두들 죽립사내가 얼마를 부를지에 대해 기대를 드러냈다.

죽립사내는 사람들의 기대를 저버리지 않았다.

"여덟 냥!"

공손기가 다시 손을 들었다.

"열!

"열하나!"

"열둘!"

"열다섯!"

공손기는 한숨을 쉬었다. 처음 있는 일이었다. 하지만 그가 포기한 것은 아닌 모양이다. 한숨에는 허탈함이 아닌 각오가 서려 있었던 것이다. 과연 긴 한숨 뒤에 그가 손을 들며 결연히 외쳤다.

"은전 스물다섯!"

다시 한 번 사람들이 감탄성을 내지르며 옆 사람과 소곤거리기 시작했다. 이제 두 살 정도 된 아이를 은전 스물다섯 냥이나 주고 산다는 것이 믿어지지 않았기 때문이다. 그러면서도 공손기의 그 배짱에 은근히 부러운 시선을 주기도 했다. 그만큼 돈이 많다는 뜻일 테니 말이다.

죽립사내도 여기서는 조금 망설이는 듯했다. 잠시 후 그가 나직이 한숨을 쉬더니 자리를 떠나며 중얼거렸다.

“꿈속에 용을 삼키는 봉황이 보이더니… 흘러가는 꿈이었던가, 아니면 저 아이는 봉황이 아니라 용인 것인가? 인연이 없네, 없어.”

그가 사라지고 나서도 여운은 계속 남아 있었다. 시간이 조금 흐른 후에야 장사꾼이 공손기를 향해 비굴한 표정으로 천막을 가리켰다.

“우선 저곳으로 들어가 금액을 지불해 주십시오.”

공손기는 고개를 끄덕이며 천막으로 들어갔다. 천막 안에는 아직 주인을 만나지 못한 아이들이 한곳에 몰려 있었다. 공손기는 자엽령의 몸값을 지불한 후 그들을 찬찬히 물색했다. 그리고는 한 사내가 자엽령을 데리고 오자 눈에 든 아이들을 가리키며 그에게 물었다.

“저 아이와 저 아이를 경매에 내보내지 말게.”

“무슨 말씀이신지……?”

“나에게 팔라는 말이지.”

그 말에 사내가 난색을 표시하더니 우물쭈물 대답했다.

“저, 그건 안 되는 일인데……. 잠시만 기다리고 계십시오. 형님께 물어봐야 합니다.”

공손기가 고개를 끄덕이자 사내가 천막 뒷문으로 사라졌다. 그리고 잠시 후 기골이 장대한 사내 하나가 나타났다.

“아이를 사고 싶으시다고요?”

"그렇네. 팔 수 있겠나?"

"원래 그러면 안 되는 거지만 특별히 어르신께는 허락하겠습니다. 명당 은전 한 냥씩만 계산해 주십시오."

공손기는 미소를 지으며 품속에서 두 냥을 꺼내 사내에게 내밀었다.

"저 두 아이를 데려가겠네."

"그렇게 하십시오. 그리고 다음에도 꼭 찾아주십시오."

"그렇게 하지."

공손기는 자엽령을 안고 남은 두 아이는 앞장 세워 암흑시에서 사람들이 비교적 많이 다니지 않는 공터로 향했다. 거기에 도착하자 그를 알아본 한 여인과 그녀를 수행하는 검을 찬 세 명의 사내가 다가왔다.

무사들은 평범해 보였지만 여인은 공손기처럼 눈이 가늘고 반대로 몸은 뚱뚱해 상당히 추녀처럼 보였다. 공손기와 같은 점이 하나 더 있다면 그녀도 생긴 것과는 달리 좋은 옷을 입고 있다는 점이었다.

"세 명이나 더 사셨어요?"

그녀의 말에 공손기가 너털웃음을 흘렸다. 분명 나이 많은 노인의 인자한 웃음소리건만 표정은 간사하기 짝이 없었다.

"물건을 하나 건졌지. 그리고 덤으로 두 명 더 골랐네."

"물건이라뇨?"

"이 녀석이야."

말과 함께 안고 있는 자엽령을 보여주었다.

여인은 아이를 보더니 미소를 지었다.

"호, 이 녀석 정말 예쁘게 생겼네? 잘만 키우면 부잣집 첩으로 비싸게 팔 수 있겠네요."

"무슨 일낼 소릴?"

“왜요?”

“사내 녀석이야!”

“어머, 그래요? 생긴 건 꼭 여자 아이 같은데……. 얼마 주셨어요?”

공손기는 잠시 뜸을 들였다. 말하기 싫은 듯한 표정이었지만 결국 입을 열었다.

“스물다섯 냥!”

“설마 은전으로?”

“맞아!”

여인의 인상이 붉으락푸르락해졌다.

“미쳤어요?”

“미치긴…….”

“그럼 미치지 않고서야 이런 애를 어떻게 스물다섯 냥이나 주고 살 수 있어요?”

“그만한 값어치를 할 거라니까. 말했잖아, 물건이라고.”

여인의 가는 눈은 더욱 가늘어지고 있었다.

“어디다 써먹게요? 어디다 써먹어야 스물다섯 냥의 값어치를 한다 는 거죠?”

“심령도에 보낼 생각이네.”

“심령도?”

여인은 놀람과 동시에 자엽령에게 다시 눈길을 돌렸다.

“하지만 이미 심령도에 들어갈 아이들은 골라두었잖아요.”

“걔들과는 완전히 다르지.”

“그 정도인가요?”

“말해 무엇 해? 한번 진맥해 봐.”

여인은 의심스러운 표정을 지우지 못한 채 자엽렵의 팔을 잡아 진맥
했다. 그리고는 터져 나오는 경악성.

"어멋! 이럴 수가!"

"어때? 정말 물건이지?"

"어, 어떻게 이럴 수가 있어요? 이런 기이한 현상은 한 번도 들어본
적이 없는데……."

"나도 몰라. 아무튼 태어날 때부터인지, 아니면 기연을 얻은 것인지
모르지만 환골탈태를 해 단전이 생긴 것은 분명해. 내공을 가르치면
엄청난 성장을 이뤄낼 거야."

"심령마녀께서 상당히 좋아하겠네요. 생각만큼 내력이 커진다면 엄
청난 가격을 받아낼 수 있을 거예요."

"말해 뭐 하겠나. 그러니 스물다섯 냥이나 미련없이 지불한 것이지.
그 죽립을 쓴 이상한 놈만 아니었다면 두 냥에도 살 수 있었는데, 빌어
먹을!"

"죽립을 쓴 사내?"

"그래. 그놈과 경쟁이 붙는 바람에 스물다섯 냥까지 올라갔지. 그놈
도 필시 이 녀석의 상태에 대해 알아본 것이 분명해. 자세히 보지 않아
서 정확한 판단은 못했겠지만……."

그때 여인이 손을 들어 한곳을 가리켰다.

"혹시 저 사람 아니에요?"

공손기가 돌아보자 그녀의 손끝에 걸린 자는 분명히 죽립을 쓴, 자
신과 자엽령을 두고 경쟁을 벌인 사내였다.

"맞아. 그런데 저자도 아이를 샀군."

공손기의 말대로 죽립사내의 품에도 아이가 안겨 있었다. 그것을 보

고 공손기가 피식 웃었다. 자엽령 정도의 아이도 어려서 관리하기 힘들지만 죽립사내의 품에 안겨 있는 아이는 이제 한 살도 안 돼 보이는, 정말 애물단지 같아 보였기 때문이다. 크기로 보아 태어난 지 백일도 안 됐음이 분명했다.

"하하, 젖 먹일 걱정부터 해야겠군."

공손기의 말을 들었을까? 죽립사내가 공손기를 바라보더니 천천히 걸어와 말을 걸었다.

"고맙소."

뜬금없는 말에 공손기가 고개를 갸웃거리며 물었다.

"뭐가 말이오?"

"당신 덕분에 이 아이를 살 수 있었소. 당신이 안고 있는 아이를 내가 샀다면 이 아이는 나와 인연이 없었겠지."

그 말에 공손기가 죽립사내의 품에 안겨 있는 아이를 자세히 바라보았다.

"아!"

순간 공손기가 감탄했다. 가까이서 보자 아이의 피부에 푸른빛이 은근히 감도는 것 같았기 때문이다.

"어, 어디서 샀습니까?"

"당신과 경합한 곳에서 조금 떨어진 곳이오. 지나가는데 눈에 띄더군. 인연이 있었던 게지."

슬며시 욕심이 드는 공손기였다.

"은전 열 냥을 줄 것이니 저에게……."

"당신은 그 아이를 가졌지 않소. 그 아이도 희귀한 신체를 지녔으니 노예로 부리지 말고 제대로 키워보시오."

"알고 있었습니까?"

"첫눈에 범상치 않은 아이인 것을 알아봤소."

"그런데 왜……?"

공손기가 묻다 말고 피식 웃었다.

"돈이 문제지."

그의 말대로 돈이 없으면 못 사는 것이 당연한 일이다. 하지만 그렇지 않은 모양이었다.

"돈은 충분히 있었소."

공손기의 표정이 일그러졌다.

"그럼 왜 포기한 것이오?"

"나와 인연이 없는 것 같았소. 그 아이는 용이오. 난 꿈에서 봉황을 봤지."

"그럼 여자 아이란 말이오?"

"그렇소. 그럼 이만 실례하겠소."

죽립사내는 간단히 목례를 한 후 자리를 떠났다. 그를 보며 공손기가 입맛을 다셨다.

"너무 어린 것이 탈이지만 저 아이도 정말 물건이군."

옆에 있던 여인도 알아봤는지 고개를 끄덕였다.

"그런데 저 죽립을 쓴 사내는 누구죠? 장사꾼 같지는 않고."

"내가 어떻게 아나? 아무튼 사람 볼 줄 아는 자인 것은 분명해. 아!"

공손기는 안겨 있는 자엽령을 바라보았다.

"이 녀석은 특별히 신경 써서 따로 가르쳐야 돼."

"알겠어요. 그런데 같이 돌아가지 않을 생각이에요?"

"사천에서 암흑시가 열린다는 정보를 얻었으니 그쪽으로도 한번 가봐야지.”

“언제 돌아올 거예요?”

“중간에 심령도에도 한 번 들러야 하니까 좀 걸리겠군. 기다리지 말게.”

“알겠어요. 조심히 다녀오세요.”

“알겠네.”

공손기는 여인과는 반대 방향으로 암흑시를 빠져나갔다. 그리고 그날 암흑시가 열리고 난 한 달 후 무림에 경악할 소문이 퍼졌다.

여태껏 무수히 많은 무림 기재들을 모두 뿌리치고 제자를 받지 않던 무림 최고의 고수 만리독행 파양호에게 제자가 생겼다는 소문이었다.

어떤 제자인지, 어디에서 만났는지, 어느 문파의 출신인지 아무것도 밝혀지지 않았지만 그가 제자를 거뒀다는 것 하나만으로도 무림에 많은 이야깃거리가 떠돌게 되었다.

第五章

第五章

착한 아이는 불손한 아이

"이거 내 거야!"

"아냐! 내 거야!"

이제 열 살 정도 되어 보이는 여자 아이들이 알록달록한 홍의를 두고 천일장(天一莊) 내의 복도에서 실랑이를 벌였다. 좋은 옷을 가지고 싶은 어린 여아의 욕심 때문이었다.

천일장은 산동성(山東省) 청주(靑州)에 있는 장원이다. 천일루(天一樓)라는 기루도 운영하는 그곳에는 언제나 많은 아이들로 북적댔다. 장주가 바로 공손기였기 때문이다.

그는 항상 뛰어난 아이들을 사들여 키우는 사람이었다. 장원을 유지한다는 명목으로 천일루를 운영하고는 있었지만 그곳에서 벌어들이는 것은 극히 일부분일 뿐 실제 벌이는 모두 아이들에게서 나왔다. 아이들의 그의 돈줄이요, 밥벌이라 할 수 있었다.

여기 오는 대부분의 아이들은 모두 암흑시에서 구해온 아이들이었다. 그 외에 부랑자들에 섞여 있거나 먹여주고 재워준다는 소문을 듣고 몰려드는 아이들도 제법 있었다. 하지만 그런 아이들이라고 모두 받아들이는 것은 아니었다. 한 가지 재능은 꼭 있어야 받아주는 것이 이곳의 특징이었다.

머리가 좋아 기억력이 뛰어나거나 이해력이 특출나게 좋아야 하는 경우도 있었고, 무공에 대한 재능, 혹은 예술적인 재능이 있어야 하기도 했다.

여아들의 경우에는 우선 외모를 중요시했다. 여자 이이들은 대부분 부잣집의 첩으로 팔려 나가야 했기 때문이다. 그 외의 여아들은 기녀로 팔려 나가거나 외국으로 팔려 가기도 했다.

남자 아이들은 대부분 몸종으로 팔려 갔다. 머리가 똑똑한 놈들은 그나마 호의호식하며 지낼 수 있지만 대부분은 무림문파에 들어가 어릴 때부터 살수로 키워지거나, 무사가 되거나, 그 외에 그 문파를 위해 목숨을 바치는 사람이 되어야 했다. 정말 운 좋은 아이들은 부잣집의 양자로 나가는 경우도 있었지만 그런 경우는 극히 드물었다.

여자 아이들의 경우에는 많은 교육을 받고 나가야 하기에 꽤나 오랜 시간을 천일장에서 머물렀다. 대부분 열세 살에서 열네 살 정도까지 여자로서 갖추어야 할 많은 교양과 예절을 배웠다. 그래야만 비싼 값으로 팔려 나가기 때문이었다.

반면 남자 아이들은 열 살, 그 이하에 팔려 나간다. 특히 무사로 키우기 위해 무림문파에서 사가는 경우는 더욱 빨랐다. 무공을 익히기 위해서는 열 살 이전부터 수련을 시작해야 가장 좋기 때문이다. 거의 대부분 정도를 걷는 정파가 아닌 사파에서 아이들을 주문하거나 직접

골라 돈을 지불하고 데려가곤 했고, 여자 아이와 남자 아이의 재능과
능력에 따라 가격이 천차만별이었다. 싸게 받는 경우에는 은전 다섯
냥, 비싼 아이는 금전 두 냥에 거래되기도 했다.

 “얼마 준대요?”
 천화루의 책임자이자 천화장의 모든 살림을 도맡고 있는 양희(洋嬉)
의 물음이었다. 그녀의 물음에 공손기가 득의한 미소를 지었다. 그는
자엽령 때문에 두 달 전 심령도로 떠난 후 지금 막 돌아온 길이었다.
 “열다섯 냥!”
 양희의 가는 눈이 더욱 가늘어졌다.
 “설마 은전 열다섯 냥은 아니겠죠?”
 “무슨 소릴……. 금화 열다섯 냥이야.”
 그의 말에 양희의 표정이 탐욕으로 물들었다. 하지만 이내 아쉬운
표정으로 되돌아왔다.
 “언제 데려다줘야 하죠?”
 “두 달 후. 이미 금전 세 냥을 선불로 받았지.”
 “그럼 이제 다시는 못 보겠군요?”
 “왜? 그새 정이라도 든 게야?”
 “팔 년이 어디 작은 세월이에요?”
 “의아하군. 다른 아이들도 몇 년씩 데리고 있었지만 한 번도 그런
적이 없었잖아?”
 “애가 워낙 착하고 똑똑해서 자꾸 관심이 가잖아요. 게다가 생긴 것
이 좀 귀엽게 생겼어야 말이죠. 보면 꼬집어주고 싶을 정도로 예쁘고
귀엽잖아요.”

공손기도 미소를 지으며 고개를 끄덕였다.

"하긴 그 녀석 볼 때마다 끌리는 무언가가 있기는 하지. 그런데 얼마나 성취를 이뤘나?"

"그 아이만 보면 정말 놀라움의 연속이에요. 처음 운기조식을 가르칠 때만 해도 어린 나이에 과연 해낼 수 있을까 하고 걱정을 많이 했는데 요즘은 가면 갈수록 내력이 쌓이는 속도가 더 빨라져 놀라워요. 당신이 가고 난 후에는 더욱 성취가 빨라요. 심령도로 보내지 않고 번듯한 문파에 보내서 무공을 가르치게 하면 정말 천하의 둘도 없는 기재 소리를 들을 거예요."

"쯧쯧, 그런 생각 말게. 정말 정이 많이 든 모양인데 자꾸 그 아이에게 잘 대해주면 버릇 나빠져. 그리고 심령도에 가서도 적응을 못하게 된다고 내가 몇 번이나 말했나?"

그러자 양희는 걱정스러운 듯 말했다.

"어차피 심령도에 가서 몇 년을 넘긴 아이들이 없는데요, 뭐. 령아도 결국 몇 년 못 버티고 죽겠죠."

"그럴 테지. 심령마녀의 보양신공에 당하면 어쩔 수 있나. 양기를 빨려 결국 기력이 쇠해져서 죽겠지."

"금화 열다섯 냥이라……."

양희는 자엽령과 금전 열다섯 냥의 값어치를 머리 속으로 저울질하기 시작했다.

"휴! 처음부터 약속을 하지 않는 것이 나을 뻔했어요."

"그래도 금전 열다섯 냥이 어디야. 아무튼 며칠 후 떠날 테니 그동안만이라도 편히 쉬게 해주게."

"알겠어요."

"지금 어디 있지?"

"천웅령에 수련하러 갔어요. 저녁쯤에나 들어올 거예요."

"그럼 난 그동안 쉬고 있을 테니까 들어오면 내게 말해 주게."

"네."

*   *   *

쏴아아아!

날이 어두워져 가는 데도 폭포는 여전히 아래로 떨어지고 있었다.

낙수 옆 바위 위에 있던 사내가 어두워져 가는 하늘을 보며 입을 열었다.

"이제 그만 해도 된다."

그의 말에 떨어지는 폭포 안에서 온몸이 젖어 있는 열 살 정도의 아이가 걸어나왔다.

아이는 백안과 흑안이 또렷한 대비를 이루고 있어 차분한 인상을 주었다. 반면 맑은 눈 위로 나 있는 긴 속눈썹은 지적으로도 보이게 하는데, 그와 함께 부드럽게 솟은 콧날, 갸름한 턱 선, 붉은 입술이 더해지자 몇 년 후면 남자들의 눈길을 꽤나 끌어 모을 예쁜 여성으로 성장할 것이 분명한 외모였다.

하지만 그것은 단지 외모일 뿐 그가 여자가 아닌 것이 오히려 그를 더욱 빛나게 하는 것이었다. 남자 아이면서도 어떤 여자 아이보다 예쁘게 생긴 외모가 그를 새롭게 보이게 하는 이유 중 하나였다.

한 번 보면 안아주고 싶은 충동을 누구에게나 느끼게 하는, 바로 팔 년 전 천일장으로 팔려온 자엽령이었다.

자엽령이 물속에서 빠져나오자 사내가 무뚝뚝한 목소리로 말했다.

"오늘은 어제보다 더욱 오랫동안 참았다. 하지만 운기조식을 오래 한다고 다 좋은 것은 아니다. 얼마나 정신을 집중하고 얼마나 빠르게 각 혈도로 내력을 일주천시키느냐가 중요한 것이다. 그것을 항상 잊지 말거라."

"알겠습니다."

차분한 자엽령의 대답에 사내는 고개를 끄덕이고는 몸을 돌렸다.

"오늘 수련은 이것으로 끝이다. 돌아가자."

"수고하셨습니다."

뒤돌아 걸어가는 사내를 향해 아이답지 않게 정중히 포권을 한 자엽령은 곧이어 사내를 따라 걸었다.

반 시진 정도 지나자 밤이 찾아왔다. 사위가 어두워질 때쯤 사내와 자엽령은 천일장에 도착할 수 있었다. 천일장에 도착한 자엽령은 사내를 일별한 후 평소와 같이 숙소로 향했다.

자엽령의 숙소는 다른 아이들과 격리된 내당에 있었다. 내당에 있는 아이들은 대부분 이미 팔려 갈 곳이 정해져 있는 아이들이었고, 자엽령은 팔 년 전 천일장에 팔려 올 때부터 내당에서 지내고 있었다. 자엽령을 비롯해 모두 남자 아이들이었다.

내당에 도착해 자신의 숙소로 들어가자 천일루에서 일하던 기녀 하나가 그를 반겼다.

"왜 이렇게 늦었니?"

"수련이 조금 늦게 끝났어요. 모두들 식당에 있어요?"

"그래, 너도 어서 씻고 식당으로 가려무나. 장주께서 돌아오셨어."

그녀의 말에 자엽령의 표정이 어두워졌다. 장주 공손기는 아이들에게 두려움의 대상이었기 때문이다. 특히 내당에서 지내는 아이들에게는 조금의 잘못도 그냥 넘어가는 법이 없었다. 언제나 매질로 아이들을 다그쳤고, 심할 때는 며칠씩 굶길 때도 있었다. 그것은 자엽령에게도 예외는 아니었다. 그것을 알고 있는 기녀는 미소를 지으며 자엽령의 어깨를 쓰다듬었다.

"걱정 마, 오늘은 기분이 좋으신 것 같으니까."

"네."

"어서 씻고 식당으로 가거라. 너무 늦으면 식사 시간도 끝날 거야."

"알겠어요."

자엽령은 언제나처럼 기녀에게도 공손한 태도로 인사를 한 후 자신의 방으로 향했다.

씻고 식당에 도착하자 십여 명의 아이들이 식사를 거의 끝내고 있었다. 그는 식당에 들어서자마자 공손기를 보고는 차분하게 인사를 했다.

"안녕히 다녀오셨어요?"

"오냐. 우선 앉거라."

자엽령이 자리에 앉자 공손기가 물었다.

"요즘 열심히 한다면서?"

"네, 기대를 저버리지 않기 위해 나름대로 노력하고 있어요."

"다행이군. 그 상으로 며칠간 휴식 시간을 줄 테니 푹 쉬거라."

"휴식 시간이요?"

"그렇다. 며칠 후 나와 함께 여행을 가야 하니 그동안 쉬는 것이 좋을 게다."

"어디로……?"

　아직 자신이 어디로 팔려 갈지 모르고 있었고, 그것은 다른 아이들
도 마찬가지였다. 모두에게 비밀로 붙여지는 사항이기 때문이다.
　"도착하면 알게 될 게다."
　"그럼 이곳에는 영원히 돌아오지 못하는 건가요?"
　"넌 그런 것에 신경 쓸 필요 없다. 시키면 시키는 대로 하면 되는 거
야. 알겠느냐?"
　자엽령은 내심 불안한 표정을 지었지만 순순히 고개를 끄덕였다.
　"알겠어요."
　"그래, 그런데 요즘 너를 괴롭히는 아이는 없느냐?"
　연약하고 숫기없어 보이는 자엽령이었기에 언제나 공손기가 걱정하
는 부분이었다. 양희와 그 외에 내당에 있는 사람들 또한 마찬가지였
다.
　조금은 반항적인 다른 아이들과는 달리 자엽령은 조용하고 혼자 있
는 시간이 많았기 때문이다. 자유 시간일 때도 아이들과 어울리지 않
고 홀로 한곳에 조용히 있는 자엽령이었다. 보기에는 아이들이 자엽령
을 괴롭히려고 일부러 멀리하는 듯한 인상을 자주 받았다.
　공손기는 그것이 자엽령의 외모와 행동 때문이라 생각하고 있었다.
어른들에게 사랑받는 외모, 거기에 아이답지 않은 어른스러운 행동이
다른 아이들에게 시기와 질투의 대상이 될 수도 있었다.
　공손기의 물음에 자엽령은 쓸쓸한 표정이 되었다. 그러면서도 식사
를 하고 있는 다른 아이들의 눈치를 살피더니 이내 천천히 고개를 저
었다.
　"아니에요. 모두 잘해주는걸요."
　"흐음."

공손기는 나직이 한숨을 쉬며 이제 식사를 끝내고 공손기의 눈치를 살피고 있는 다른 아이들을 훑어보며 들으라는 듯이 말했다.

"그렇다면 다행이지만 그래도 괴롭히는 녀석이 있다면 양희나 나에게 말하거라."

"네."

"그럼 식사 맛있게 하거라. 너에게 할 말이 있으니 식사 끝나면 자기 전에 내 집무실로 찾아오고."

"알겠어요."

공손기는 자리에서 일어나 식당을 빠져나갔다. 그러면서도 자엽령을 다시 한 번 돌아보는 것을 잊지 않았다.

자엽령은 아직 음식도 가져오지 않고 공손기가 나가기만을 기다리고 있었다. 그 모습에 공손기가 고개를 절레절레 저었다. 말은 아니라고 했지만 분명히 다른 아이들의 괴롭힘을 당하는지 눈치를 살피는 빛이 역력했던 것이다.

하지만 공손기가 아직 모르는 것이 있었다. 아이답지 않은 어른스러움과 착한 행동, 그 이면에 또다른 자엽령의 본성이 있다는 것을……

그가 식당을 완전히 빠져나가자 조용한 침묵이 감돌았다. 그리고 지금까지 아이들의 눈치를 살피던 자엽령이 의자에 등을 기대더니 귀찮다는 투로 입을 열었다.

"배고파."

조금 전의 차분함과 쓸쓸해 보이는 표정은 온데간데없는 자엽령이었다. 그리고 그 말 한마디에 놀라운 일이 벌어졌다. 십여 명의 아이들이 갑자기 얼굴에 미소를 짓더니 몇 명은 음식을 받으러 급히 주방으로 가고, 나머지는 자엽령에게 몰려와 한 명은 왼쪽 다리, 한 명은 오른쪽 다리, 한 명은 왼쪽 팔, 그리고 오른쪽 팔, 남은 한 명은 어깨를 주무르기 시작하는 것이었다.

"오늘 힘들었지?"

한 아이의 말에 자엽령이 죽는소리를 했다.

"말해 뭐 해? 착한 척하는 것도 일이다, 일이야."

그러자 또 다른 아이가 배시시 웃으며 품속에서 천 뭉치를 꺼내 자엽령에게 내밀었다.

"이거 받아."

"뭔데?"

"오늘 낮에 밖에 나갈 일이 있었는데 그때 두 개 슬쩍했어. 령이 주려고."

아이는 말과 함께 천을 풀었다. 그러자 거기에는 당과가 들어 있었다. 그것을 보며 자엽령이 피식 웃었다.

"하나는 너 먹고 나머지는 남겨놨다가 밤에 내 방으로 가져와."

"정말 나 하나 먹어도 돼?"

"먹어."

그러자 아이가 감격한 듯한 표정을 지었다.

"고마워."

그때 주방에서 온 아이들이 자엽령의 탁자 앞에 음식을 올려놓기 시작했다.

자엽령은 아이들의 안마를 받으면서 느긋하게 젓가락을 들어 음식을 먹기 시작했다. 그것을 보면서 아이들은 그의 식사가 끝날 때까지 침묵을 지키며 눈치를 살폈다. 공손기가 있을 때와는 전혀 다른 상황이었다.

“장주님, 엽령이 왔습니다.”

밖에서 부드러운 여인의 목소리가 들려오자 집무실 탁자에서 서류를 보고 있던 공손기가 자리에서 일어났다.

“들여보내거라.”

자엽령이 들어오자 집무실 중앙 탁자에 자리를 권한 공손기는 창가로 다가가 달빛을 바라보며 입을 열었다.

“엽령아.”

“네.”

“올해로 네가 이곳에 온 지 팔 년째다.”

“…….”

“옛날 일을 기억하느냐?”

“……?”

“처음 나를 만났을 때 말이다.”

한참 뜸을 들인 자엽령은 고개를 저었다.

“아니요.”

“그렇겠지. 그때는 두 살 정도였으니까. 그것도 인연일 게다. 운명을 믿느냐?”

“…….”

자엽령은 역시 대답하지 않았다. 그러자 공손기가 달빛에서 시선을 돌려 자엽령을 바라보았다.

“네 운명은 나에게 팔려 오면서부터 정해져 있었다. 다른 아이들도 마찬가지겠지만 내가 암흑시에서 살 때부터 정해졌지.”

그의 말에 공손기의 눈치를 슬며시 살핀 자엽령이 조금은 두려운 표정을 드러내며 물었다.

"제가 갈 곳이 어딘지 가르쳐 주실 수 있어요?"

"아주 머나먼 곳이지. 돌아올 수 없을 게다."

말과 함께 공손기는 다시 창가로 시선을 돌렸다. 자엽령의 어두운 표정을 일부러 피하기 위해서였다. 그래서 그는 보지 못했다.

자엽령은 비소를 흘리고 있었다. 기억에도 없는 어릴 때 이곳에 들온 그는 네 살 때부터 내공 수련을 하게 되었다. 보통의 경우 내공을 익히기 위해서는 몸속에 흐르는 기를 느낄 수 있어야 한다. 그러기 위해서는 육체적인 수련을 강요당했다. 육체적인 수련으로 정신을 맑게 해야 몸속에 흐르는 기를 느낄 수 있게 되기 때문이다.

정도를 걷는 문파에서는 아이들에게 육체적 수련을 강요하지는 않았다. 기본적인 검술이나 권각술을 통해 시간이 흘러 깨닫기를 기다리는 것이 다였다. 아이들에게 어떻게 그렇게 혹독한 수련을 시킬 수 있냐는 것이 그들의 주장이었기 때문이다.

그 때문에 재능에 따라 아이들의 실력이 천차만별 나뉠 수밖에 없었다. 하지만 예외를 두는 경우도 있는데 심혈을 기울여 키우는 적전제자에게는 엄하게 수련시키기도 했고, 괴이한 마공을 가르치는 마도 문파에서도 문파의 힘을 키우기 위해 아이들에게 혹독한 수련을 강요하기도 했다.

자엽령은 육체적인 수련이나 간단한 정신 수양을 전혀 하지 않았다. 그것은 몸속의 기운이 다른 아이들과 달랐기 때문이다. 어린아이에게는 기가 쌓이는 단전이 존재하지 않는 데 비해 자엽령은 존재했던 것이다. 그것도 이미 환골탈태를 겪어 보통 사람이 수련해서 쌓는 기보다 훨씬 농축된 양을 쌓을 수 있는 단전이 말이다.

같은 양이 쌓여도 농축된 기가 쌓이면 훨씬 강한 힘을 발휘할 수 있는 기연을 태어날 때부터 타고난 것이라 할 수 있었다.

공손기는 그것을 알고 있었고, 네 살 때부터 특별히 기를 느낄 수 있는 수련 과정을 넘어 바로 내공 수련에 들어가게 했다. 이미 자엽령이 무의식적으로 내공을 일주천시킬 수 있는 능력이 있었기 때문이다. 특별한 내공 수련을 가르치지도 않았는데 미세하지만 몸속의 내력을 혈도로 돌리는 과정을 반복하고 있는 자엽령에게는 육체적 수련이 필요할 리가 없었다.

거기에서 자엽령은 상당한 고생을 해야 했다. 내공이 무엇인지도 모르는 그에게 운기조식을 강요했으니 할 수 있을 리가 없었기 때문이다. 무의식적으로 행해지는 운기조식을 그가 알아차릴 리도 없는데 그에게 양강(陽剛)의 청령심법(清靈心法)을 익히게 했으니…….

자연 내공 수련을 하면서부터 자엽령은 많은 매질을 당해야 했다. 그것도 공손기에게 직접 맞으면서 수련을 했다. 그가 지금까지 천일장에서 지내오면서 기억에 남는 것을 들라고 한다면 절반이 수련, 절반이 맞은 일이라 할 정도였다.

한 번씩 공손기가 암흑시를 찾아 오랜 기간 천일장을 비울 때가 있었는데 그때는 자엽령에게 있어서 천국 같은 시간일 수밖에 없었다.

천일장은 자엽령에게는 지긋지긋하고, 매일 같은 일상의 반복인 답답한 장소일 뿐이었다. 다시는 돌아오고 싶지 않은 그런 곳이라 해도 좋았다. 그러니 지금 그가 짓고 있는 비소는 지극히 정상적인 것이었다.

순간 공손기가 고개를 돌려 자엽령을 바라보았다. 그러자 자엽령이 언제 그랬냐는 듯 표정을 다시 어둡게 하며 물었다.

“가지 않으면 안 되나요?”

“정이 많이 든 모양이구나.”

자엽령은 대답없이 눈물을 흘렸다. 그 모습에 공손기는 씁쓸한 표정을 지었다.

“미안하구나. 이미 너를 사고 난 후 그분을 만나면서 약속을 했다. 그리고 그분에게 도움이 될 수 있게 지금까지 널 수련시킨 것이다.”

자엽령은 눈물을 닦으면서 물었다.

“그분이 누구신가요?”

“요화라는 분이시다.”

“요화…….”

“그래, 너는 그분을 위해 살아가야 한다.”

“좋은 분이신가요?”

“나도 잘 모르겠다. 네가 가서 직접 겪어보는 수밖에 없지.”

공손기는 대답을 회피하며 자엽령에게 다가가 다독였다.

“그만 울고 가서 자거라. 열흘 후 떠날 테니 내일부터는 수련을 나갈 필요가 없다.”

“네, 그럼 장주님도 편히 쉬십시오.”

자엽령은 공손하게 인사를 하고 방을 나왔다. 복도에는 아무도 없었다. 그것을 확인한 그의 눈빛이 달라졌다. 곱게 생긴 얼굴과는 달리 불량한 눈초리와 함께 건들거리는 걸음걸이, 지워지지 않는 비소가 그를 부조화스럽게 만들었다.

＊　　　＊　　　＊

윙!

청아한 검명(劍鳴)이 울리고 좌에서 우로 경풍을 뿜었다.

스스슥!

삼 장이나 되는 나무를 스치고 지나간 검은 이미 검집 속에 들어가 있었다. 나무도 그대로였다.

하지만 잠시 후, '찌지직' 하는 소리가 들리더니 나무가 비스듬하게 선을 그렸고, 이내 잘린 결을 따라 바닥으로 떨어져 내렸다. '쿵' 하는 소리와 함께 나무가 넘어지며 사방으로 흙먼지와 파편이 튀었다.

무너진 나무 앞에는 이제 여덟 살 정도 되어 보이는 여자 아이가 서 있었다. 놀랍게도 손에 검이 들린 것으로 보아 그녀의 솜씨임이 분명했다.

이제 여덟 살 정도의 여자 아이가 했다고는 믿을 수 없는 검술이었지만 여아의 일검 뒤로 나직한 호통이 떨어졌다.

"검을 그런 식으로 쓰지 말라고 몇 번이나 말했느냐?"

노기 서린 목소리에 여아는 움찔하며 뒤를 돌아보았다. 백발에 흰 수염을 단정하게 기른 백의노인이 여아의 눈에 들어오자 몸을 떨었다.

"상대를 꺾기 위해 검을 움직여야 한다만 그런 마음은 없어야 한다. 마음 없이 벨 수 있는 검이 천하제일검이다. 넌 제일이 되어야 해. 알겠느냐?"

여자 아이는 감히 말도 못하고 고개만 끄덕였다.

"따라오너라. 오늘부터는 신법을 가르쳐 주마."

쏴아! 쏴아!

작은 배 하나가 운남의 최남단에 위치한 서쌍판납(西雙版納)에서 칠십여 리 정도 더 남쪽으로 치우친 해안을 떠나 바다를 가르고 있었다. 배는 쉬지 않고 계속 남서쪽으로 방향을 잡고 있었다. 망망대해를 그렇게 삼 일 정도 가자 섬이 하나둘씩 모습을 드러냈다.

자엽령은 흔들리는 선실 안에서 쭈그리고 앉아 있었다. 며칠 동안의 뱃멀미가 가라앉기는 했지만 아직도 속이 메스껍기는 마찬가지였다.

끼이익!

흔들리는 배 선실 문이 열리며 공손기가 안으로 들어섰다. 그리곤 누렇게 뜬 자엽령의 얼굴을 확인하며 혀를 찼다.

“아직도 속이 안 좋으냐?”

“괜찮아요.”

“쯧쯧, 그것이 다 수련이 부족한 탓이다.”

자엽령은 대답하지 않았다. 내공 수련과 뱃멀미는 전혀 상관이 없었고, 그것을 알고 있었기 때문이다. 공손기는 원래 야속하고 모질었지만 천일장을 떠나고부터는 더욱 심했다. 정을 떼려는 듯.

그것이 자엽령은 더욱 싫었다. 돈 때문에 아무것도 모르는 어린아이들을 사고파는 공손기, 그리고 좀 더 비싼 값을 받기 위해 아이들을 모질게 교육시키는 그가 이제 와서 자신을 위하는 것처럼, 또는 보내기 싫은데 억지로 보내는 것처럼 하는 행동이 거슬렸던 것이다.

‘그래, 그렇게 해라, 돈에 눈먼 늙은 여우.’

자엽령은 생각과 함께 표정을 들키지 않으려고 고개를 푹 숙였다. 가슴 아래로 얼굴을 묻는 그를 보며 공손기는 고개를 절레절레 젓더니 다시 밖으로 나가 버렸다.

그가 나가자 자엽령이 중얼거렸다.

“도착해서 두고 보자.”

그로부터 삼 일 후 배는 거대한 섬 하나를 앞에 두고 접근하기 시작했다.

배가 멈춘 느낌이 나자 밖에서 공손기의 목소리가 들려왔다.

“도착했다. 나오너라.”

목소리와 함께 자엽령이 문을 열고 밖으로 나왔다. 바닷가의 시원한 바람이 머릿결을 쓸고 지나갔다.

“여기가 제가 지낼 곳이에요?”

“그렇다. 앞으로 이곳을 벗어날 수 없을 게다.”

말과 함께 공손기가 선원에게 외쳤다.

“섬에 들어갈 준비를 하게!”

그러자 선원 몇 명이 작은 뗏목 하나를 바다에 띄우더니 공손기와 자엽령을 태우고 섬으로 노를 저었다. 섬으로 향하는 도중 자엽령이 공손기에게 슬며시 물었다.

"얼마를 받으셨어요?"

끈금없는 소리에 공손기가 멍한 표정을 짓더니 이내 인상을 찡그렸다.

"네놈이 그건 알아서 뭐 하려고 그러느냐?"

"그냥 궁금해서요."

순간 공손기의 표정에 이채가 띠었다. 말하는 투는 변함이 없는데 이상하게 그 속에 담긴 언성이 변한 것 같은 느낌이 들었기 때문이다.

잠시 심란해져 있는 공손기의 귀로 자엽령의 혼잣말이 들려와 더욱 그를 혼란스럽게 했다.

"들기로는 계약금을 먼저 받고 아이를 넘겨줄 때 남은 잔금을 받는 다던데… 내 몸값이 얼마나 될까?"

"……!"

공손기는 아무 말도 할 수가 없었다.

뗏목이 섬에 근접해 가자 다섯 명의 여인이 눈에 들어왔다. 모두 고급스런 비단옷을 입고 있었고, 가장 선두에 서 있는 여인만 빼고는 상당한 미인들로 보였다. 선두에 선 여인은 나이가 제법 들어 보이고 뚱뚱했다. 모두들 뗏목을, 정확히 공손기와 자엽령을 기다리는 것처럼 보였다.

예상대로 뗏목이 섬에 닿아 공손기와 자엽령이 내리기가 바쁘게 여인들이 다가왔다. 공손기도 그녀들을 아는지 먼저 고개를 숙이며 아는 체를 했다.

"다시 뵙습니다, 손모님."

자엽령은 공손기의 표정을 보며 조금 놀랄 수밖에 없었다. 자신과 있을 때는 언제나 엄하고 무서운 표정이었지만 지금은 완전히 달랐던 것이다. 그것을 보고 자엽령은 속으로 욕을 했다. 강자에게는 한없이 비굴하고 자신과 같은 약자에게는 군림하고자 하는 비열한 인간을 오늘 보았기 때문이다.

"이 아이가 공손 대부께서 말씀하신 아이입니까?"

가장 선두에 선 손모라 불린 여인이 자엽령을 바라보며 물었다. 공손기가 비굴한 표정으로 고개를 끄덕이자 그녀는 호기심 어린 눈빛으로 자엽령을 찬찬히 뜯어보았다.

"말씀대로 남자 아이라고는 믿을 수 없을 정도로 예쁘게 생겼네요. 마녀님께서 상당히 좋아하시겠습니다."

"헤헤, 그렇죠? 꽤 고생해서 키웠지요."

"그런데……."

말끝을 흐리는 그녀를 향해 공손기가 불안한 표정을 지었다.

"무슨 문제라도 있습니까?"

"아니요. 낯이 익은 것 같아서……. 우리 어디서 만난 적 없니?"

그녀의 말에 자엽령이 고개를 저었다. 공손기가 바로 거들었다.

"그럴 리가요. 어릴 때 거둬서 지금까지 천일장에만 있었는데요."

"흐음, 그래도 언젠가 본 것 같은 느낌이 드는데……. 아무튼 오시느라 수고하셨습니다. 받으세요."

손모는 품에서 묵직한 주머니 하나를 꺼내 공손기에게 내밀었다. 공손기는 주머니를 탐욕스런 눈빛으로 바라보더니 넙죽 받아 들었다.

"확인해 보세요."

"확인할 필요도 없지요. 무게만 가늠해도 금전 열두 냥이 확실합니다."

순간 자엽령이 공손기를 바라보았다. 하지만 공손기는 모르는 것인지 일부러 피하는 것인지 자엽령은 거들떠보지도 않고 손모를 향해 말했다.

"계산도 끝났으니 그럼 이만 가보겠습니다."

"조심해서 가시고, 또 좋은 아이들이 있으면 연락 주십시오."

"여부가 있겠습니까? 그럼 마녀님께 안부 전해주십시오."

말과 함께 몸을 돌리려는 공손기는 동작을 멈추고 자엽령을 바라보았다. 보려고 했던 것이 아니라 그의 소매를 자엽령이 잡았기 때문이다.

공손기가 떨떠름한 표정으로 물었다.

"왜 그러느냐? 나와 헤어지기 싫은……."

공손기는 말을 하려다 말고 말끝을 흐렸다. 놀라서 말이 이어지질 않았던 것이다. 자엽령이 지금까지와는 완전히 다른 표정을 짓고 있었으니 그의 반응은 당연했다. 그간 지켜보았던 곱고 순한 눈빛은 이미 불량스럽게 변해 있었고, 표정 또한 차분하다기보다는 비웃음 섞인, 노골적인 조롱의 의미를 담고 있었다.

공손기의 놀란 표정을 보자 자엽령은 더욱 비꼬는 듯한 표정을 짓더니 근엄한 목소리로 입을 열었다.

"앞으로 그렇게 돈만 밝히며 살지 마세요."

"뭐, 뭐? 지금 뭐라 했느냐?"

공손기의 두 눈이 휘둥그렇게 떠졌다. 뿐만 아니라 손모와 그녀를 수행하는 듯한 네 여인도 놀랍다는 표정이었다. 하지만 자엽령은 그들의 반응에 신경 쓰지 않고 한심하다는 듯한 표정을 공손기에게 보이며 계속 말을 이었다.

"아이들의. 인생을 빨아먹으면서 자기 배 채우지 말라고요. 그렇게 살면 나중에 벌받을 거예요. 그게 참 걱정이죠."

"이, 이 녀석이!"

노한 공손기가 험악하게 인상을 찌푸렸다. 그러자 자엽령이 피식 웃었다.

"그 표정이에요. 그게 장주님의 진짜 모습인데 왜 사람들 앞에서는 그렇게 비굴하게 굽신거려요?"

"네 이놈아!"

결국 참지 못한 공손기가 손을 번쩍 치켜들었다. 단 한 수에 자엽령을 죽여 버릴 듯했다. 하지만 그럴 수가 없었다. 자엽령의 능청스런 말 때문이었다.

"저는 이제 장주님 사람이 아니에요. 장주님이 세상에서 제일 좋아하는 돈을 물어주고 싶으세요?"

"이, 이, 이놈이!"

"헤헤, 역시 돈이 아까운 줄 아는 속물이었나 봐. 돈 이야기가 나오니까 날 못 때리네?"

"닥치지 못할까!"

허공에 멈춰진 공손기의 손이 자엽령의 마지막 말에 떨어져 내렸다. 자엽령의 머리를 향해서였다. 하지만 이번에도 자엽령을 때릴 수는 없었다.

탁!

막 자엽령의 머리를 부술 듯 떨어지던 손이 손모의 손에 잡혔다.

"아이의 말대로 이제 대부께서는 이 아이를 건드릴 수 없습니다."

공손기의 표정이 붉어지다 못해 폭발할 것처럼 푸르게 변했다. 그 모습을 보고 비웃음을 흘리던 자엽령이 한마디 더 해 그의 속을 긁어 놓았다.

"앞으로 어린아이들 등쳐 먹지 마세요."

"끄응!"

공손기는 자신의 손을 잡은 손모의 손을 거칠게 뿌리치더니 고개를 숙였다. 씩씩거리는 투가 금방이라도 일낼 듯했다.

"저는 이만 가보겠습니다."

그의 화난 표정을 살피던 손모가 고개를 끄덕였다.

"알겠습니다. 어린아이의 말에 신경 쓰지 마시고 가보십시오."

"안녕히 계십시오."

그는 말과 함께 죽일 듯 자엽령을 노려보더니 몸을 휙 하니 돌려 뗏목으로 향했다. 멀어져 가는 그가 작은 점이 될 때까지 자엽령은 비웃음을 지우지 않았다.

한참 후, 자엽령의 귀로 손모의 웃음소리가 들려왔다.

"하하하하!"

그뿐만 아니라 네 여인도 키득거리며 웃음을 지우지 못했다.

"재밌는 아이구나."

손모의 말에 자엽령이 고개를 갸웃거렸다.

"전 재미없어요. 지금까지 당한 게 얼만 줄이나 아세요?"

"어떻게 당했는데?"

“그걸 이야기하면 백일 밤낮 후딱 지나가니 그만 하도록 해요.”

“하하, 아무튼 오랜만에 너 덕분에 웃었다. 공손 대부의 저런 표정은 처음 보는구나.”

자엽령도 따라 웃었다.

“히, 사실 저도 처음 봐요. 그래도 저 양반은 당해도 싸요.”

“하하, 그래. 아무튼 피곤할 테니 따라오너라.”

화려하게 꾸며진 방 안은 붉은 천이 쳐져 둘로 나뉘어 있었다.

“호호호호호!”

천 안에서 여인의 상큼한 웃음소리가 터져 나왔다.

“정말이냐?”

천 안에서 흘러나오는 물음에 그 앞에 기립해 있던 손모가 고개를 끄덕이며 대답했다.

“당돌한 아이였습니다.”

“호호호, 아무리 그래도 그렇지 여태껏 키워준 사람에게 그런 식으로 말할 수 있다는 게 놀랍구나. 아니지, 공손 대부는 아이들을 상당히 거칠고 무섭게 다룬다고 들었는데 그런 자에게 그런 말을 했다니 용기가 있다고 해야 할까, 아니면 어린것이 대담하다고 해야 할까?”

“……”

“지금 어디에 있느냐?”

“본래대로 외원에 있는 천부각의 빈방에 숙소를 마련해 줬습니다. 오늘은 같은 건물에서 일하는 아이들을 소개시켜 주고 쉬게 할 생각입니다. 교육은 내일부터 시킬 생각이고요.”

“훗, 오늘밤 데려오너라.”

순간 손모의 아미가 찌푸려졌다.

“아직 도움이 되지 않으실 텐데요?”

“호호, 양기를 보충하려는 것이 아니라 어떻게 생겨먹은 녀석인지 궁금해서 그런다.”

“하지만 한 달이 되기 전 내원에 들이는 것은 규칙에 어긋난 일이지 않습니까?”

“그 규칙을 누가 만들었지?”

당연히 붉은 천 반대편의 여인이 만든 것임을 알고 있는 손모는 한숨을 쉬며 고개를 끄덕였다.

“알겠습니다.”

“그런데 정말 공손 대부의 말처럼 그렇게 양기가 많더냐?”

“공손 대부를 믿고 있기에 확인해 보지는 않았습니다.”

“하기야 공손 대부가 나에게 사기를 칠 일은 없겠지. 생김새는 어떠하더냐?”

“듣던 대로 사내아이라기보다는 여자 아이처럼 귀엽고 예쁘장하게 생겼습니다.”

“딱이군. 데리고 놀기 좋겠어.”

“싹싹한 것이 마녀님의 기분을 잘 풀어줄 아이 같아 보였습니다.”

“여기가 네 방이다.”

홍의를 입은 여인은 자엽령을 천부각에 있는 작은 방으로 안내했다. 방 안은 침상 하나와 옷장 하나만 덩그러니 놓여 있을 뿐 다른 것은 아무것도 없었다.

여인은 방으로 들어와 옷장을 열었다. 옷장 안에는 황색 의복이 다섯 벌이나 들어 있었는데 모두 같은 크기의 같은 옷이었다.

"앞으로는 이 옷만 입거라. 다른 것을 입을 시에는 체벌이 가해질 것이다."

그녀의 말에 자엽령이 호기심 가득한 얼굴로 물었다.

"어떤 체벌인데요?"

"알고 싶으면 규칙을 어겨보거라."

"……."

자엽령은 여인의 얼굴에 살기가 감도는 것을 느끼고는 더 이상 입을 열지 않았다. 방을 안내받은 후 그는 옷장에 있는 황색 의복으로 갈아입고 식당으로 향했다.

식당은 천부각의 삼층에 위치해 있었다. 자엽령은 식당으로 들어서며 자신과 비슷한 또래의 아이 둘과 그보다 나이가 많은 소년 셋을 볼 수 있었다.

그들의 시선이 자엽령에게로 몰리자 여인이 나직이 설명했다.

"오늘부터 너희들과 같이 생활할 아이다. 규칙에 대해서 말해 주고, 사이좋게 지내도록 하거라. 진류(眞流)!"

그녀의 호명에 십삼 세 정도 되어 보이는 마른 소년이 젓가락을 놓으며 일어섰다.

"너도 천일장에서 왔지?"

진류가 고개를 끄덕이자 여인이 자엽령을 가리켰다.

"그럼 이 아이를 알고 있겠구나?"

소년은 자엽령을 한동안 뚫어지게 쳐다보았지만 선뜻 기억이 나지 않는지 곰곰이 생각하는 빛을 드러냈다. 그러더니 잠시 후 고개를 끄덕이며 떠듬거렸다.

“어릴 때 같이 지낸 것 같은데······.”

“잘됐네. 그럼 네가 오늘 이 아이에게 이곳 지리와 위치를 신경 써서 가르쳐 주도록 해라.”

“알겠어요.”

여인이 자엽령에게 진류의 옆 자리를 가리켰다.

“저기 앉아 식사를 하고 오늘은 진류를 따라다니며 이곳 생활에 대해서 배워라. 알겠니?”

“네.”

여인이 식당 문을 나서자 자엽령은 진류 옆 자리에 앉았다.

새로운 아이가 왔으니 말을 걸어볼 만도 하련만 모두들 젓가락을 놀리기에 바빴다. 그들이 하는 양을 가만히 지켜보던 자엽령을 향해 가장 먼저 말을 건넨 것은 진류였다.

“정말 천일장에서 왔어?”

“네.”

“흐음, 이름이 뭐야?”

“자엽령!”

“엽령?”

“네. 절 아세요?”

진류는 이제야 기억이 나는 듯 고개를 끄덕였다.

“내가 다섯 살 때 장주님이 널 데려온 게 기억나.”

“정말이요?”

“그래, 넌 어려서 기억 안 나겠지만······. 사실 나도 어렴풋이 기억나는 것밖에는 없어. 네가 온 지 삼 년 정도 있다가 이곳으로 왔는데 삼 년 동안 천일장에서도 널 볼 시간이 식사 시간 외에는 없었거든.

사내 녀석이 여자 아이같이 생긴 데다가 이름도 여자 같아서 기억해."

그나마 아는 사람이 있자 자엽령도 내심 반가운 마음에 웃으며 인사를 건넸다.

"반가워요."

"반갑긴."

말과 함께 진류가 식당에 있는 아이들을 소개하기 시작했다. 가장 먼저 소개된 아이는 가장 어려 보이는 송영(誦詠)이라는 귀엽게 생긴 아이였다. 여덟 살로 이곳에 온 지 이제 세 달 된 녀석이라고 했다. 그리고 나이 순대로 올라가는데 가장 나이 많은 아이가 지화충(遲華蟲)으로 열다섯 살이었다. 진류가 열네 살로 두 번째였다.

자엽령은 소개를 받으며 잊어버리지 않으려는 듯 하나하나 뜯어보기 시작했다. 그러자 두 가지 공통점을 발견할 수 있었다. 식탁 앞에 놓인 음식으로 보아 상당히 잘 먹고 지내는 것 같은데 모두들 말라 보인다는 점, 그리고 생김새가 여아처럼 귀엽거나 여성스럽게 생겼다는 점이었다.

아이들의 소개가 끝나자 진류는 모두에게 자엽령을 소개했다.

"얘는 자엽령이라고 내가 어릴 적에 같은 곳에서 지낸 녀석이야."

그의 웃으면서 하는 말에 진류와 같은 나이의 정소(呈訴)라는 아이가 어두운 표정으로 질책하듯 말했다.

"넌 지금 웃음이 나오냐? 소백(召伯)이 언제 죽을지도……."

"그만 해!"

지화충의 외침에 정소가 움찔하며 말끝을 흐렸다. 그 때문에 잠시 식당 분위기가 침울하게 변했다.

무슨 일인지는 모르지만 분위기를 알아차린 자엽령은 말없이 앞에 놓인 음식을 먹기 시작했다. 분명 안 좋은 일이 있음이 분명해 보였던 것이다. 그때 식당 문이 거칠게 열리며 두 명의 아이가 들어섰다. 묘한 것은 그 두 명이 들어서자 다른 여섯 아이의 표정이 일그러졌다는 것이다.

자엽령이 낮은 목소리로 진류에게 물었다.

"저들은 누구예요?"

진류 또한 낮은 목소리로 대답했다.

"저기 덩치 큰 녀석은 강령(江令), 그리고 옆에 있는 작은 녀석은 조조성(朝助成)이라고 해. 녀석들하고는 되도록 가까이 하지 마."

"왜요?"

"더러운 녀석들이거든."

그의 말에 자엽령은 다른 식탁에 앉아 있는 강령이라는 녀석을 힐끔 바라보았다. 얼굴을 앳되어 보이는데 키는 어른만했다. 그리고 주방으로 가서 음식을 가지고 나오는 조조성이라는 녀석은 덩치는 자엽령보다 조금 큰 편이었지만 약삭빠르고 눈알을 요리조리 굴리는 것이 눈치깨나 보는 놈인 것 같았다.

그들까지 가세하자 식당의 분위기가 더욱 가라앉았고, 자엽령은 역시 그에 대해서도 더 이상 캐묻지 않았다. 시간이 지나면 자연히 알게 될 일이기 때문이다. 그런데 그 기회가 빨리 찾아왔다.

"야, 지화충!"

강령이 눈을 가늘게 뜨고 부르자 지화충이 인상을 구겼다.

"왜 불러?"

"소백은 어떻게 됐냐?"

“네가 상관할 일 없잖아?”

강령이 피식 웃었다.

“왜 상관할 필요가 없다는 거야? 명색이 같이 고생하는 처진데.”

“그딴 소리 말고 네 앞가림이나 잘해라.”

“하하, 나야 항상 잘하고 있지. 그런데 뒈지려면 빨리 뒈지지 괜히 신경 쓰이게…….”

“뭐얏?”

지화충이 자리에서 벌떡 일어섰다. 그러자 동시에 강령도 자리에서 일어섰다.

강령은 말랐지만 건장한 체격이 제법 위협적이게 느껴졌다. 그것에 눌렸는지 지화충은 씩씩거리기만 할 뿐 선뜻 다른 행동을 하지 못했다.

강령은 그런 지화충을 보며 조소를 흘렸다.

“왜? 저번처럼 몇 대 맞고 싶나?”

그러자 지화충이 강령을 한참 동안 노려보다 이내 자리에 주저앉아 버렸다.

“하하, 자존심도 없는 녀석.”

강령의 말에 모두들 주먹을 불끈 쥐었지만 묵묵히 밥을 먹기만 할 뿐이었다. 그러자 강령이 자엽령을 가리켰다.

“저 녀석은 뭐냐? 또 새로 왔냐?”

“……..”

아무도 대답을 안 하자 강령이 진류를 지목했다.

“진류!”

그의 부름에 진류가 약간 불안한 빛을 띠더니 슬그머니 강령을 바라보았다.

"왜, 왜요?"

"내 말 안 들려? 네 옆에 있는 녀석 누구냐고?"

"자, 자엽령이라고…….."

"자엽령? 하핫! 이름 한번 예쁘장하네. 진짜 여자 아니야?"

"남잔데요."

"나도 알아, 임마! 설마 여자 아이를 데려왔을까?"

핀잔과 함께 강령이 자리에서 일어나 자엽령에게로 다가왔다. 그의 행동에 모두 긴장감을 드러냈지만 강령은 예상과 달리 웃으며 손을 내밀었다.

"반갑다. 잘 지내보자."

분위기를 보아 상당히 질이 안 좋은 녀석 같았지만 걸어오는 인사라 뿌리치지 못한 자엽령이 마주 손을 내밀었다. 그러자 강령이 손을 덥석 잡으며 힘을 주었다.

"바, 반가워요."

"그래, 난 강령이라고 한다."

"네, 저는 자엽령이라고 해요."

그러자 강령이 비릿한 미소를 지었다.

"나에 대해서 들어보면 알겠지만 앞으로 내 성질 건드리지 마라. 괴롭다."

"……."

"알겠어, 모르겠어?"

"아, 알겠어요."

"짜식!"

강령은 손을 풀더니 자엽령의 머리를 툭 치고는 다시 식탁으로 돌아
갔다. 자엽령이 돌아서는 강령을 바라보는 순간 이미 식탁에 음식을
가져다 놓고 앉아 있는 조조성이라는 녀석과 눈이 마주쳤다. 조조성
또한 음흉한 미소를 지으며 자엽령을 바라보고 있었다.

第六章

식사가 끝난 자엽령은 진류와 함께 심령장원의 지리를 둘러보며 지리에 대해서 설명을 들을 수 있었다.

"와! 정말이에요?"

심령도에 대한 이야기가 나오자 자엽령이 놀라움을 드러냈다.

"그래, 심령도는 심령장원을 중심으로 전부 진법이 구성되어 있어. 그래서 들어올 수는 있어도 빠져나갈 수는 없어."

"그럼 전혀 나갈 기회가 없어요?"

"없어. 심령장원 안에서만 평생 살아야 해."

"그래도 진법이 없는 곳도 있을 것 아니에요."

잠시 생각하던 진류가 입을 열었다.

"사실 진법이 없는 곳이 두 군데 있기는 해."

"어딘데요?"

“장원에서 동쪽 지옥봉(地獄峯)으로 가는 길하고, 반대편 서쪽으로 심령하(心靈河)를 건너는 길이 있어.”

“강도 있는 거 보니까 심령도가 꽤 큰가 봐요?”

“나도 몰라.”

“혹시 도망친 사람은 없나요?”

“무, 무슨 소리야?”

자엽령의 물음에 진류는 경악하며 두 눈에 두려운 표정을 담았다. 한참 동안 자엽령을 노려보더니 한숨을 쉬며 충고했다.

“행여나 그런 생각은 하지도 마. 소백처럼 될 뿐이니까.”

“소백이라면…….”

“그 녀석, 멍청하게도 도망치려고 했었어.”

진류는 쓸쓸하게 웃었다.

“바보 같은 놈. 그런데 웃긴 게 뭔 줄 알아?”

“……?”

“담도 넘기 전에 잡혔다는 거야.”

“누가 고자질을 했나 보죠?”

“그렇지 않고서야 어떻게 그렇게 허무하게 잡힐 수 있겠어.”

“누구죠?”

“강령하고 조조성!”

“아, 아까 식당에 있던 그 두 사람?”

“그래, 더러운 놈들이야. 동료를 팔아서 호의호식하는 놈들이지.”

“체벌도 있다던데 어떤 거죠?”

“보통은 매질을 당해. 어떨 때는 굶기기도 하고. 소백처럼 도주하다 걸리면 매질을 당한 후에 해안가에 있는 나무에 닷새 동안 거꾸로 매달려 있어야 해. 내가 여기 온 후부터 지금까지 세 명이 도주를 시도했는데 모두 잡혔어. 그리고 두 명은 죽었어. 해안가의 햇볕이 엄청 뜨겁거든. 온몸에 상처를 입은 상태에서 거꾸로 닷새 동안 물 한 모금도 못 마시고 매달려 있었으니 견딜 수 없지. 소백도 지금……."

말을 하던 진류의 표정이 슬픔에 잠기기 시작했다.

"불쌍한 놈. 그나마 그 녀석은 닷새 동안 버텼는데 지금 죽어가고 있어. 그러니 너도 나쁜 생각 하지 말고 어떻게서든 오래 견딜 생각만 해."

"알겠어요."

자엽령은 진류를 안심시키려는 듯 미소를 지으며 고개를 끄덕였다. 하지만 표정과는 달리 그의 머리 속은 빠르게 돌아가고 있었다.

'훗, 난 달라.'

생각과 함께 여기저기를 돌아보던 자엽령은 많은 것을 물어보기 시작했고, 진류는 착실하게 대답해 주었다.

"여기서부터 너는 못 들어가."

"여기가 어딘데요?"

"마녀님이 계신 곳이야. 한 달 동안 교육을 마친 아이들만 들어갈 수 있어."

"요화라는 분이요?"

"맞아. 우리들은 마녀님이라고 불러."

"어떤 사람이죠?"

"모, 모르겠어."

대답을 하던 진류의 표정이 붉게 물들기 시작했다. 그것이 이상했던 자엽령이 다시 물었다.

"정확히 여기 있는 아이들이 하는 일이 뭐예요?"

"청소나 정원을 가꾸는 것 등 자잘한 일은 뭐든 시키는 대로 하는 거야."

"그것밖에 없어요? 그럼 조금 귀찮기는 해도 먹여주고 재워주는데 왜 도망치려고 하죠?"

"그, 그건……."

"그건……?"

진류의 얼굴이 더욱 붉어지기 시작했다. 잠시 후 진류가 자엽령의 머리를 쥐어박았다.

"내일부터 알게 될 테니까 곤란한 건 묻지 마."

"치, 곤란한 일이 뭐가 있다고. 그냥 먼저 가르쳐 주면 안 돼요?"

"내, 내 입으로 말하기 뭐해서 그래. 내일부터 신녀님들이 널 교육시킬 거니까 알게 될 거야."

"혹시 마녀님과 관계된 일을 하는 거예요?"

"모, 몰라."

떠듬거리며 당황한 표정을 짓는 진류는 급히 자엽령을 이끌고 다른 건물로 향했다.

"여기가 신녀님들이 기거하는 곳이야."

널따란 정원과 정원 중앙에 있는 삼층짜리 건물이 자엽령의 시선을 끌었다.

"와! 여기 정원은 정말 좋네요!"

"내원은 더 좋지. 어떤 방은 금으로만 되어 있는 곳도 있어."

"정말요?"

"응, 나도 한 번밖에 못 봤는데 진짜 호화스러워."

“건물이 꽤 큰데 신녀님들은 몇 분이나 계세요?”

“모두 서른다섯 분이 계셔. 그중 손모님이 신녀님들을 관리하고 다스리셔. 여기 심령장의 장주님이셔.”

“마녀님이 장주가 아니고요?”

“마녀님은 그냥 마녀님이야. 손모님이 모든 일을 다 관리하시거든.”

“그럼 손모님에게 잘 보여야겠네요.”

“마음대로 해봐.”

대답이 신통치 않자 자엽령이 고개를 갸웃거렸다.

“왜요?”

“누구에게 잘 보인다고 특별 대우를 해주는 걸 못 봤어.”

“강령이나 조조성은 고자질해서 좋은 대우를 받는다면서요?”

“특별 대우라기보다는 받아야 할 벌을 안 받게 된 거지. 녀석 둘이 소마녀님이 아끼는 옷을 빨다가 찢었거든.”

“소마녀님?”

“응, 마녀님의 제자야. 여기에서 두 번째로 높은 분이야.”

“어떤 분이세요?”

“조심해야 할 분.”

“무서운 분인가 보죠?”

“그런 건 아닌데… 아무튼 그분 앞에서는 행동도 조심해야 하고 될 수 있으면 마주치지 않는 게 좋아. 명심해.”

“알겠어요.”

“자, 그럼 대충 지리는 알겠지?”

“네.”

“그럼 시간도 늦었으니까 오늘은 숙소에 가서 쉬어라. 잘 때 지켜야 할 규칙 등을 따로 말해 줄게. 나는 일하러 가봐야 해."

"저도 도와드릴게요. 같이 해요."

"안 돼. 자신이 맡은 일은 자신이 해야 해. 다른 사람이 도와주면 혼나. 네 일이 힘들어도 네가 알아서 해야 하고 다른 사람이 힘들어 하더라도 절대 도와주거나 하지 마."

"그래도……."

"됐어. 신경 쓰지 마. 아무튼 숙소는 찾아갈 수 있겠지?"

"네."

"어차피 빨리 익숙해져야 하니까 혼자 찾아가 보는 것도 나쁘지는 않을 거야. 난 빨리 가서 오늘 일 끝내야 해."

"알겠어요."

자엽령은 진류와 헤어지고 난 후 숙소로 향하지 않고 돌아봤던 건물과 장원을 다시 되밟아 나가기 시작했다. 이미 머리 속에 심령장의 지리가 있었지만 그는 좀 더 자세히 머리 속에 정리해 둘 필요성을 느꼈기 때문이다. 진류와 대충 돌아보는 데 반 시진이나 걸렸기에 다시 찬찬히 살펴보자 반 시진이 훌쩍 넘어 해가 기울어가는 시간이 되었다.

숙소와 조금 떨어진 만화원(萬花園)이라는 정원이었다. 진류에게 신녀들의 휴식 공간이라는 소리만 들었을 뿐 직접 구경해 보지 못했기에 자엽령은 만화원으로 발을 들여놓았다.

만화원이라는 이름이 붙은 곳답게 수를 헤아릴 수 없는 꽃이 사방에 펼쳐져 있었다. 놀랍게도 밖에서 보기에는 조그마한 정원 같았는데 안으로 들어가자 여기저기 솟아 있는 언덕이 있고, 전부 꽃으로 뒤덮여 눈을 즐겁게 하는 곳이었다. 더불어 은근한 꽃 향기가 코끝을 자극해 시원한 느낌까지 주었다.

“와! 천국이 따로 없네?”

자엽령은 정신없이 바닥에 피어난 꽃을 구경하며 발길이 닿는 대로 걷기 시작했다. 어릴 때부터 천일장 내에서만 자라난 꽃을 볼 기회가 거의 없었던 이유도 있었지만 들어보지도 못한 신기하게 생긴 꽃들이 많았기 때문이다.

만화원의 언덕 몇 개를 지나치며 여기저기 피어 있는 꽃을 구경하던 자엽령. 그런 그가 갑자기 걸음을 멈춰 세웠다.

“어? 무슨 소리지?”

저 멀리서 기합성이 들려오자 자엽령은 조심스럽게 소리가 들리는 곳으로 다가갔다. 언덕 한 개를 넘자 꽃밭에서 이제 일곱 살에서 여덟 살 정도 되어 보이는 여자 아이가 목검을 들고 이리저리 휘두르고 있는 것이 눈에 들어왔다.

은은한 갈색의 반짝이는 눈에 오뚝 솟은 콧날, 하얀 피부와는 대조적인 붉은 입술이 심술궂게 생긴 표정과는 달리 안아주고 싶게 생겨 자엽령의 눈을 붙잡아두기에 충분했다. 이성적인 끌림보다는 예쁜 여자 아이가 힘겹게 인상을 쓰며 목검을 쓰는 모습이 귀엽게 보였기 때문이다.

“얍!”

여자 아이는 연신 기합성을 흘리며 목검을 멈추지 않고 흔들고 있었다. 그런 그녀가 자엽령을 본 모양이었다. 갑자기 움직임을 멈추더니 목검을 들어 자엽령을 가리켰다.

“넌 뭐야? 처음 보는 녀석이네?”

다짜고짜 하대를 해오는 그녀 때문에 자엽령의 표정이 구겨졌다. 자신보다 두어 살은 더 어려 보이는 여자 아이였기에 더욱 기분이 나쁠 수밖에 없었다.

"자엽령이다, 왜? 그런 너는 누구냐?"

"나? 나는 소마녀다!"

순간 자엽령은 움찔했다.

"소, 소마녀라고?"

"그래, 넌 누구냐?"

대답은 하지 않고 자엽령이 확인하듯 다시 물었다. 좀 나이 많은 여자일 줄 알았는데 자신보다 어리다는 것이 믿어지지 않았기 때문이다. 진류가 조심해야 할 소마녀가 이런 풋내기였다니…….

"정말 니가 소마녀야?"

"그렇다니까. 그런데 너 왜 반말해? 여기 사는 사람들은 사부님 빼고 다 나에게 높임말 쓰는데."

"그, 그건… 음… 넌 나보다 어리잖아."

"그게 무슨 상관이야? 너도 높임말 써."

자엽령은 순간 고민할 수밖에 없었다. 그런 그는 잠시 후 피식 웃었다. 그러면서 주위를 둘러보며 소마녀에게 다가갔다.

"높임말하면 넌 뭘 해줄 건데?"

"그런 게 어딨어?"

"어딨긴 여기 있지. 뭘 해줄 거야?"

"무엄하다!"

제법 위엄스러운 표정으로 꾸중하는 듯한 그녀의 외침에 자엽령의 미소가 더욱 짙어졌다. 그리고는 좀 전과는 달리 과장되게 고개를 조아리면서 입을 열었다.

"알았어요, 소마녀님. 몰라뵈서 죄송해요."

갑작스럽게 변한 그의 행동에 소마녀는 흡족한 표정을 지었다.

"앞으로 그러지 마. 알겠지?"

"네, 네, 그런데 지금 뭐 하고 계셨어요?"

"무공 수련도 몰라?"

"우와! 무공 수련이었어요?"

"그래, 너 같은 애는 아무리 해도 안 되는 거야."

"그렇겠네요. 그럼 하늘도 휭휭 날고 그러겠네요?"

"음……."

잠시 고민하는 듯한 소마녀는 표정을 굳히더니 무겁게 고개를 끄덕였다.

"앞으로 날아다닐 수 있을 거야."

"그럼 지금은 못 날아다녀요?"

"앞으로 날아다닐 거야."

"그러니까 지금은 못 난다는 말이죠?"

"날 거라니까!"

"그럼 날아보세요."

순간 소마녀의 표정이 하얗게 변했다. 그것을 보며 자엽령은 속으로 웃었다. 역시 애는 애였던 것이다. 자신의 말에 넘어간 그녀를 보며 자엽령은 더욱 과장된 말투로 아부를 시작했다.

"천하제일 마녀님의 제자인데 하늘도 못 난다는 것 있을 수 없는 일일 거예요. 그렇죠?"

"……!"

"분명히 소마녀님도 멋지게 날아다닐 수 있을 거야. 못 난다면 소마녀님이 아니죠."

"그, 그건 그래."

"그럼 보여주세요."

"네가 왜 너에게 보여줘야 해?"

"보여주기 싫으세요?"

"보여주기 싫어."

"혹시 못 나는 것은 아니고요?"

"아니얏!"

"에이, 그럼 보여주세요."

소마녀는 우물쭈물하기 시작했다. 그러더니 자엽령의 눈치를 살피며 조심스럽게 말했다.

"보여줄 테니까 뒤돌아서."

"왜요? 뒤돌아서면 제가 못 보잖아요."

"뒤돌아서!"

"싫은데……."

"자꾸 그러면 신녀들에게 이를 거야. 나에게 반말했다고."

"아, 알았어요."

말과 함께 자엽령은 몸을 돌렸다.

잠시 후 소마녀의 목소리가 들려왔다.

"이제 돌아서."

자엽령이 돌아서자 소마녀가 의기양양한 표정으로 외쳤다.

"봤지? 방금 날았어!"

"언제요?"

자엽령은 속으로 웃었다.

'단순하긴.'

그의 생각을 아는지 모르는지 소마녀는 손을 높이 쳐들었다.

"네가 뒤돌아 있는 사이에 분명히 이만큼 날았어."

"거짓말!"

"진짜야."

"그럼 다시 보여주세요."

"싫어!"

"사실대로 말해 보세요. 못 날죠?"

"씨, 날 수 있어!"

"그런데 왜 안 보여주세요?"

"방금 날았잖아!"

"제가 볼 수 있게 날아보세요."

그 말에 소마녀가 말을 바꾸기 시작했다.

"그럼 못 날아."

"왜요?"

"난 누가 보면 못 날아."

"그럼 소마녀님이 아닌가 보다."

"그, 그런 게 어딨어? 난 소마녀가 맞아!"

"못 난다면서요?"

"누가 보면 못 나는 거야! 사실은 날 수 있어!"

"알았어요. 그럼 날 수 있다고 쳐요."

"아니얏! 정말 날 수 있다니까!"

"그래요. 원래는 날 수 있는데 내가 보면 못 나는 거 맞죠?"

"응."

"이상하다. 저는 날 수 있는데 소마녀님은 왜 사람들이 보면 못

날 죠?"

소마녀의 눈이 동그래졌다.

"무슨 소리야?"

"저도 날 수 있거든요."

"정말이야?"

"그럼요."

"그럼 날아봐."

"뒤돌아서세요."

"왜?"

"저도 누가 보면 못 날거든요."

"거, 거짓말하지 마."

"왜 거짓말이라고 생각해요? 정말인데."

"거짓말이야! 나도 못 날았단 말이야!"

말과 함께 소마녀는 급히 자신의 입을 틀어막았다. 그녀는 즉시 자엽령의 눈치를 살폈다. 하지만 그녀의 바람과는 달리 자엽령은 똑똑히 들었다는 표정으로 득의한 미소를 지어 보였다.

"후후, 그렇구나."

"뭐, 뭐가?"

"방금 못 날았다고 하셨잖아요."

"그, 그건……."

"됐어요. 못 날 수도 있죠, 뭐."

"이, 이……!"

능청스럽게 약 올리는 자엽령의 표정에 소마녀는 씩씩거리기 시작했다.

"넌 나쁜 놈이야!"

자엽령이 지지 않고 웃으며 대꾸했다.

"그래도 거짓말쟁이는 아니죠."

그 한마디가 충격이었던 모양. 갑자기 소마녀는 울상이 되더니 울먹이며 억울한 듯 외쳤다.

"아니야! 난 거짓말쟁이 아니야!"

"거짓말하셨잖아요."

"아니얏!"

"그럼 왜 못 날면서 날았다고 하셨어요?"

"그, 그건… 그건… 으응웅!"

급기야 소마녀가 할 말을 못 찾고 울상을 지었다. 그리고는 이내 울음을 터뜨렸다.

"으아앙! 나 거짓말쟁이 아니야! 아니란 말이야!"

울면서 부르짖는 그녀를 보며 자엽령은 쾌재를 불렀다. 그는 재빨리 주위를 살폈다. 아직 아무도 보이지 않았지만 소마녀의 울음소리 때문에 누군가가 올 수도 있었다.

"알겠어요. 그만 우세요. 믿을게요."

"엉엉! 뭘 믿어! 어엉!"

"소마녀님은 거짓말쟁이 아니에요."

"흑흑! 저, 정말?"

"그럼요."

대답과 함께 자엽령이 그녀에게 다가가기 시작했다.

소마녀는 그의 행동에 움찔했지만 자엽령이 무슨 중요한 사실이라도 말하려는 양 진지한 표정을 짓자 슬쩍 귀를 갖다 대었다.

자엽령이 그녀의 귀에 대고 나직이 속삭였다.

"사실 저는 입이 아주 무거워요."

"……?"

"오늘 있었던 일, 절대 다른 사람에게 말 안 할게요. 소마녀님은 분명히 날았어요. 사실 저도 뒤돌아서 있으면서 살짝 봤는데……."

말과 함께 자엽령은 손을 높이 치켜들었다.

"이만큼 나는 걸 봤거든요."

그의 말에 소마녀는 얼떨떨한 표정을 지을 수밖에 없었다. 못 날았는데 날았다니 그럴 수밖에.

"정말?"

"그럼요. 정말 봤어요. 너무 멋지던데요!"

소마녀의 눈물이 완전히 멈춰져 있었다. 자엽령은 속으로 웃으며 계획대로 쐐기를 박았다.

"오늘 있었던 일, 절대 말 안 할 테니까 이제 기분 푸세요."

"정말이지?"

"네. 대신……."

"……?"

"앞으로 저에게 잘해주서야 해요. 아니면 알죠?"

적절한 달램과 함께 협박까지 곁들인 말에 소마녀는 주문에 걸린 것처럼 고개를 끄덕였다. 일곱 살짜리 여자 아이가 능구렁이 사내 녀석에게 넘어가는 순간이었다.

적절한 시간에 멀리서 소란스런 소리가 들렸다.

"소마녀님! 어디 계세요?"

울음소리를 듣고 찾아든 신녀들이었다.

"나, 여기 있어!"

소마녀의 외침에 두 명의 신녀가 바람처럼 달려와 부복했다.

"무슨 일 있으셨어요?"

물음과 함께 신녀들은 자엽령을 의심스런 눈초리로 바라보았다. 하지만 소마녀는 고개를 저었다.

"아무 일도 없었어. 이 녀석에게 내가 얼마나 강한지 보여줬어."

"정말이세요?"

"응."

"하지만 분명히 울음소리가 들린 것 같았은데……."

"난 아니야."

신녀들이 고개를 갸웃거리며 자엽령에게 물었다.

"넌 처음 보는 녀석인데 여긴 어쩐 일이니?"

"오늘 처음 왔는데 지리를 익히고 있었어요."

"정말이냐?"

"네."

자엽령은 최대한 순진한 표정을 지으며 두려운 듯 몸을 떨었다. 그 모습에 현혹된 신녀들이 의심을 거두며 다시 물었다.

"좀 전에 여기에서 울음소리가 들리던데 누구의 것인지 아느냐?"

"모르겠어요. 여기를 지나다가 소마녀님이 무공 수련을 하며 하늘을 날고 계시기에 잠시 넋을 잃고 보고 있었을 뿐이에요. 그리고 신녀님들이 오셨는걸요."

"뭐, 하늘을 날아?"

"네, 정말 대단했어요. 하늘을 붕붕 날던데요."

그 말에 신녀들이 어이없다는 듯 소마녀를 바라보았다.

“저, 정말입니까, 소마녀님?”

“으, 으응. 그, 그랬어.”

그러자 신녀들이 미소를 지었다. 믿지 않는 표정이 역력했지만 우선 웃으며 소마녀의 기분을 띄워주려 했는지 입에 발린 아부를 시작했다.

“벌써 그런 경지까지 오르시다니, 놀랍습니다.”

“감축드립니다, 소마녀님.”

“으응, 별것 아니야!”

소마녀는 붉게 홍조 띤 얼굴과는 달리 입가에 자랑스러운 듯한 미소를 머금었다. 그 모습을 보며 자엽령이 한쪽 눈을 짧게 감으며 엄지손가락을 치켜세웠다. 물론 신녀들이 보지 못하게 한 행동이었다.

요염한 엉덩이

화려하게 꾸며진 방 안.

방은 중앙에 붉은 천이 쳐져 있어 둘로 나뉘어 있었다. 자엽령은 갑작스런 마녀의 부름으로 태어나서 한 번도 입어보지 못한 붉은 비단에 금색 매화가 촘촘히 수놓인 화려한 옷을 입고 천 앞에 서 있었다.

자엽령이 붉은 천 안으로 비치는 건너편 인영의 모습을 확인하기 위해 뚫어지게 바라보고 있자 그를 데려온 손모가 어깨를 툭 쳤다.

"예의없이 어디서 얼굴을 들고 있는 게냐?"

그녀의 말에 자엽령이 어색한 표정을 지었다. 어떻게 해야 할지 감이 잡히질 않았기 때문이다. 마녀로 짐작되는 붉은 천 건너편 여인의 얼굴이라도 봐야 인사를 할 것이 아닌가!

손모의 질책에 붉은 천 안에서 여인의 옥구슬 굴러가는 소리가 흘러나왔다.

"호호호, 놔두거라! 이곳에 온 지 하루밖에 안 됐으니 저러는 것도 무리는 아니지. 그래, 이름이 자엽령이라고?"

교태 섞인 말투에 괜스레 닭살이 돋는 것을 느낀 자엽령이었지만 표시 내지 않고 공손히 고개를 조아렸다. 사실 상당히 위축되어 있기도 했다.

"네."

"공손 대부가 지어주었느냐?"

"아니에요. 천일장에 들어오기 전부터 제가 자엽령이라고 했대요."

"올해로 몇 살이냐?"

"열 살 정도요."

"정도?"

"네, 정확한 제 나이를 모른댔어요. 처음 장주님이 절 만났을 때 두 살 정도 되어 보여서 그렇게 정했다고⋯⋯."

"호호, 장주님이라고 잘도 말하는구나?"

"⋯⋯?"

"오늘 해안가에서 네가 공손 대부에게 한 짓을 다 들었다. 호호호, 영악한 놈."

"저는 단지⋯⋯."

"단지?"

"뿌린 대로 거두는 법을 가르쳐 줬을 뿐이에요."

"호호, 뿌린 대로 거둔다? 그만큼 공손 대부가 너에게 잘못한 일이 뭐란 말이냐?"

"얼마나 매질이 심했는데요. 아이들을 아이들로 안 보고 물건 보듯 하는 자였어요."

그 말에 잠시 침묵이 감돌더니 갑자기 붉은 천 안의 인영이 흔들거리며 대소가 터져 나왔다.

"오호호호! 아이를 사람으로 보지 않는다?"

"네, 나쁜 사람이에요."

"호호, 그럼 나는 어떨 것 같으냐?"

"그건……."

특별히 대답할 말이 없자 자엽령은 옆에 있는 손모의 얼굴을 힐끔 바라보았다. 무언가 도움을 요구하는 눈빛. 하지만 손모는 해안에서 느꼈던 자비로운 사람이 아닌 모양이었다. 무표정한 표정에 한기가 감돌고 있어 정말 그때 그 사람이 맞나 싶을 정도였다. 그녀의 표정은 알아서 대답하라는 듯했다.

자엽령은 한동안 대답하지 않고 어떻게 말해야 할지 곰곰이 머리를 굴리기 시작했다. 하지만 채 입을 열기도 전에 천 안에서 마녀의 조롱 섞인 목소리가 흘러나왔다.

"난 사람을, 특히 너 같은 아이들은 사람으로 보지 않아."

순간 살기까지 감도는 목소리에 자엽령은 몸을 움츠렸다.

"그렇다고 공손 대부처럼 물건 다루듯 하지도 않지."

'그럼 뭐야?'

자엽령의 생각을 읽었는지 마녀의 대답이 곧바로 뒤를 따랐다. 그 대답을 들었을 때 자엽령은 하마터면 자리에서 넘어질 뻔한 것을 간신히 참았다.

그녀는 이렇게 말했다.

"먹이!"

"……?"

“호호, 내 배를 채울 먹이로 생각한다는 말이다.”

순간 자엽령의 표정이 핼쑥해졌다. 전혀 생각지도 못한 대답 때문이기도 했지만 그보다 먹이라는 단어가 주는 의미가 무엇인지 어렴풋이 짐작이 갔기 때문이다. 아니, 정확한 짐작은 할 수 없었지만 분명 좋은 뜻이 아닌 것은 확실했다.

‘시, 식인종은 아닐 텐데……. 아니면 정말 잡아먹는 마녀?

‘먹이’ 라는 단어가 자엽령의 머리 속을 휘젓기 시작했다.

잠깐 사이에 수많은 생각이 머리 속을 스치고 지나갔기에 자엽령은 멍한 표정을 짓고 있을 수밖에 없었다. 그때 또다시 마녀의 대소가 들려왔다.

“호호호호, 머리 굴릴 필요 없다. 나중에 다 알게 될 테니까. 그런데 너 정말 사내아이가 맞느냐?”

“네.”

기어 들어가는 목소리 뒤로 마녀의 웃음 섞인 명이 자엽령을 놀라게 했다.

“옷을 벗어보거라. 정말 사내 녀석인지 확인 한번 해봐야겠다.”

그녀의 말에 자엽령은 자신도 모르게 두 손을 교차하며 옷고름을 부여잡았다. 하지만 부질없는 동작일 뿐이었다. 손모가 무섭게 눈을 번뜩거리며 인상을 썼기 때문이다.

“넌 명을 거역할 수 없다.”

나직하지만 힘이 실린 손모의 말에 자엽령은 난감한 기색을 드러냈다. 아직 열 살이라고는 하지만 여인들 앞에서 벌거벗어야 한다는 것이 창피하면서도 수치스러웠다. 그것도 구경의 대상이 된다는 것은 더욱 수치스러웠다.

“빨리!”

주춤주춤거리며 옷을 벗고 있던 손이 손모의 말에 빨라지기 시작했다. 겉옷이 흘러내리고, 다음은 속옷.

특이한 것은 입을 때는 상당히 복잡했는데 벗을 때는 너무 쉽게 벗겨진다는 것이었다. 입을 때의 반에 반도 걸리지 않은 시간에 완전한 나신이 된 자엽령은 남들 앞에서 벌거벗은 사내들이 의레 그러하듯이 두 손으로 중요한 물건을 보이지 않게 가렸다.

그 모습이 붉은 천 안에서 보이는지 마녀의 깔깔거리는 웃음소리가 숨김없이 들려 나와 자엽령을 더욱 창피하게 만들었다. 그의 얼굴은 붉다 못해 곧 폭발할 화산처럼 시뻘게지고 있었다.

“호호호, 손을 양옆으로 치우거라.”

“그, 그런…….”

“어서!”

자엽령은 마녀의 호통에 슬며시 중요한 물건에서 손을 치웠다. 그러자 재밌어 못 참겠다는 듯한 마녀의 웃음소리.

“호호호, 거기도 귀엽게 생겼구나.”

자엽령은 두 눈을 질끈 감았다. 엉거주춤한 모습으로 두 눈을 감고 있는 그를 향해 마녀의 호기심 가득한 목소리가 그를 떨리게 했다.

“이리로 건너오거라!”

그녀의 명에 손모가 인상을 찡그렸다.

“마녀님, 아직 교육을 받지 않았습니다.”

자엽령으로서는 순간 손모가 지옥의 부처같이 느껴졌다. 하지만 그 지옥의 부처는 앞의 마녀에게 아무런 힘도 쓰지 못했다.

“자세히 보려고 그러는 것이니 상관할 것 없다. 령아, 이리로 건너오거라.”

자엽령은 어쩔 수 없이 머뭇거리며 조심스럽게 붉은 천으로 다가갔다. 자엽령이 가까워지자 붉은 천이 천천히 말려 올라가고 마녀의 모습이 눈에 들어왔다.

순간 방 안을 보게 된 자엽령은 기겁할 수밖에 없었다. 짙은 화장에 고양이처럼 생긴 마녀의 미모 때문이 아니었다. 붉은 천 안의 방에는 전체가 푹신한 침상으로 되어 있었고 마녀는 베개에 기대어 적나라한 허리의 굴곡을 얇은 옷으로 겨우 가리고 있는데, 자엽령의 시선은 그녀보다 그녀의 뒤에서 고이 잠들어 있는 여자 아이에게 꽂혀 있었다.

오늘 만화원에서 본 여자 아이, 바로 소마녀였다.

자엽령은 감히 아무런 말도 못한 채 소마녀를 바라보았다. 그와 함께 그의 손은 다시 자신의 중요 물건을 가리기 위해 슬그머니 움직이고 있었다. 다행히 소마녀는 자고 있었지만 혹여 깨어난다면 자신의 부끄러운 모습을 모두 보여줄 수밖에 없기 때문이었다.

하지만 그것을 아는지 모르는지 마녀는 손짓으로 자엽령을 더욱 가까이 오게 만들었다.

“더 가까이 오너라.”

자엽령은 온 신경이 소마녀에게 가 있었기에 자신도 모르게 마녀의 말에 주문이라도 걸린 듯 따랐다. 소마녀가 깨어나지 않게 최대한 조심스럽게 행동했다. 이제 그에게는 마녀나 손모의 시선이 문제가 아니었다.

자엽령이 가까워지자 마녀가 손을 뻗었다.

“으윽!”

순간 자엽령의 입에서 신음이 새어 나왔다. 마녀의 손이 자엽령의 손을 뿌리치고 그 안에 가려져 있는 물건을 잡았기 때문이다. 자엽령은 하마터면 비명을 지를 뻔하다가 소마녀가 깨어나면 안 된다는 불굴의 의지로 입술을 깨물어 참았다.

양물을 쥔 마녀의 손이 장난스럽게 이리저리 훑고 지나갔지만 자엽령은 그에 신경도 쓰지 않았다. 오로지 소마녀의 눈만 바라보며 깨어나지 않기를 바랄 뿐이었다.

그런데…….

"으응."

소마녀가 몸을 뒤틀었다. 그와 함께 자엽령의 몸이 순간적으로 굳을 수밖에 없었다.

마녀의 손은 여전히 자엽령이 물건을 훔치고 있을 뿐.

한참을 그렇게 했을까? 마녀가 킥킥거리며 자엽령의 시선을 의식하고는 소마녀를 바라보았다.

"호호, 이 아이가 신경 쓰이느냐?"

"아, 아니요."

"그런데 왜 은소소(恩笑笑)만 바라보고 있느냐?"

소마녀의 이름이 은소소인 모양이었다. 하지만 자엽령으로서는 지금 그녀의 이름 따위가 중요한 것이 아니었다.

"그, 그냥요."

"깨워줄까?"

그녀의 말에 자엽령이 화들짝 놀라며 고개를 저었다.

"괘, 괜찮아요."

"녀석, 순진하긴."

“…….”

“됐다. 그만 옷을 입거라.”

“가, 감사합니다.”

자엽령은 다시 한 번 소마녀를 힐끔 바라보고는 슬며시 몸을 돌렸다. 그 모양새가 우스웠던지 마녀가 손을 뻗었다.

찰싹!

“앗!”

자엽령은 엉덩이를 치는 그녀의 손에 놀라 비명과 함께 몸을 틀었다. 그러자 마녀는 재밌다는 듯 다시 한 번 자엽령의 엉덩이를 찰싹 때렸다.

“녀석, 어린 놈이 엉덩이 한번 요염하게 생겼구나.”

그런데 그때였다.

“으음. 무슨 소리야, 사부?”

순간 자엽령은 걸음을 떼다 말고 그대로 몸을 부들부들 떨었다. 뒤에서 마녀의 자상한 목소리가 들려왔다.

“아니란다. 더 자거라.”

“으응? 그런데 누구야?”

돌아보지는 않았지만 분명히 자신을 가리켜 하는 말이라는 것을 알고 있는 자엽령은 급히 옷을 주워 들었다. 그때 소마녀 은소소의 목소리가 자엽령을 절망으로 빠져들게 했다.

“앗! 너는 만화원에서 봤던 애지?”

자엽령은 바지를 입다 말고 슬며시 고개를 돌려 은소소를 바라보았다.

“헤, 맞아요.”

그러자 은소소의 웃음.

"하하! 고추 보인다!"

"윽!"

자엽령은 몸을 휙 하니 띄워 급히 바지를 끌어 올렸다.

벗기는 쉬웠지만 입는 것이 어려운 옷을 자엽령은 원망하고 또 원망해야 했다. 옷을 다 입을 때까지 '고추 봤대요! 고추 봤대요!' 라는 은소소의 노랫소리를 끝까지 들어야 했기 때문이다.

내원을 빠져나온 자엽령을 향해 손모가 그의 어깨를 툭 쳤다.

"그런 일을 창피해하지 말거라. 한 달 후면 그보다 더 심한 일을 겪을 테니까."

"이곳에서 제가 할 일이 정확히 뭐죠?"

자엽령의 불안한 표정에 손모는 별다른 표정의 변화 없이 무심히 대답했다.

"넌 보양신공의 제물이 되기 위해 이곳에 온 것이다."

"보양신공?"

"그래, 마녀님이 상당히 예쁘고 젊지?"

자엽령이 고개를 끄덕이자 손모는 피식 웃었다.

"벌써 일흔이 넘은 나이라면 믿겠느냐?"

"정말이에요? 그런데 어떻게 저렇게 젊어 보일 수가 있죠? 듣기로는 무공을 익혀도 한계가 있다고 하던데……."

"주안술이지. 마녀님은 주안술로 젊음을 유지하는 것이다."

"주안술이요?"

"주안술이 뭔지 아니?"

"아니요."

"주안술은 자신의 내력을 이용하여 몸이 늙는 것을 막는 방법이야. 하지만 젊음을 유지하기 위해서는 내력을 꾸준히 빼앗겨야 하기에 너 같은 아이의 양기를 보충해야 하는 거다. 정순한 아이들의 이종진기를 흡수하여 그것을 주안술을 위해 쓰는 거지. 이곳에 있는 사내아이들은 모두 마녀님의 보양신공의 제물이다. 너 또한 한 달 후부터는 그렇게 될 테고, 내일부터 그 교육에 들어갈 거니 잘 배우도록 하거라."

자엽령은 불안한 마음이 들기 시작했다. 사실 식당의 맛있는 음식과 옷을 입혀주고, 그리 힘들지 않은 일들을 시키기 위해 거액을 주고 자신을 사 왔을 리 없다고 생각했었다. 하지만 보양신공의 제물이 되어야 한다는 말은 너무 뜻밖이었다.

고민하는 그를 향해 손모가 몸을 돌려 내원으로 향하며 말했다.

"이제 그만 숙소로 돌아가거라. 내일 아침부터 이곳의 신녀들이 너를 교육시킬 것이니 푹 쉬어두는 것이 좋을 게다."

자엽령은 내원으로 사라지는 손모를 멍하니 바라보았다.

"내, 내가 그런 지저분한 제물이 되기 위해 팔려 왔다니……."

온몸에 힘이 쫘악 빠지기 시작한 자엽령이었다.

"데려다주었느냐?"

마녀의 말에 손모가 고개를 끄덕였다.

"내원 밖까지 배웅했습니다. 본 소감은 어떻습니까?"

마녀는 음흉한 미소를 노골적으로 흘렸다.

"훗, 상당한 물건을 가져왔어. 단전에서 양물로 전달되는 기운이 놀라울 정도로 대단하더군. 공손 대부의 말을 믿지 않았는데 정말 타고 난 아이야. 무공을 배웠다면 제대로 될 녀석이었지.”

“그 정도였습니까?”

“어린 나이에 환골탈태라니 말 다했지.”

“저, 정말입니까?”

손모는 경악한 표정을 지었다. 공손기에게 기연으로 인해 환골탈태를 한 아이를 데리고 있다고는 들었지만 믿지 않았다. 그녀는 단지 자엽령이 공손기가 지금까지 보내온 아이들과는 달리 태어날 때부터 특이하게 단전에 기를 가지고 있는 녀석인 줄 알고 있었을 뿐이다. 그 정도의 아이라면 금전 열다섯 냥이 그리 큰돈은 아니었기에 선뜻 돈을 지불한 것이다. 공손기의 말은 단지 좀 더 비싼 값을 받기 위한 장사꾼의 입발림으로 치부했던 것이다.

“혹시 잘못 보신 건 아닐까요? 태어날 때부터 무공을 익히기에 좋은 조건을 타고났다거나, 아니면 공손 대부가 수련을 꽤 심도있게 가르쳤다거나……..”

마녀는 고개를 저었다.

“아니, 분명 몸으로 흐르는 기운이 다른 아이들의 것과는 달랐다. 내공도 깊었지만 흐르는 내공 자체가 상당히 응축된 느낌이었다고나 할까?”

“그럼 정말 환골탈태를 경험했다는 말인데……. 그런 일이 가능할까요?”

마녀는 웃으며 고개를 저었다.

“내가 상관할 필요는 없지. 솔직히 아이의 양물을 만졌을 때 놀라기는 했지만 단지 그것뿐 아니겠어? 어차피 나에게 양기를 빼앗길 녀석들 중 하나일 뿐이니까."

"하지만 그 정도의 능력있는 아이라면 차라리 우리가……."

"제자라도 삼자는 말이야?"

"가능하다면……."

그녀의 말에 마녀는 인상을 찡그리며 옆에서 잠들어 있는 소마녀 은소소를 쓰다듬었다.

"제자는 한 명이면 충분하다. 이 아이도 내 뒤를 잇기에 충분히 능력이 있어. 그리고 난 더러운 사내 녀석들에게 무공을 가르치고 싶은 생각이 없다. 계획대로 자엽령을 교육시켜."

"알겠습니다."

손모는 조금 아쉬운 표정을 지었지만 이내 수긍하며 고개를 숙였다.

"그럼 이만 편히 주무십시오."

몸을 돌리려는 손모를 마녀가 불렀다.

"잠깐!"

"……?"

"사형은 왜 안 오시는 거지?"

갑작스런 그녀의 물음에 손모가 미소를 지었다.

"보고 싶으십니까?"

"벌써 십 년을 훌쩍 넘었는데 너무하잖아."

"일이 있어 사정이 여의치 않으시다고 했으니 나중에라도 꼭 찾아오시겠지요."

"그 말을 너에게 전해받은 지가 벌써 팔 년 전이야. 혹시 무슨 일이 생긴 것은 아닐까?"

"설마 그럴 리가요."

“아니야. 아무래도 불안해.”

“사람을 보내볼까요?”

“그러는 것이 좋겠어. 내일 최대한 빨리 형산으로 사람을 보내서 사형에게 안부를 전해주고, 되도록 이곳으로 모셔오도록 해.”

“알겠습니다.”

第七章

"거기 앉거라!"

냉기가 풀풀 풍기는 신녀의 말에 자엽령은 슬며시 자리에 앉았다.

기상과 함께 아침을 먹은 아이들은 모두 천부각 앞뜰에 모여 오늘의 할 일을 배정받았고, 일터로 향했다. 자엽령만 신녀를 따라 이곳에 온 것이었다.

방 안에는 책상과 의자 몇 개가 단정히 나열되어 있었다.

자엽령이 앉자 신녀가 미리 준비해 놓은 책 몇 권을 건네주며 물었다.

"글은 배웠겠지?"

"네, 천일장에 있을 때 배웠어요."

"그럼 그 책을 한 달간의 교육 기간 동안 모두 외우거라. 읽는 것이 아니라 외워야 한다."

책은 모두 다섯 권이었다. 그리 두꺼운 책이 아니었기에 자엽령은 고개를 끄덕이며 책 표지를 살폈다. 그런데 책 표지가 조금 이상했다. 목심서(木心書), 옥녀경(玉女經), 자양신경(自養神經), 합목성체경(合木性體經), 음령서(陰靈書)라고 적혀 있었던 것이다. 제목 대부분이 내용을 보지 않아도 어떤 것인지 알 수 있을 정도로 낯 간지러운 것이었다.

아직 열 살밖에 되지 않은 자엽령이라지만 제목만 봐도 대충 무엇인지를 알 수 있었다. 하지만 이해가 되지 않았다. 보양신공의 제물이라는 소리와 함께 교육을 받을 것이라는 말은 들었지만 이런 책을 외워서 뭘 한단 말인가?

"이, 이런 걸 외워야 하나요?"

"그래."

신녀의 짧은 대답에는 냉기가 펄펄 풍겼다.

"……."

자엽령에게서 아무 말이 없자 신녀가 인상을 쓰며 물었다.

"문제라도 있느냐?"

"아, 아니에요."

그는 대답과 함께 옥녀경을 슬며시 펼쳤다. 그리곤 두 눈을 휘둥그레 떴다.

예상은 했지만 이 정도일 줄은 몰랐다. 벌거벗은 여자의 나신이 그림으로 그려져 있는데 실물처럼 너무 상세했으니 자엽령으로서는 놀랄 만도 했다. 그리고 각 부위별로 노골적인 명칭과 함께 성감대가 얼마나 되는지, 만질 때는 어떻게 만져야 하는지 등등 방법들도 적혀 있어 그를 당황하게 만들었다.

자엽령은 신녀를 의식하고는 못 본 척 슬그머니 옥녀경을 덮었다.

그리고는 자양신경을 살짝 펼쳐 보았다. 그나마 제목이 건전(?)해 보였기 때문이다. 하지만…….

"헉!"

자엽령은 반도 펼치기 전에 책을 덮었다. 남성의 나신이 그려져 있었기 때문이다.

"저, 정말 이걸 외워야 하나요?"

창피함을 무릅쓰고 던진 질문이었지만 신녀는 여전히 냉담하게 고개를 끄덕이며 입을 열었다.

"자, 우선 목심서를 모두 읽어라. 그리 많은 분량이 아니니 점심때까지 읽을 수 있을 게다."

자엽령은 목심서를 불안한 기색으로 펼쳐 들었다. 다행히 목심서에는 그림이 없었다. 하지만 내용이 기가 찬 것들 뿐이었다. 지금까지 살아오며 들어보지도 못했던 여성의 몸에 대한 설명과 함께 남자와 여자의 성교에 대한 노골적인 내용들이었다. 그 때문에 자엽령은 책을 읽는 내내 얼굴이 붉어져 있어야 했다.

신녀가 나가기라도 했다면 조금 나았겠지만 그녀는 자엽령의 옆에 딱 붙어 읽는 것을 확인하고 있었다.

점심때가 되자 신녀의 말대로 목심서를 모두 독파할 수 있었다. 대충 읽은 것이기는 했지만 어렴풋이 '남자와 여자는 이럴 것이다' 라고 생각했던 것을 훨씬 더 구체적으로 파악하게 된 자엽령이었다. 그는 점심시간이 되자마자 급히 방을 빠져나와 식당으로 향했다. 신녀의 얼굴을 마주 대하고 있을 배짱이 없었던 것이다.

"교육은 잘 받았어?"

식당에 도착하자 미리 와 있던 진류가 어색한 미소를 지으며 물어왔다. 그러자 자엽령은 얼굴을 붉히며 대답했다.

"네."

시무룩한 표정으로 대답하는 그를 향해 진류가 어깨를 토닥였다.

"괜찮아. 너무 걱정하지 마. 잘될 거야."

"어제 이런 일이라서 말 안 해주신 거죠?"

"그래, 아무것도 모르는 너에게 말해 주기 조금 그렇더라."

그의 말에 자엽령은 긴한숨을 쉬었다. 그러자 진류가 걱정 말라는 듯 말했다.

"처음에만 조금 그렇지 시간이 지나면 익숙해질 거야."

"이, 이런 게 익숙해져서 뭐 해요?"

"무슨 소리야? 지금 와서 하는 말이지만 잘 배워두고 가르쳐 주는 걸 제대로 써먹기만 하면 마녀님에게 사랑받을 수 있어."

"그, 그게 무슨 소리예요? 난 마녀님에게 사랑받고 싶은 생각 추호도 없어요!"

그 말에 진류가 피식 웃으며 받았다.

"모두 처음에는 그렇게 말하지만 몇 달 지내다 보면 생각이 달라질 거야. 마녀님을 하룻밤 동안 기분 좋게 해주면 며칠 휴식도 주시거든."

"전 그냥 매일 일하고 말래요."

"그거야 네가 결정할 문제는 아니지. 아무튼 책 읽느라 고생했을 테니 밥이나 먹자."

"다른 사람들은요?"

"아직 일이 끝나지 않은 모양이야. 난 잡초 뽑는 일을 맡아서 일찍 끝났거든."

진류는 말과 함께 주방으로 들어가 만들어져 있는 음식을 들고 나왔다. 자엽령도 그와 같이 음식을 나르며 물었다.

"책 읽는 거 말고 다른 교육은 뭘 받죠?"

"오 일 동안은 책만 볼 거야. 물론 오전에만."

"오후에는요? 오후에는 뭘 하죠?"

"단련이야."

자엽령이 고개를 갸웃거렸다.

"단련이라니요?"

"우선 피부를 곱게 하기 위해 이상한 물속에 들어가서 내공 수련을 할 거야."

"이상한 물?"

"그래, 나도 자세한 성분은 모르는데 거기에서 수련을 하면 피부가 좋아지고 탄력이 생긴대. 그리고 온몸의 감각이 극도로 발단된다고 그러더라."

말과 함께 진류가 손을 뻗어 자엽령에게 내밀었다. 자엽령이 그의 행동에 의아해하자 진류가 웃으며 말했다.

"냄새를 맡아봐."

"왜요?"

"그냥 맡아봐."

자엽령은 진류가 시키는 대로 그의 팔을 잡아 코를 가져다 대었다. 그러자 처음 맡아보는 은은한 향이 코끝을 자극했다.

"와! 이거 무슨 냄새죠?"

"좋지?"

"네, 무슨 냄새예요?"

"남만에서 나는 과일이래. 겉은 딱딱하고 속은 새콤한 과일인데 향이 좋아."

"그런데 왜 몸에서 이런 냄새가 나는 거죠?"

"내가 처음 이곳에 왔을 때 너처럼 교육을 받았는데 그때 그 이상한 물속에서 이런 냄새가 났거든. 그 냄새가 평생 몸에 밴다는 거야."

"그럼 저도 그렇게 향기가 나겠네요?"

"그럴 거야. 그런데 너는 다른 향일지도 몰라."

"……?"

"다른 아이들에게도 몸에 향기가 나는데 모두 다른 종류이거든."

"그렇군요. 좋은 냄새였으면 좋겠다."

"마녀님이 좋아하는 냄새 중 하나일 거야."

"흐음, 그럼 그 다음은 뭘 하죠?"

"오 일 동안 책을 읽고 단련을 한 다음에는 실습이야."

"실습이요?"

"응. 너, 목심서 읽지 않았어?"

"네."

"그거 실습할 거야."

"그, 그런 걸 어떻게 실습해요?"

"신녀님이랑 실습하는 거지."

자엽령의 표정이 홍당무처럼 변했다.

"어떻게 신녀님이랑……."

"진짜로 하는 건 아니니 걱정하지 마."

"다, 다행이네요. 그 외에는 뭘 하죠?"

"대부분 책에 나와 있는 것들을 익히는 거야. 내 경험으로 제일 난

감했던 건 합목성체경을 실습할 때였어."

"그건 어떤 거죠?"

"남녀끼리 교합을 할 때도 여러 가지 체위가 있는데 다양한 체위를 할 때 평소에 안 쓰는 근육들을 쓰게 되거든. 마녀님과 있을 때 체력이 떨어지지 않고 자연스럽게 교합하기 위해서 연습하는 거야."

거기까지 듣자 자엽령의 표정이 하얗게 탈색되기 시작했다.

"그걸 혹시 신녀님 보는 데서 혼자 연습한다는 건 아니죠?"

"아니, 맞아. 그러니 창피한 거지. 그리고 옥녀경은……."

"돼, 됐어요. 그만 하세요."

좀 더 자세히 가르쳐 주려고 노력하는 진류의 말을 자엽령이 급히 끊었다. 음식을 앞에 두고 앞으로 자신에게 벌어질 일을 미리 걱정하자니 입맛이 싹 가셨기 때문이다.

그는 젓가락을 들다 말고 자리에서 일어섰다. 그러자 진류가 의아한 표정을 지었다.

"왜 먹지 않고?"

"아니에요. 점심은 안 먹을래요."

자엽령은 식당을 빠져나갔다. 그러자 진류가 고개를 갸웃거렸다.

"내가 너무 자세히 설명했나? 하지만 어차피 무슨 일을 하게 될지 알게 되었으니 미리 마음의 준비를 하는 것도 좋은데……."

자엽령은 식당을 빠져나와 교육을 받는 건물로 왔다. 그는 연신 한숨을 쉬며 건물 앞 화원에 앉아 하늘을 바라보았다.

"어쩐지 잘 먹는 것 같은데도 말라 보인다 했어. 요상한 술법까지 배워 양기를 빨리는 거니 마를 수밖에."

자엽령은 점점 불안감에 휩싸였다.

마녀에게 양기를 빨리는 것도 문제지만 그것만이라면 아이들이 왜 도주를 감행했을까? 그리고 왜 나이 많은 사내들이 없는 것일까 하는 불안이었다.

그리고 또 한 가지 드는 의문은 지화충이 가장 많은 나이이지만 그 보다 더 많은 나이의 사내들이 없는 것이었다. 분명히 오래전부터 아이들이 심령도로 들어왔을 것이 분명한데 그들은 어디 있는 것인가?

나이가 어느 정도 차면 보양신공에 필요가 없어져 죽였거나 정말 마녀에게 진기를 모두 빨려 말라 죽었을지 모른다는 생각이 들기 시작했다. 그렇지 않고서야 목숨을 걸고 도망을 치려는 아이들이 있을 리가 없었다.

'도망쳐야 해!'

하지만 '어떻게?' 라는 물음이 뒤를 따랐다. 다른 곳은 모두 진법으로 구성되어 있다니 자엽령으로서는 나가기가 힘들 것이 분명했다. 그렇다면 진류가 말해 준 동쪽 담장으로 넘어가는 지옥봉과 서쪽 담장을 넘어야 하는 심령하밖에 길이 없었다.

'아니야.'

자엽령은 고개를 저었다. 많은 아이들이 그곳으로 도주를 했을 것이다. 그리고 모두 실패를 했다는 것은 이유가 있을 것이기 때문이다.

"휴!"

그는 한숨을 쉬며 바닥을 바라보았다. 그러자 작은 공벌레 한 마리가 엉금엉금 기어가는 것이 눈에 들어왔다.

"너도 참 힘들게 산다. 그렇게 느려 터져서야……."

말과 함께 자엽령이 손가락으로 공벌레를 한 대 툭 건드렸다. 그러자 공벌레는 급히 몸을 말더니 공처럼 위장을 했다. 그것을 보며 여느 아이들과 다름없이 자엽령이 피식 웃었다.

그는 걱정스런 고민을 떨쳐 버리기 위해 계속 공벌레를 이리저리 굴리며 장난치기 시작했다. 그리고 잠시 손길을 멈추고 지켜보자 공벌레가 몸을 평소와 같이 펴더니 이내 도망치기 시작했다.

"재밌네?"

그는 그렇게 공벌레를 괴롭혔다. 몸을 펴면 건드리고 다시 공이 되면 지켜보는 식이었다. 그런데 그렇게 한참 장난을 치던 자엽령이 두 눈을 번뜩였다.

"맞아!"

그의 입가로 음흉한 미소가 감돌고 있었다.

'도망칠 수 없다면 도망칠 수 있는 상황을 만들면 되지. 그런데……'

"죽도록 맞고 섬을 빠져나갈 수 있을까?"

슬며시 걱정이 되기 시작했다. 예전에 공손기에게 죽도록 맞은 적이 있었다. 일곱 살 때인가? 천일장 담장을 넘은 것이 화근이었다. 하지만 자엽령은 매질을 잘 견뎌내었다. 다른 아이들이었다면 열흘은 앓아누워 있어야 했는데 자신은 삼 일 만에 어느 정도 기력을 찾을 수 있었던 것이다.

'한 번 해봐?'

하지만 자엽령은 고개를 저었다.

"아니야. 몇 가지 장치를 해놔야 돼. 확실한 장치를……. 무작정 운에 맡길 수는 없지. 하지만 어떻게?"

그는 방법이 정해지자 다시 고민을 시작했다. 공벌레는 이미 저 멀리 화단의 흙 속으로 사라지고 없었다.

교육 시간이 반 각 정도 남았을까? 자엽령은 그때까지도 화원에 앉아 생각에 잠겨 있었다. 그런데 갑자기 익숙한 여자 아이의 목소리가 그의 생각을 방해했다.

"빨리 안 따라올 거야?"

자엽령은 목소리가 들리는 곳으로 시선을 돌렸다. 목소리의 주인은 은소소였다. 그녀는 자엽령이 있는 쪽으로 목검을 들고 다가오고 있었다. 그 뒤로 사내아이들 중 가장 어린 송영이 주춤주춤거리며 그녀의 뒤를 따르고 있었다.

그녀를 본 자엽령이 순간 입꼬리를 말아 올렸다. 자신이 세운 계획이 머리 속에서 정리되며 기가 막힌 그림이 그려졌기 때문이다. 그는 자리에서 일어서며 고개를 숙여 은소소에게 인사를 했다. 그러면서 송영의 표정에 불안과 두려움이 담겨져 있는 것을 보며 의아함을 느꼈다.

'무슨 일이지?'

자엽령을 발견한 은소소가 걸음을 멈춰 세우며 아는 체를 했다.

"어? 너는 어젯밤……."

"안녕하셨어요, 소마녀님?"

자엽령은 급히 그녀의 말을 끊으며 다시 인사를 했다. 어제 마녀를 만났을 때의 일을 말할 것 같아 보였기 때문이다.

"으응? 그런데 어젯밤에……."

"어디 가시는 길이세요?"

“만화원.”

“어제처럼 무공 수련 하시려고요?”

“응, 오늘은 대련을 할 거야.”

다행히 일곱 살 어린아이는 산만했다. 자엽령이 일부러 이것저것 물음을 던지자 은소소는 할 말을 잊어버렸는지 금세 다른 소리를 했다.

“여기서 뭐 해?”

“교육받기 위해서 기다리고 있는 중이에요. 그런데 송영이랑 대련을 하시게요?”

“응.”

자엽령은 송영의 얼굴을 힐끔 바라보았다. 가까이서 보니 귀여운 얼굴이 일그러져 있는 게 은소소에게 잘못 걸렸다는 표정이 역력했다.

‘진류 형이 소마녀를 피해 다니라더니……’

“그럼 열심히 수련하세요.”

“응.”

말과 함께 그를 지나치던 은소소가 갑자기 걸음을 멈춰 세웠다.

“너도 따라와.”

“예?”

“한 명보다는 여러 명과 싸우는 게 좋다고 사부님이 그랬어. 너도 가자.”

“하하, 저는 조금 있으면 교육을 받아야 해서……”

그의 말에 은소소가 심술궂게 인상을 찡그렸다.

“알아. 그때까지 끝날 거니까 따라와.”

“안 되는데……”

“내 말 안 들을 거야?”

“아, 알았어요.”

그녀의 뒤에 있던 송영이 거역하지 말라는 듯 고개를 저어 보이자 자엽령은 어쩔 수 없이 은소소를 따라가기로 했다.

그녀를 따라가던 자엽령이 송영에게 속삭였다.

“대련은 어떻게 하면 돼?”

송영이 한숨을 푹 쉬었다. 그리고 잠시 후 역시 은소소에게 들리지 않게 나직이 속삭였다.

“그냥 맞아주면 돼요.”

“역시 그렇구나.”

“네, 정말 미치겠어요. 빨리 빨래해야 하는데……”

송영은 계속 은소소를 뒤따라가며 투덜댔고 자엽령은 이것저것 물어댔다.

만화원에 도착하자 은소소가 목검을 들어 우선 송영을 가리켰다.

“너부터 덤벼!”

제법 진지함과 비장한 표정을 짓는 은소소를 향해 송영이 굳은 표정으로 앞으로 나섰다. 그리고는 불안한 기색을 드러내며 자세를 잡았다. 자세라고 해봐야 주먹을 앞으로 뻗어 몸을 방어를 하는 모양새를 잡는 것이 전부였지만 송영으로서는 그것이 최선일 것이다.

송영이 자세를 잡기 바쁘게 은소소는 ‘얍’ 하는 기합 소리와 함께 목검을 휘두르며 송영에게로 짓쳐 들어왔다.

“야앗!”

은소소의 기분을 맞춰주기 위한 것일까? 송영도 기합성을 내지르며 달려들었다. 하지만 결과는 뻔했다.

퍽퍽퍽!

“아아악!”

송영은 제대로 된 반항 한 번 하지 못하고 은소소에게 여기저기를 두들겨 맞기 시작했다. 송영에게는 미안한 일이었지만 그것을 지켜보고 있던 자엽령은 약간의 흥미로운 빛을 드러냈다. 내공 수련을 제외하고는 제대로 된 초식을 배워본 적 없는 자엽령이 보기에도 송영과 은소소의 움직임이 달라 보였던 것이다. 정식으로 대련을 해도 송영이 질 것이 뻔해 보였다.

퍽!

“아악!”

은소소의 목검이 송영의 정수리를 때리자 지금까지의 엄살 섞인 비명이 아닌 고통에 못 이긴 비명이 터져 나왔다. 소리로 들어보아 제대로 맞은 모양이었다. 하지만 은소소는 그것으로 그치지 않았다.

머리를 감싸 쥐고 있는 송영을 향해 몇 대 더 때려주던 은소소. 그런데 송영이 아무런 움직임도 보이지 않으며 머리만 감싸 쥐고 있자 그녀가 싱겁다는 듯 불만족스러운 목소리로 투덜댔다.

“뭐야? 빨리 안 일어설 거야?”

송영은 그녀의 말에 고개를 슬며시 들었다. 아파서 눈물을 흘리고 있는 모습은 영락없는 여덟 살의 어린아이에 불과했다.

“흑, 너무 아파요.”

“그러면 재미없잖아. 빨리 다시해!”

송영은 어쩔 수 없다는 듯 눈물을 닦으며 자세를 잡았다. 그리고 좀 전과 같은 결과를 반 각 동안 반복해야 했다.

송영이 이리 맞고 저리 채여 헉헉거리자 은소소가 목검을 거두며 실망한 빛을 띠었다.

"넌 너무 재미없어."

그러면서 이번에는 자엽령을 바라보았다.

"이번에는 너!"

"저, 저요?"

"응, 넌 재밌게 덤벼야 해!"

'참나, 내가 지 장난감인 줄 아나?'

생각과 함께 자엽령은 슬며시 말을 돌렸다. 처음에는 실력이 되든 안 되는 적당히 피해주고, 맞아주고, 싸워줄 생각이었는데 송영이 고통 스러워하는 모습을 보자 생각이 바뀌었던 것이다. 게다가 손쉽게 빠져 나갈 방법도 있으니.

자엽령이 한 걸음 앞으로 나와 은소소와 마주하며 흘러가듯 말했다.

"거짓말쟁이."

순간 은소소가 움찔했다.

"아, 아니야!"

그녀가 버럭 소리치자 자엽령의 말을 듣지 못한 송영이 의아한 표정 을 지었다. 은소소가 자신에게 했던 것과는 달리 자엽령을 공격하지 못하고 있었기 때문이다. 뭔가 두려워하는 듯한 표정이 이상해 보였 다.

'뭐가 아니라는 거지?'

송영은 온몸이 쑤시는 것을 참고 은소소와 자엽령을 번갈아 바라보 았다. 그때 자엽령은 피식 웃으며 장난스럽게 어깨를 으쓱해 보이고 있었다.

"뭐가요?"

"난 거짓말쟁이 아니야! 너도 그랬잖아!"

"알겠어요."

"그럼 시작하자."

"그런데 저 지금 가야 해요."

"아직 시간 남았잖아."

"그래도 가야 해요."

"안 되는데……."

은소소는 갈등하는 표정을 숨김없이 드러내고 있었다. 자엽령이 또 거짓말쟁이라고 할 것 같았기 때문이다. 그렇다고 보내주자니 아쉬움이 드는 것도 사실. 욕심 많은 어린 여자 아이의 갈등은 당연한 것일지도 모른다.

그녀의 고민을 덜어내 주려는 듯 자엽령이 피식 웃으며 때마침 눈에 들어온 한 아이를 가리켰다.

"저 대신 쟤하고 대련을 하세요."

은소소가 고개를 돌리자 거기에는 지금 막 망태기를 들고 만화원에 들어온 조조성이 눈에 들어왔다. 오늘 그는 만화원 잡초 제거를 맡았는데 일찍 일을 마치기 위해 점심 식사 시간이 끝나기도 전에 미리 온 것이었다.

그를 본 은소소가 다행이라는 듯한 표정을 지으며 조조성을 불렀다.

"야, 너 이리 와!"

조조성은 때마침 은소소와 자엽령 등을 발견하고는 몸을 돌리고 있었다. 그 또한 소마녀를 피하고 싶었기 때문이다.

그는 못 들은 척 뒤도 돌아보지 않고 걸음을 떼고 있었다. 그런데 얄밉게도 자엽령이 정확히 그의 이름을 큰 소리로 불렀다.

“조조성! 소마녀님이 부르는데 안 들려?”

‘빌어먹을 자식!’

조조성은 어쩔 수 없이 은소소에게 가야 했다. 가는 중에도 자엽령을 분노에 찬 눈빛으로 계속 노려보는 것을 잊지 않았다. 하지만 자엽령은 미소로 일관할 뿐 그에게는 신경도 쓰지 않는 듯했다. 오히려 비웃는 듯한 미소를 짓는 것 같아 조조성의 속을 더욱 긁고 있었다.

“왜, 왜 부르셨어요, 소마녀님?”

“나랑 대련하자.”

“헤헤, 저 지금 바쁜데요. 오늘까지 저기에서 여기까지 잡초를 모두 뽑아야 하는데…….”

“그건 나중에 하고 지금 나랑 대련하자.”

“나중에 대련하면 안 될까요?”

“안 돼!”

조조성은 한숨을 쉬었다. 은소소는 그의 대답도 기다리지 않고 목검을 들어 공격 자세를 잡고 있었기 때문이다.

그는 자엽령을 다시 한 번 원망 섞인 눈빛으로 노려보았다. 그러자 자엽령이 그의 눈길을 슬며시 받아넘기며 은소소에게 말했다.

“조성이가 왔으니까 저는 이만 가도 돼죠?”

그의 말에 조조성이 어이없다는 표정을 지었다. 말을 들어보니 자엽령이 해야 할 일을 자신에게 떠넘긴 것이 분명했던 것이다.

‘감히……. 나중에 두고 보자, 톡톡히 대가를 치르게 해줄 테니까.’

그의 기분을 아는지 모르는지 자엽령은 은소소의 허락이 떨어짐과

동시에 한 번 더 조조성에게 기분 나쁜 미소를 지어 보인 후 만화원을
빠져나가 버렸다.
 "자, 그럼 간다!"
 자엽령이 사라지자 은소소는 거침없이 조조성에게 달려들었다.

도주를 위한 첫걸음

자엽령은 오후에 신녀를 따라 건물 지하로 내려갔다. 지하에 들어서자 진류의 말대로 큰 나무통 속에 허연 물이 가득 담겨져 있고, 나무통 아래에는 그것을 받치는 철판과 철판을 받치고 있는 같은 높이의 돌 두 개가 세워져 있었다. 돌 사이에는 불이 지펴져 있어 물을 데워주는 역할을 했다.

"옷을 벗어라."

신녀의 말에 자엽령은 조심스럽게 옷을 벗었다.

"속옷도 모두 벗어."

"네."

자엽령은 그녀의 눈치를 살피며 뒤돌아 앙증맞은 엉덩이를 드러냈다. 옷을 벗기가 바쁘게 창피했던 자엽령이 급히 물었다.

"여기 들어가는 거죠?"

“그래.”

자엽령은 재빨리 나무통 속으로 몸을 집어넣었다. 그러자 신녀가 설명을 했다.

“우선 가부좌를 틀고 앉거라. 그리고 네가 배운 대로 운기조식을 하거라.”

“그런데 물에서 향긋한 냄새가 나는데, 이게 무슨 냄새죠?”

“장미 향이다. 오 일간 너는 매일 오후마다 거기에서 운기조식을 해야 한다. 그러면 피부가 좋아지고 몸에 양기가 더욱 보충된다. 주 목적은 그것보다는 필요없는 나쁜 기운을 없애는 것에 있지. 그러니 열심히 운기조식을 하도록 하거라.

“알겠어요. 그런데 이 물의 성분이 뭔가요?”

“그건 비밀이다.”

“에이, 그냥 가르쳐 주면 안 돼요?”

“쓸데없는 소리 말고 너는 가르쳐 주는 것만 익히면 돼!”

그녀의 싸늘한 말투에 자엽령은 찔끔하며 눈을 감았다. 그리고 운기조식을 시작했다. 그렇게 한 시진 정도가 지나고, 또다시 반 시진 정도가 더 지났을 때였다. 갑자기 누군가가 지하실로 내려오는 듯하더니 부스럭거리는 소리가 들렸다.

잠시 후 신녀의 목소리가 자엽령을 깨웠다.

“눈을 뜨거라.”

그녀의 명에 자엽령이 운기조식을 멈추고 슬며시 눈을 떴다. 그리고는 이내 자신의 앞에 펼쳐진 장면에 경악하며 급히 입을 틀어막았다. 눈앞에 다른 신녀가 한 명 더 있었는데 모두 벗고 있었기 때문이다. 실오라기 하나 걸치지 않은 여인의 나체를 차마 보지 못하겠다는 듯 자엽령은 다시 눈을 감아버렸다. 그러자 처음 신녀의 노기 서린 목소리가 들렸다.

"눈을 떠!"

"하, 하지만……."

"어린 녀석이 뭐가 그리 창피하다고 그러느냐? 빨리 눈을 뜨거라!"

"저도 알 건 다 안단 말이에요."

"그래도 이 녀석이!"

착!

언제 들었는지 신녀의 손에 들린 채찍이 자엽령의 어깨를 후려쳤다.

"아악!"

자엽령은 갑작스런 아픔에 놀라 눈을 떴다. 눈앞에는 신녀가 한 대 더 때리려는 듯 채찍을 들어올리고 있었다.

"아, 알았어요."

자엽령은 몸을 떨면서 앞의 신녀를 바라보았다. 최대한 몸을 보지 않으려는 듯 신녀의 얼굴만 바라보았다. 그런데 그녀는 창피하지도 않은 모양이다. 무덤덤한 신녀의 표정에 오히려 자엽령이 시선을 피하며 창피함을 드러냈다.

그의 시선은 이제 신녀의 목에 있었다. 그나마 목을 보는 것이 나았기 때문이다.

자엽령이 눈을 뜨고 나신의 신녀를 바라보자 채찍을 들고 있던 신녀가 나신의 신녀에게 다가갔다.

"목심서를 기억하지?"

자엽령의 기어 들어가는 목소리.

"네에."

"그럼 이제부터 실물로 설명을 하겠다. 목심서 가장 처음에 나온 것이 무엇이더냐?"

"여, 여자의 서, 성감……."

말을 채 끝내기도 전에 신녀가 고개를 끄덕였다.

"그래, 성감대다. 인체의 성감대는 남자와 여자가 다르다고 생각하겠지만 사실 똑같다. 단지 남성의 성감대는 많이 퇴화되었기에 잘 드러나지 않을 뿐 위치는 같다. 지금부터 하는 교육은 성감대를 알기 위한 것이고, 정확한 성감대를 알 수 있으려면 혈도의 위치에 대해서 정확히 파악해야 한다."

말과 함께 신녀는 채찍으로 나신의 신녀를 가리켰다. 정확히 채찍은 신녀의 가슴 한 부분을 가리켰다.

"여기가 기사혈(氣舍穴)이라고 한다. 기사혈은 실제 아혈(啞穴)과 연결되지만 누르는 힘을 조절하면 가슴 부위, 정확히 젖꼭지와 목덜미에 큰 성적 쾌감을 불러일으킬 수 있다."

말을 멈춘 신녀가 버럭 소리쳤다.

"정확히 보고 있느냐?"

"네? 네, 보고 있어요."

"여기가 뭐라고?"

"기사혈이요."

"그래, 그리고……."

다음으로는 봉곳한 가슴 아랫부분을 채찍으로 가리켰다.

"봉성혈(峯性穴). 여기는 실제 혈도가 없는 자리다. 하지만 독특하게 여인들에게는 성감을 불러일으키는 무혈(無穴) 자리이기도 하지. 여기는 누르는 것이 아니라 넓게 잡아 위로 올려줘야 하는 곳이다. 혈도가 아니기에 전체의 움직임에 따라 성감을 극대화시킬 수 있는 자리이지만 처음에는 가볍게, 그리고 성감을 느끼기 시작한 후부터는 힘을 서서히 가해줘도 되는 곳이다. 그리고 여기는……."

신녀의 설명은 계속 이어졌다. 다른 신녀의 신체 부위를 여기저기 채찍으로 짚으며 혈의 이름과 반응 등을 자세히 풀어 알아듣기 쉽게 설명하자 그 시간 동안 자엽령은 새빨개진 얼굴로 혈의 이름과 위치, 그리고 반응을 기억하느라 고욕스러웠다.

설명은 다 기억하지 못할 정도로 오랜 시간 동안 이어졌다. 설명이 모두 끝났을 때 신녀가 물었다.

"모두 기억했느냐?"

자엽령은 고개를 슬며시 흔들었다.

"상관없다."

말과 함께 신녀는 품에서 두루마리 종이 하나를 꺼내 가리켰다.

"이것을 줄 테니 오늘 식사가 끝난 후 보면서 외우거라."

종이를 펼치자 거기에는 벌거벗은 여인의 나체와 함께 혈도의 자리가 설명되어 있었다. 그것을 보고 자엽령이 불만스러운 목소리로 말했다.

"그런 게 있으면 그냥 주시면 되지 굳지 실물을 볼 필요는 없잖아요."

"닥쳐라. 그림과 실제와 같은 줄 아느냐? 이 그림은 단지 기억하기 용이하도록 만들었을 뿐이다. 내일은 네가 직접 신녀의 몸을 짚으며 혈도의 이름을 말하고 그 설명을 해야 한다."

그러자 자엽령이 경악한 표정을 지었다.

"그, 그건……."

“왜?”

자엽령은 한숨을 쉬며 고개를 숙였다.

“아니에요.”

“하나 틀리는 데 한 대씩이니 열심히 외워야 할 거다. 그리고 모두 숙지했다고 생각되면 오늘 가르쳐 준 혈 자리 이외도 다른 혈도를 가르쳐 줄 것이다. 그 또한 외워야 한다. 잘못 누르거나 주의를 하지 않으면 몸에 해가 되는 곳도 있기 때문이야.”

“알겠어요.”

“아, 그리고 시간이 나면 옥녀경도 읽거라.”

“읽고, 배우고, 외울 게 무지 많네요.”

신녀는 자엽령을 한 번 노려본 후 지금까지 나신으로 있던 신녀에게 고개를 끄덕여 주었다. 그러자 나신의 신녀가 옷을 입기 시작했다. 그것을 보며 자엽령에게 말했다.

“됐다. 오늘은 이만 하자.”

“네.”

자엽령은 대답을 하고도 나무통 속에 가만히 앉아 있었다.

신녀가 비소를 흘렸다.

“빨리 나와서 옷 입지 않고 뭐 해?”

“저, 저는 조금 있다 나갈게요. 먼저 나가 계세요.”

한참 동안 그를 노려보던 신녀가 고개를 절레절레 저었다.

“그렇게 숫기가 없어서야……”

말과 함께 그녀는 나신의 신녀가 옷을 입기를 기다려 지하실을 빠져나갔다. 자엽령은 그제야 나무통 속에서 몸을 일으켰다. 그는 이내 인상을 찡그리며 고개를 숙이고는 투덜댔다.

"나쁜 놈! 왜 네 멋대로 반응하고 난리야?"

아직 순진한 아이라도 여자의 몸을 보며 본능적으로 반응하는 물건은 어쩔 수 없었다. 자엽령은 그것이 원망스러웠다.

"휴, 들킬까 봐 조마조마했네. 이걸 보였으면 얼마나 창피했을까?"

그는 아무도 없는 지하실에서 연신 투덜대며 옷을 입기 시작했다.

때는 저녁 식사 시간.

자엽령이 교육을 마치고 밖으로 나오자 해는 뉘엿뉘엿 서산으로 기울어가고 있었다. 그는 바로 식당으로 향했다. 점심을 굶었기에 상당히 허기가 졌던 것이다. 하지만 건물을 빠져나와 채 몇 걸음을 떼기도 전에 얼굴이 퉁퉁 부어 있는 조조성이 그의 앞을 막았다. 은소소에게 제대로 당한 모양이었다.

"빌어먹을 자식!"

보자마자 욕설을 내뱉는 그를 향해 자엽령이 어깨를 으쓱했다.

"왜 그래?"

"몰라서 묻냐?

"모르겠는데?"

능청스러운 그의 표정과 말투에 조조성이 더욱 인상을 썼다.

"비겁한 새끼!"

"내가 뭘 했다고 그러냐?"

"다 필요없어."

말과 함께 조조성이 몸을 돌리며 위협적으로 말했다.

"따라와!"

뒤도 돌아보지 않고 성큼성큼 걸어가는 그를 보며 자엽령이 조소를 지었다.

'병신 같은 놈!'

자엽령은 생각과 함께 조조성을 따라 건물 몇 채를 지나쳤다.

그가 도착한 곳은 심령장의 창고 뒤에 있는 으쓱한 공터였다. 이미 예상은 했지만 거기에 강령이 기다리고 있었다.

"데려왔어요."

조조성의 말에 불량스럽게 나무 밑에 앉아 있는 강령이 일어서며 자엽령에게 다가왔다.

"네가 오늘 큰 실수한 걸 아냐?"

자엽령은 조조성에게 했던 것과 마찬가지로 어깨를 으쓱했다.

"모르겠는데요."

"모르면 가르쳐 줘야지."

강령은 제법 이런 일이 익숙한 모양이었다. 위협보다는 주먹을 먼저 내질렀다.

퍽!

"윽!"

돌연한 공격에 자엽령은 아랫배를 감싸 쥐며 몸을 숙였다. 그러자 등뒤로 또다시 고통이 밀려들었다. 강령이 팔꿈치로 등을 찍었기 때문이다.

그 공격에 자엽령은 바닥에 무릎을 꿇었다. 자신보다 머리 두 개나 더 있는 덩치 큰 녀석의 주먹은 상상 이상이었던 것이다. 게다가 내공을 익히기 위해 기본적인 권각술을 익히고 있는 강령이었으니 자엽령으로서는 참기 힘들 수밖에 없었다.

고통에 못 이겨 숨도 제대로 쉬지 못하고 있는 그를 향해 강령의 목소리가 뒤를 이었다.

"앞으로 나와 조조성의 눈치를 보며 살아라. 오늘은 처음이라 이 정도에서 끝내지만 잘못 걸리면 그때는 이곳에 있는 것이 지옥처럼 느끼게 해줄 거다."

자엽령은 한참 동안 아무런 대답도 못하고 바닥에 그대로 있었다.

"알아듣겠냐?"

자엽령이 슬며시 고개를 쳐들었다.

"모르겠는데요."

겁먹은 표정을 지어도 모자랄 판에 비웃음 섞인 미소와 함께 내뱉는 그의 말이 강령을 자극했다.

"이 새끼가!"

강령은 욕설과 함께 바로 자엽령의 멱살을 잡아 일으켰다. 그리고는 반대 손으로 그의 배를 다시 때리기 시작했다.

퍽퍽퍽!

열 대 정도를 더 때렸을까? 갑자기 자엽령의 입에서 피가 흘러나오기 시작했다. 강령은 그때서야 자엽령을 거칠게 밀치고 침을 뱉었다. 그리고 위협적으로,

"모르겠으면 지금부터 알아놔. 그리고 신녀님들께 일러봐야 너에게 좋을 건 없어. 알아듣겠냐?"

자엽령은 소매로 입을 훔치며 인상을 찌푸렸다.

"모르겠다, 어쩔래?"

"이게 죽으려고……."

강령은 자엽령을 향해 발을 들었다. 하지만 조조성이 급히 그의 허리를 잡아끄는 통에 헛발질을 해야 했다.

강령이 버럭 소리쳤다.

"이거 왜 이래? 놔!"

"그만 하세요. 오 일 동안 신녀님 앞에서 옷을 벗을 텐데 상처라도 나서 들키며 어떡해요?"

그 말에 강령은 한동안 씩씩거리며 분을 삭이더니 발을 슬머시 내렸다.

"젠장, 오늘 운 좋은 줄 알아!"

"누가 운 좋은지는 나중에 두고 보면 알겠지."

그의 말에 강령은 황당한 표정을 짓더니 이내 비웃음을 흘렸다.

"미친 새끼! 교육만 끝나봐라, 여기 있는 것이 지옥처럼 느껴지게 해 줄 테니까!"

말과 함께 강령은 더러운 것이라도 묻었다는 듯 옷을 툭툭 털더니 몸을 돌렸다. 그때 조조성이 피식 웃으며 자엽령에게 다가가 뺨을 한 대 갈겼다.

짝!

자엽령의 고개가 획 하니 돌아가자 조조성이 실실 웃었다.

"헤헤, 앞으로 알아서 기어!"

하지만 자엽령도 지지 않았다.

"웃기네! 너도 나중에 두고 보자!"

"헤헤, 두고 보자고? 두고 보자는 놈치고 무서운 놈 없더라! 지금 교육 기간이라서 이 정도에 끝난 거지 아니었다면 넌 죽었어!"

말과 함께 그 또한 강령을 따라 몸을 돌려 사라져 갔다.

그들이 완전히 시야에서 사라지고 나자 자엽령은 힘겹게 자리에서 일어서며 옷을 툭툭 털었다. 그리고는 씨익 웃었다.

“너흰 두고 보자는 놈이 아니라 미친개를 본 거야! 히히!”

말과 함께 자엽령은 옷을 들어 배를 보았다.

“빌어먹을, 그렇게 세게 맞았는데 멍 자국 하나 없네.”

“늦었네?”

“어서 와.”

식장에 도착하자 진류와 다른 아이들이 자엽령을 반겼다. 하지만 한쪽 탁자에서 밥을 먹고 있던 조조성은 비웃음을, 강령은 위협적인 눈빛으로 그를 맞았다.

자엽령은 그들에게서 시선을 돌려 주방에서 먹을 음식을 들고 와 진류 옆 자리에 앉았다. 자리에 앉기가 바쁘게 진류가 코를 가져다 대었다.

“향기 좋네. 장미 냄새가 나는데, 맞아?”

“네.”

그러자 앞에 앉아 있던 지화충이 나이답게 능글스러운 표정으로 물었다.

“엽령아, 어땠어?”

“뭐가요?”

“신녀님 몸 좋지?”

순간 자엽령이 얼굴을 붉혔다.

“무, 묻지 마세요.”

“왜? 여기 있는 아이들 모두 너와 같은 교육을 거쳤는데 뭐가 창피하다고 그래?”

“그래도 그 이야기는 하고 싶지 않아요.”

"훗, 너도 시간이 지나면 익숙해질 거야. 송영을 봐. 이미 익숙해서 별로 표정 변화도 없잖아?"

"쟤는 어리잖아요."

그러자 진류가 무슨 소리 하냐는 듯 말했다.

"니가 그럴 소리 할 입장은 아니지. 이래 봬도 송영이 마녀님의 사랑을 얼마나 많이 받는데. 우리들 중 가장 실력이 좋지."

그의 칭찬 아닌 칭찬에 밥을 먹던 송영이 활짝 웃었다. 낮에 은소소에게 맞은 기억은 이미 지워 버린 모양이었다. 하기야 송영뿐만 아니라 대부분의 아이들 모두 소마녀인 은소소에게 종종 당하는 일이니 그리 별스러운 일도 아니었다.

"송영이요?"

"그래, 나이는 가장 어리지만 마녀님이 자주 찾아."

자엽령은 어린 송영을 다시 보았다. 밥을 먹고 있는 모습은 영락없는 어린아이인데 진류의 말을 듣자 섬뜩한 기분까지 느껴졌다. 저 순진한 모습 뒤로 감춰진 그 실력(?)을 보통 사람들은 상상이나 할 수 있을까 하는 생각이 불현듯 들었기 때문이다.

식사를 끝낸 자엽령은 진류와 함께 소화를 시키기 위해 천부각을 나왔다. 일하는 것과 마녀에게 정기를 빼앗긴다는 것을 제외한다면 상당 부분 자유가 주어지는 듯했다. 천부각을 나오자 앞뜰에서 아이들이 장난을 치고 있는 것이 보였고, 지화충은 어둑어둑해지는데도 뜰 가장자리에 있는 긴 의자에 앉아 책을 읽고 있었다. 조조성과 강령은 보이지 않았지만 어딘가에서 쉬고 있을 것이다.

"우리도 낄까?"

아이들이 편을 갈라 자갈 치기를 하는 것을 보고 진류가 말했다. 그러자 자엽령이 고개를 저었다.

"아니요. 지금 이 시간에 소마녀님은 뭐 하지요?"

돌연한 그의 질문에 진류가 고개를 갸웃거렸다.

"그건 알아서 뭐 하게?"

"같이 놀려고요."

그러자 진류의 경악한 표정!

"너 미쳤구나?"

"왜요? 놀면 안 돼요?"

"그런 게 아니라 소마녀님이랑 있으면 정말 피곤해."

"형도 대련을 해보셨나 봐요?"

"대련도 대련이지만 소마녀님은 나만 보며 말을 태워달래서……."

"말을 태워요?"

"그래, 소마녀님을 등에 태우고 계속 뛰어다녀야 하는데 그게 얼마나 피곤한 줄 아냐? 다음날이면 허리가 끊어질 것 같아."

생각하기도 싫다는 듯 진류가 고개를 절레절레 젓자 자엽령이 피식 웃었다. 그러자 진류가 핀잔을 줬다.

"지금은 너는 웃지만 당해보면 얼마나 힘든지 알게 될 거다. 오죽하면 내가 피해 다니라고 했겠냐?"

"그래도 전 귀엽던데요?"

"귀엽긴 뭐가? 난 진절머리가 나는데……."

"아무튼 이 시간에 뭘 하죠?"

"글쎄, 나도 자세히는 몰라. 수련 아니면 노는 것밖에 안 하는 것 같더라? 솔직히 그런 것에는 관심없고 그냥 마주치지 않기를 바랄 뿐이지. 간혹 심심하면 여기로 찾아올 때도 있어."

“이 시간에요?”

“자주는 아니고 수련이 없을 때만 찾아오는 것 같아. 소마녀님이 찾아오는 날이면… 어?”

진류는 말을 하다 말고 두 눈을 휘둥그렇게 떴다.

난감해하는 듯한 그의 표정에 의아함을 느낀 자엽령이 물었다.

“왜 그러세요?”

대답은 들을 필요도 없었다.

한 아이가 두려운 목소리로 나직이 외쳤다.

“소마녀님이다!”

송영이었다. 그는 말이 끝나기가 무섭게 천부각 안으로 뛰어들어 갔다. 그뿐만 아니라 그와 놀던 다른 아이들도 따라 천부각 안으로 숨어들었다.

웃긴 것은 지화충이었다. 다른 아이들과는 달리 나이답게 차분한 표정으로 책을 읽고 있던 그가 송영의 외침에 화들짝 자리에서 일어나더니 다른 아이들보다 더 빨리 천부각 안으로 사라져 버린 것이다. 진류도 예외는 아니었다.

자엽령에게 ‘봤지? 이렇게 돼’ 라는 말과 함께 그 또한 급히 천부각 뒤뜰로 몸을 날렸다.

삽시간에 소란을 피우며 천부각 앞뜰에 남아 있던 아이들은 숨어들었고, 남아 있는 것은 오직 자엽령뿐이었다. 그는 저 멀리서 목검을 들고 다가오는 은소소를 차분히 바라보더니 그녀가 가까워지길 기다려 고개를 숙였다.

“어서 오세요.”

자엽령이 화사한 웃음을 흘리며 은소스를 맞이하자, 그녀는 잘 만났다는 듯 손가락을 까딱거렸다.

자엽령은 그녀의 손짓에 급히 다가갔다.

"아까 사부님에게 새로운 기술을 배웠는데, 우리 대련하자."

"지금이요?"

"응, 사부님이 그러는데 아무도 막을 수 없대."

"흐음, 그럼 좋아요. 제가 시험 한 번 해볼게요."

그러자 은소소가 기분 좋은 듯 미소를 지으며 말했다.

"그럼 저쪽으로 가자."

자엽령은 은소소를 따라 널찍한 공터로 가 비무를 시작했다.

"얍!"

은소소는 자엽령과 서기가 바쁘게 오늘 배운 기술을 쓰기 위해 급히 달려들었다. 어린아이인데도 불구하고 초식의 변화를 예측하기 힘든 것으로 보아 상당히 무공에 재능이 있다고 생각한 자엽령은 요리조리 피해 다니기 바빴다.

퍽퍽퍽!

자엽령은 일각 동안의 비무 후 여기저기 얻어맞아야 했다. 하지만 다른 아이들과 달리 엄살 피우지 않고 열심히 상대해 주자 은소소가 상당히 좋아했다.

"한 번 더!"

은소소는 대련에 빠진 듯 자엽령이 일어서자 대답도 듣지 않고 다시 공격해 왔다. 자엽령은 속으로 은근히 화가 나기 시작했으나 꾹꾹 눌러 참고 다시 상대를 해줬다. 두 가지 부탁을 받아내야 했기 때문이다. 그중 한 가지는 조만간 받아내야 하는 것이었다.

퍽!

“아악!”

배를 찌르다 말고 목검이 방향을 틀어 목을 쳤다. 둔탁한 목검에 맞은 자엽령은 그 자리에서 목을 감싸 쥐며 넘어져야 했다. 그 모습을 지켜보던 은소소가 활짝 웃었다.

“어때? 못 막겠지?”

“으으윽! 네, 못 막겠어요.”

“하하, 난 역시 강해. 한 번만 더 하자.”

하지만 자엽령은 지금까지와는 달리 자리에서 일어서지 않았다.

“뭐 해? 빨리 일어서.”

순간 자엽령의 눈이 가늘어졌다.

“그런데 대련이 재밌어요?”

돌연한 그의 질문에 은소소는 생각하지도 않고 고개를 끄덕였다.

“그런데 대련 말고 뭐 하고 노세요?”

“으음, 수련.”

“수련 말고 다른 것은요?”

“말 타기, 나비 잡기.”

“그런 거 말고 다른 것은?”

“으음.”

곰곰이 생각하던 은소소가 고개를 저었다.

“없어. 수련하고 대련이 젤 재밌어.”

“그럼 제가 더 재밌는 것 가르쳐 드릴까요?”

“대련 말고 재밌는 게 어딨어?”

“난 알고 있는데…….”

은소소가 관심을 보였다.

"정말?"

"네, 진짜 재밌는 거예요."

"뭔데?"

"이거 가르쳐 주면 안 되는 건데……."

"뭔데? 가르쳐 줘."

"흐음."

자엽령이 고민하는 척 뜸을 들이자 은소소가 인상을 썼다.

"빨리 가르쳐 줘."

"그럼 부탁 한 가지 들어주면 가르쳐 줄게요."

"뭔데? 말해 봐."

그러자 자엽령이 여기저기 주위를 살펴보더니 은소소에게 다가가 귓속말로 무언가 이야기를 했다. 그의 귓속말을 다 들은 은소소가 흔쾌히 고개를 끄덕였다.

"알았어. 내일 점심 시간 때 불러놓을게."

"정말요?"

"응, 그러니까 빨리 가르쳐 줘."

"알겠어요. 그전에 준비할 게 있어요."

"뭔데?"

"여기에서 잠깐만 기다리세요."

말과 함께 자엽령은 식당으로 달려갔다. 잠시 후 나타난 그의 손에는 큰 보자기가 들려 있었다.

보자기를 유심히 살피던 은소소가 궁금증을 드러냈다.

"뭐야?"

"놀이할 때 쓸 거요."

“무슨 놀이인데?”

“좀 있으면 알게 돼요. 원래는 만화원에서 해야 재밌는데 시간이 늦었으니까 소마녀님 방으로 가요. 거기서 해야 돼요.”

“그럼 빨리 가자.”

은소소는 급히 자엽령을 끌었다. 그녀의 방은 내원에 있었다.

내원에 도착하자 정문 앞에서 신녀 한 명이 모습을 드러내더니 자엽령의 앞을 막았다.

“이곳에 너는 들어 갈 수 없다.”

그러자 은소소가 윽박질렀다.

“내가 데려가는 거야!”

“하지만 교육이 끝나지 않은 아이는 들여보낼 수 없습니다.”

“씨! 내 말, 거역하는 거야?”

“그런 것이 아니라 규칙이…….”

“됐어. 내가 데려가는 거니까 괜찮아.”

“안 됩니다.”

단호한 신녀의 말에 은소소의 눈에 물기가 서렸다. 그러자 신녀가 당황한 빛을 드러냈다.

“데리고 들어갈 거야!”

“정말 안 돼요, 소마녀님.”

“으아아앙!”

결국 울음을 터뜨리는 은소소였다. 그 울음소리가 들렸는지 내원 안에서 뚱보여인 손모가 튀어나왔다. 그녀는 울고 있는 은소소를 보며 고개를 숙였다.

“무슨 일입니까?”

“얘하고 놀려고 하는데 안 들여보내 준다잖아! 아앙앙!”

손모는 자엽령에게 시선을 돌렸다. 그리고는 유심히 그를 훑어보더니 신녀에게 고개를 끄덕였다.

“들여보내거라.”

손모 덕분에 내원에 들어선 자엽령은 바로 은소소의 방으로 향했다. 방 안에 들어서자 넓고 눈부실 정도로 호화로운 방에 놀랄 수밖에 없었다.

“우와! 여기가 정말 소마녀님 방이에요?”

“응.”

“좋겠다.”

“응, 좋아.”

그러면서 소마녀는 탁자 위에 올려져 있는 과자(菓子)를 자엽령에게 내밀었다.

“이거 먹어.”

자엽령이 보자 생전 처음 보는 음식이었는데 입에 가져가 씹자 달고 바삭바삭한 것이 맛이 있었다.

“이, 이게 뭐죠?”

“과자라는 거래. 맛있지?”

“네. 더 먹어도 돼요?”

“마음대로 먹어.”

자엽령은 허락과 함께 과자를 입에 우겨 넣기 시작했다. 그리고 다른 손으로는 몇 개를 집어 소매 속에 집어넣었다. 밤에 책을 읽을 때 먹을 생각을 했던 것이다. 그때 은소소가 재촉했다.

“빨리 놀이하자. 뭐 하고 노는 거야?”

과자에 정신이 팔렸던 자엽령이 과자 몇 개를 더 집어 소매 속에 넣은 후 보자기를 풀었다.

보자기 속에는 식당에서 쓰는 그릇들 중 비교적 작은 것들이 들어 있었다. 그리고 젓가락과 약간의 음식물이 들어 있었다.

내용물을 확인한 은소소가 실망한 빛을 드러냈다.

"이게 뭐야? 이거 가지고 어떻게 놀아?"

"이게 어때서요? 정말 재밌는 거예요."

"이게 뭐가 재밌어?"

그러자 자엽령이 슬며시 미소를 지었다.

"혹시 소꿉놀이라고 알아요?"

"그게 뭔데?"

"어? 그것도 몰라요? 그거 진짜 재밌는 건데."

"뭔데?"

"우선 저하고 소마녀님하고 부부가 되는 거예요."

"부부?"

"네, 예전에 천일장에 있을 때 여자 아이들이 하는 걸 봤는데 얼마나 재밌었는데요. 보는 것만으로도 재밌어 죽을 정도였어요."

"그, 그럼 하자."

"네. 그런데 지금 저랑 노는 거는 절대 다른 사람에게 말하면 안 돼요?"

"왜?"

"알면 안 되거든요. 만약 알려지면 저는 다시는 소마녀님이랑 대련도 못하고 만나지도 못할 거예요."

"으음, 알았어. 말 안 할 테니까 빨리 하자."

“네, 우선 여기에 앉으세요.”

은소소가 앉자 자엽령이 그릇을 정리하며 말했다.

“이제부터 저를 가가(哥哥)라고 부르세요.”

“가가? 왜?”

은소소가 시큰둥한 표정을 지으며 입을 불쑥 내밀었다.

가가란 집안의 오빠나 친척, 그리고 사랑을 약속한 사람, 즉 연인이나 남편을 향해 부르는 말이었다. 어린 은소소지만 그 뜻은 알고 있었던 모양이다. 자신의 하인에게 가가라고 부르는 것이 싫은 것이 당연했다.

그녀의 표정을 보며 자엽령은 천연덕스럽게 말했다.

“놀이를 위해서는 그렇게 해야 해요. 부부가 되면 여자는 남자에게 그렇게 불러야 해요.”

“으음, 그래도 그건 싫은데…….”

“해보면 재밌어요.”

“알았어.”

“자, 한 번 불러보세요.”

선뜻 입 밖으로 꺼내기 싫은지 은소소는 잠시 망설였다. 그러자 자엽령이 몇 번을 더 채근했고, 결국 입을 열었다.

“가가…….”

“히히.”

“왜, 왜 웃어?”

“아니에요. 그럼 시작해요.”

그날로 자엽령은 은소소의 남편이 되었다. 비록 그녀의 방 안에서 일어난 일이지만 놀이가 끝날 때까지 서로 주고받으며 부부 행세를 했다.

의외로 놀이가 시작되자 처음 어색해하던 은소소가 어느 정도 시간이 지난 후 더욱 빠져들었다. 밥을 짓는 시늉도 하고 옷을 챙겨주는 등, 그리고 자엽령이 바가지 긁는 것도 가르쳐 주자 은소소가 재밌다는 듯 웃으며 성인 여인들이 남편에게 하듯 바가지를 긁어댔다.

시간은 점점 지나가 밤이 깊어가기 시작했다. 자엽령이 말투를 바꾸며 자리에서 일어섰다.

"오늘은 이만 해요."

"좀만 더 해요, 가가."

순간 자엽령이 움찔했다.

"그, 그만 해요."

은소소도 말투를 바꿨다. 조금은 심술난 듯, 투정 부리는 듯 졸랐다.

"좀만 더 하자."

"저 오늘 할 일이 얼마나 많은데요."

"그래도 좀만 더 해."

"그럼 내일 제 부탁 들어주면 다시 해요."

"으음……."

잠시 생각하던 은소소가 고개를 끄덕였다.

"알았어. 내일 꼭 해야 돼?"

"네, 내일은 만화장에서 해요."

"응."

은소소가 고개를 끄덕이자 자엽령은 미소를 한 번 지어 보인 후 방을 빠져나왔다. 내원을 완전히 빠져나온 그는 천부각으로 향하며 음침한 미소를 흘렸다.

“히히, 첫 번째 작전은 성공. 이제 보름 안으로 완전히 내 말만 듣게 만들면 돼. 그리고 그 다음은…….”

그는 다시 한 번 음침한 미소를 지으며 낮에 세운 계획을 머리 속에 그렸다. 톱니바퀴 돌듯 그의 머리 속은 빠르게 돌아가기 시작했다.

第八章

　방으로 돌아온 자엽령은 낮에 받은 그림을 펼쳐 놓고 혈도의 자리를
외우기 시작했다. 한 시진 동안 몇 번을 반복해 보고서야 어느 정도 머
리 속에 남길 수 있게 되었다.

　그 후부터는 목심서였다. 그는 그것을 열 번이나 읽었고, 그 또한 숙
지하게 되자 마지막으로 혈도를 다시 한 번 살피고 잠자리에 들었다.

　다음날 교육.

　자엽령은 전날과 같이 신녀 앞에서 옥녀경을 소리 내어 읽었다. 옥
녀경은 그리 많은 분량이 아니었기에 읽기를 마친 후에도 교육 시간이
꽤나 많이 남아 있었다. 그러자 신녀가 어제 가르쳐 준 혈 자리에 대해
간단한 질문을 시작했고, 자엽령은 아는 대로 대답했다.

　묻는 말에 바로 대답하는 자엽령을 향해 신녀가 고개를 끄덕이며 당
부했다.

"잘 외웠다. 오후에는 어제 말한 대로 실물을 보며 직접 네가 혈 자리를 짚으며 설명해야 한다. 그러니 점심 먹고 쉬지 말고 다시 한 번 숙지하도록 하거라."

"네."

자엽령은 교육이 끝난 후 식사를 하고 곧바로 만화원으로 향했다. 만화원에 도착하자 약속대로 은소소가 그를 기다리고 있었다.

"왜 이렇게 늦었어?"

그를 보자 다짜고짜 짜증부터 내는 은소소였다. 어젯밤에 했던 소꿉놀이가 그녀의 마음을 단단히 빼앗은 모양이다. 점심을 최대한 빨리 먹고 왔는데도 늦었다는 소리가 나오는 것을 보면 말이다.

그녀의 짜증에 자엽령이 활짝 웃으며 머리를 긁었다.

"죄송해요. 그런데 강령과 조조성은요?"

"저기에 있어."

은소소가 한쪽에 솟아나 있는 완만한 언덕을 가리키며 외쳤다.

"나와!"

그러자 언덕 뒤에서 강령과 조조성이 모습을 드러냈다.

그들은 소마녀와 있는 자엽령을 보더니 놀라며 인상을 찌푸렸다. 소마녀가 자신들을 직접 찾아 이곳에 데려온 이유에는 자엽령이 연관되어 있었던 것 같았기 때문이다.

그들을 보며 자엽령이 입꼬리를 말아 올렸다. 그러면서 은소소에게 부탁했다.

"그럼 시작해도 되죠?"

"응."

대답과 함께 은소소가 강령과 조조성에게 명했다.

"지금부터 너희들은 가만히 있어."

"예?"

"무슨 말씀이십니까?"

"너희들은 이제부터 령아의 대련 상대가 되는 거야."

순간 강령과 조조성의 얼굴이 똥 씹은 그것마냥 구겨졌다. 대련을 하는데 가만히 있으라는 것은 그냥 맞아주라는 뜻과 진배가 없는 것이니 당연한 반응인 것이다.

강령이 반박했다.

"하지만 소마녀님, 대련을 하는데 가만히 있으면 저희는 어떻게 돼나요?"

"나도 몰라. 령아가 그렇게 해달래."

강령의 표정이 붉게 상기되었다. 동시에 이를 뿌드득 갈며 자엽령을 죽일 듯 노려보았다. 하지만 자엽령은 조롱의 빛만 보일 뿐 그 살기 어린 무서운 표정에는 관심도 없는 표정이었다.

"그럼 시작해 볼까?"

운동이라도 하려는 듯 자엽령이 고개를 요리조리 꺾으며 우선 강령에게 다가갔다. 거리가 점점 가까워지자 강령이 은소소에게 들리지 않게 나직이 으르렁거렸다.

"죽고 싶냐? 소마녀님께 무슨 수작을 부렸냐?"

그의 말에 자엽령은 입꼬리를 더욱 비틀어 올리며 음흉한 미소를 지었다.

"그건 네가 상관할 일이 아냐. 그리고 이제 죽는 건 너다. 날 건드린 때문이니까 후회하지는 마."

말과 함께 자엽령의 주먹이 강령의 아랫배를 향해 쏘아져 나갔다.

퍽!

"끄윽!"

명치에 정확히 박혀든 주먹 때문에 강령의 몸이 숙여지자 자엽령은 어제 자신이 당한 것처럼 팔꿈치로 그의 등을 내리찍어 버렸다.

퍽!

"큭!"

"히히, 아직 끝난 거 아니니까 엄살 피우지 말고 일어서!"

"이, 이 자식!"

"지금 욕했냐? 어디 죽어봐라!"

퍽퍽!

"천일장에서 왜 다른 아이들이 나만 보면 슬슬 기었는지 가르쳐 주지!"

퍽퍽퍽!

자엽령은 잔인할 정도로 강령을 때리기 시작했다. 덩치 큰 강령이었지만 그 무차별적으로 날아오는 주먹을 고스란히 맞고 있으니 서 있을 재간이 있을 리 없었다.

몇 대 맞고 바닥에 쓰러지자 다음부터는 발길질이었다.

퍽퍽퍽!

"크아악!"

강령은 소마녀의 명이 있어 감히 저항하지도 못했고, 쓰러지고 나서부터는 너무 많이 맞아서 정말 저항을 하려 해도 할 수 없는 지경까지 이르렀다. 그 모습을 지켜보던 조조성의 얼굴이 허옇게 탈색되기 시작했다. 그리고 그때쯤 자엽령의 발이 멈췄다. 강령은 일어설 생각도 못하고 신음성만 흘리고 있을 뿐이었다.

"이젠 네 차례다."

자엽령의 말에 조조성이 한 걸음 뒤로 물러섰다.

"어딜 가?"

자엽령은 급히 조조성의 멱살을 잡고 바닥에 내동댕이쳤다. 그리고 강령과 마찬가지로 사정을 두지 않고 발길질을 했다.

"너희같이 힘만 믿고 설치는 놈들은 매가 약이야."

퍽퍽퍽!

"으아악! 살려줘!"

"닥쳐!"

퍽퍽!

또다시 반 각 동안 만화원에 처절한 비명이 울려 퍼졌다.

"무슨 일입니까?"

만화원에서 비명이 울리자 신녀 두 명이 급히 나타났다. 그녀들은 꽃밭에 쓰러져 있는 강령과 조조성을 보며 눈살을 찌푸렸다.

자엽령은 그녀들의 물음에 아무것도 모르겠다는 표정으로 가만히 있었고 은소소가 대신 자엽령에게 들은 대로 대답했다.

"나하고 대련했어."

"그, 그러세요?"

"응!"

그러자 신녀 한 명이 강령과 조조성을 살폈다. 여기저기 살이 터지고 멍이 들어 있었지만 크게 심한 부상은 아니었기에 그들을 살핀 신녀가 다른 신녀에게 괜찮다는 뜻으로 고개를 끄덕였다.

"소마녀님, 아무리 대련도 좋지만 조금 살살 다루세요."

“알았어.”

“이 아이들은 치료를 받아야 할 것 같으니 저희가 데려갈게요. 그래도 되겠죠?”

은소소가 고개를 끄덕이자 신녀들은 각각 강령과 조조성을 안아 들고 만화원을 빠져나갔다.

“하하하! 꼴 좋다!”

그들이 사라지는 것을 보며 자엽령이 통쾌한 듯 웃었다. 그 모습에 옆에 있던 은소소도 따라 웃으며 물었다.

“히히, 나 잘했지?”

“네, 너무 잘했어요.”

“그럼 이제 빨리 소꿉놀이하자.”

“네, 제가 오늘은 꽃으로 관을 만들어 드릴게요.”

*   *   *

남색 도포에 남색 관을 쓴 육십대 초반의 중늙은이가 형산의 오지에 숨어 있는 작은 초가를 향해 걸음을 옮기고 있었다. 관 뒤로 드러난 흰색과 검은색이 섞인 회색 머리는 단정히 빗어 넘겨져 있고, 얼굴에는 인자함과 기품이 풍겨 나왔다.

예전에 구파일방으로, 그리고 오악검파로 이름이 드높았던 형산파. 하지만 지금은 옛 위상이 꺾여 무림인들에게 은근히 괄시까지 당하는 현 형산파의 장문인 진생이었다.

그는 지금 오랜 친구 자개양을 찾아가는 길이었다. 오랜만에 얼굴을 보고 술이나 한잔 얻어먹기 위함도 있었고, 부탁할 것도 있었기 때문이다.

한참을 길어 들어가자 초가가 작은 점처럼 그의 눈에 비쳤다. 그는 초가가 보이자 걸음을 빨리해 다가갔다. 그러자 어느 순간 초가 문이 열리더니 그가 올 줄 알고 있었다는 듯 자개양이 걸어나와 만면에 미소를 지어 보였다.

"자네가 여긴 어인 일인가?"

진생은 그를 보고 잠시 걸음을 멈췄다. 서로 바쁘다는 핑계로 일 년 전을 마지막으로 한 번 보았을 뿐인데 그때와 지금의 자개양이 사뭇 달라 보였던 것이다.

"자, 자네……?"

눈이 퀭하고 얼굴이 비쩍 말라 있어 병자라는 느낌을 확연히 드러내는 자개양을 보며 진생이 습관처럼 고개를 절레절레 저었다.

"어찌하여 이 꼴이 됐나?"

"허허, 내 모습이 어때서 그러나?"

"동경을 좀 보게. 자네 얼굴이 사람 얼굴인가?"

자개양은 쓰게 웃었다. 일 년 전부터 한 달에 한 번씩 먹던 영단을 이십 일에 한 번씩 먹게 된 그로서는 고통의 나날이었다. 지금에 이르러서는 영단을 먹어도 보름이 지나면 어김없이 고통이 찾아들곤 했다. 그 때문에 식욕이 떨어지고 거기다 공간참에 대한 연구와 수련으로 잠을 제대로 자지 못한 그였다.

"술이나 한잔하러 왔더니 안 되겠군."

"도사면 도사답게 도를 닦을 일이지 술 생각이 왜 나나?"

"부탁할 일도 있고……."

"부탁이라니? 아, 우선 들어오시게."

진생은 자개양을 따라 초가 안으로 들어가 자리를 잡았다.

"그래, 엽평에게는 연락이 왔는가?"

자개양은 어두운 표정으로 고개를 저었다. 사실 진생은 엽평이 십여 년 전 갑자기 사라진 이후 이 년간 초가에 있었던 것을 모르고 있었다. 자개양과 자엽평이 철저히 숨긴 덕분이었다.

"어딘가에서 잘살고 있겠지."

자개양이 능청스럽게 거짓말을 하자 진생이 고개를 끄덕였다.

"하기야 그놈 실력이면 대접받으며 살 게야. 그래도 너무하는군. 자네에게는 한 번쯤 찾아와 볼 만하지 않은가?"

"그 인생은 그의 것이니 자네와 내가 뭐라고 할 입장은 아니지. 그런데 갑자기 그 녀석이 보고 싶군. 그리고 령아도……. 잘 지내고 있는지……."

말끝을 흐리며 자개양의 눈에 무언가가 담긴 듯 아련하자 진생이 고개를 갸웃거렸다.

"왜 그러나? 령아는 또 누구고?"

"아, 아닐세."

자개양은 급히 말을 둘러댔다. 의아함을 느낀 진생. 하지만 자개양의 표정이 심상치 않은 것 같아 화제를 돌렸다.

"그래, 요즘 병세는 어떤가? 안색을 보니 상당히 안 좋아진 것 같네만……."

"몇 달 전부터 식욕이 떨어지고 잠을 제대로 못 자고 있네."

"아직도 공간참에 매달리는 것인가?"

자개양이 단호하게 고개를 끄덕였다.

진생이 다시 고개를 절레절레 흔들었다.

"몸 생각도 하게."

"허허, 이제 내 나이 백 세를 바라보네. 살 만큼 살았는데 건강 생각해서 뭘 할 것인가?"

"그 소리를 들으니 괜히 내가 기분 나빠지는군."

"……?"

"자네 말은 나 또한 늙었다는 말 아닌가?"

"허허허, 그럼 늙었지. 늙었고말고. 자넨 아직 자신이 이팔청춘이라고 생각하는 겐가?"

"하긴 나도 이제 근골이 물러져 무공 수련을 해도 성과가 없어졌지. 화경의 경지에 들어 환골탈태를 한 번 했더라면 아직도 한창일 텐데 말이야."

그 말에 자개양이 혀를 찼다.

"아직도 뜬구름 잡기에 미련이 남아 있나 보군. 그리고 환골탈태를 했다 해도 우리 나이라면 한창때는 아니지. 자네와 나는 이제 한물갔어. 내 걱정 말고 자네 건강이니 챙기게. 보아하니 자네도 예전보다 많이 말랐네."

"그래야지."

"참, 그런데 부탁할 것이 무엇인가?"

"말할 필요도 없겠어."

자개양이 의아함을 드러냈다.

"무슨 말인가?"

"자네 상태를 보니 부탁하기도 뭐해서 하는 말이야."

더욱 모를 소리였다.

"말해 보게."

“사실은 자네에게 아이들의 무공 수련을 좀 도와달라고 할 참이었네.”

“아이들?”

“이 년 전에 말하지 않았나, 제자들을 다시 모집했다고.”

“아, 그랬었지. 그 말을 한 지가 벌써 이 년이 지났군.”

“아무튼 그 아이들에게 자네가 신법을 좀 가르쳐 주면 어떨까 하고 왔네.”

자개양이 피식 웃었다.

“자네도 어쩔 수 없나 보군.”

진생이 인상을 찌푸렸다.

“무슨 소린가?”

“말이야 바른말이지, 지금 형산파가 어디 무림에 발이라도 붙일 수 있겠나? 예전에야 오악검파니 구파일방의 으뜸이라니 하는 소리를 들었을지는 모르나 지금은 어떤가? 관심 밖의 그저 그런 도인들의 집합체가 되지 않았나 이 말이야.”

“말이 과하군.”

그러면서도 진생은 반박을 하지 못했다. 맞는 말이기 때문이다. 소림과 무당, 아미파 등은 날이 갈수록 문도 수가 늘어나고 그 힘과 위세를 떨치는 반면 형산파는 이제 오백여 명으로 줄어 있었다. 십여 년 사이에 이백여 명이나 줄어든 것이다. 그 때문에 형산파에 들어가면 인기척이 들리지 않는다는 우스개 소문도 퍼져 나갈 정도였다.

수천에 달하는 도인들을 수용할 수 있는, 그리고 수용했던 큰 형산파에 오백여 명만 생활하고 있으니 썰렁할 수밖에 없었던 것이다.

결국 점점 도인들이 부귀와 공명을 찾아 떠나기 시작하자 언제부턴가 규율이 깨어지기 시작했고 한 번 형산인이면 영원한 형산인이라는 말도 옛말이 되어버린 것이다.

워낙 많은 문도가 도망을 치거나 문제를 일으키고 떠나가 버리니 모두 처단할 수도 없었고, 그저 넋 놓고 보낼 수밖에 없는 처지가 되어버렸다. 그래서 진생과 형산의 장로들이 문제를 해결하기 위해 무공에 재능이 있는 인재들만 골라 받는 것을 버리고 무작정 아이들을 모으기 시작했다.

그것이 이 년 전 일이었다.

하지만 형산의 위세가 워낙 바닥에 떨어진 터라 그것도 여의치는 않았다. 첫 번째 모집에서 고작 팔십여 명이 몰려들었고, 대부분 형편이 좋지 않아 입이라도 덜고자 하는 농민들의 자식이었던 것이다. 글도 모르는 녀석들도 많았기에 모든 것을 처음부터 가르쳐야 한다는 부담과 그들을 먹여줘야 하는 경제적인 면에서 문제가 뒤따르기 시작했다.

본래 형산파 같은 도인들은 제자들을 받을 때 어느 정도의 돈도 받게 된다. 그리 많은 돈은 아니지만 그것으로 아이들을 양성하고 무공을 가르치는 데 상당한 도움이 될 수밖에 없었다. 그리고 그 아이들 중 나중에 장문인의 허락을 받아 무림에 나가게 되면 다시 돈을 보내와 문파를 키워 나갈 수 있게 도움을 주게 되어 있었다. 표국을 세우거나 문파를 세워 성공하게 되면 자신에게 무공을 가르쳐 준 형산파가 더욱 클 수 있도록 해주는 것이 여러 모로 좋기 때문이다. 그들이 바로 속가제자로 불리는 자들이었다.

처음부터 속가제자로 분류하여 받아들일 때도 있고, 훗날 장문인의 허락을 받아 세상으로 내보내는 일도 있었다.

형산파는 속가제자가 끊어진 지 오래되었다. 제자가 들어오지 않으니 그럴 수밖에.

그래서 자신을 키워주고 무공을 가르쳐 줘서 고맙다고 돈을 보내오는 곳도 없었다. 삼십여 년 전부터는 창피하게도 인근에 있는 문파에서 형산파를 이어 가라고 시주 격으로 일정 금액을 보내오는 것과 진생과 친분이 있는 태청문(太淸門)의 문주가 간혹 보내오는 돈으로 생활하고 있는 실정이 되었다.

그러니 결국 팔십여 명의 아이들 중에서 재능이 있는 아이들을 추려 삼십 명으로 줄일 수밖에 없었고, 일 년 전 다시 사십여 명을 뽑아 거기에서 이십 명을 추려냈던 것이다.

"뭐, 자네 고충은 알고 있네."

자개양의 말에 진생이 얼굴을 붉혔다. 그러면서 화제를 다시 돌렸다.

"아무튼 자네가 그 아이들에게 신법을 가르쳐 줬으면 해서 찾아왔네."

"하하, 내가 형산파의 문도도 아닌데 어찌 나에게 그 아이들을 가르쳐 달라는 생각을 했나?"

"어쩔 수 없지. 현 형산파에서 실전을 겪어본 사람이 몇 명이나 되겠나? 수십 년 동안 무림사에 관여를 하지 않았으니……. 무림대회에 나가 본선에 들어가지도 못하고 떨어지는 것만 봐도 충분히 실력을 짐작할 수 있지."

"그건 아니지. 실력이 모자라서가 아니라 자네 말대로 실전 경험이 없어서 그런 걸세. 초식대로만 움직이는 죽은 무공으로 좋은 성적을 내기란 힘들지. 현 형산의 제자들은 무공을 응용할 줄 몰라."

그 말도 맞는 말이라 진생은 고개를 끄덕였다.

"맞아. 무림사에 관여하지 않고 산속에서 수양만 했으니 보고 들은 것이 없고 자극받을 일도 없으니 실력을 키우고자 하는 열성도 없어진 상태지. 그래서 이번에는 그것을 벗어버리기 위해 무리를 한 것일세. 자네의 신법은 어떤 신법에도 응용이 가능하지 않은가? 그걸 형산의 신법과 합쳐 아이들에게 가르쳐 주길 바란 거지. 형산의 무공은 화려함을 자랑하는데 화려함 속에 속도를 더한다면 좋지 않을까 하는 생각에서 말일세."

말과 함께 진생은 한숨을 쉬었다.

"그런데 자네 꼴을 보니 안 되겠군."

자개양도 수긍했다.

"이제 얼마나 견딜 지 알 수도 없고, 나 또한 상당히 지쳤네. 자네에게는 미안하군."

"휴……!"

다시 진생의 한숨.

"그래, 전에 말했던 공간참은 완성했나?"

"완성했지."

진생이 놀라움을 드러냈다. 뜻밖의 소식이었다. 사실 그는 자개양이 공간참이라는 무공을 말하고 그 묘용을 알려줬을 때 할 수 없을 거라고, 말도 안 되는 소리라고 치부했었다.

"저, 정말인가?"

"그렇네. 하지만 내가 직접 사용하기에는 무리가 있지. 몇 번 시도해 봤네만 열에 한두 번 정도 성공하는 정도랄까? 하지만 이론은 완벽하니……. 내게 주어진 시간이 얼마 없는 것 같고, 나 또한 근골이 많이 쇠약해져 제대로 무공을 펼치지 못하겠더군. 조금만 움직여도 이제는 숨부터 차니까 그것이 아쉬울 뿐이네."

그러자 진생이 슬며시 제안을 했다.

"그것을 나에게 가르쳐 줄 수 있겠나?"

"자네 거저 먹으려고 하는군. 내 필생의 연구 결과를 어찌 그냥 넘겨준다는 말인가?"

"하지만 자네도 이제 수련을 하기 힘들다면서?"

"그래도……."

"그러지 말고 형산이 클 수 있도록 도움을 주게. 비급으로 만들어서 그것에 대해 조언을 해준다면 큰 도움이 될 걸세."

자개양도 한숨이었다.

"휴! 모르겠군. 나도 이 무공이 묻혀지는 것을 바라지는 않아."

"그럼……."

진생이 입을 열기가 무섭게 자개양이 말을 끊었다.

"아무튼 그 이야기는 다음에 하세. 머리도 식힐 겸 잠시 여행을 다녀올 참이야."

"자네가? 이곳에 들어온 이후로 한 번도 형산을 나간 적이 없지 않나?"

"그러니 세상이 어떻게 변했는지 한번 보고 싶은 게지."

"흐음, 어디로 갈 생각인가?"

"심령도."

그 말에 진생이 인상을 찌푸렸다.

"심령도에는 왜 가는가?"

"사실 심령도에서 사람을 보내왔네."

"그 요녀가 자네에게?"

“어쩌겠나? 그래도 내 사매인데.”

“쯧쯧, 어쩌자고 자네 같은 사람에게 그런 사매가 생겼는지⋯⋯. 악연이로세, 악연이야.”

“너무 그러지 말게. 그래도 내 앞에서 사매를 욕하는 건 기분이 안 좋아.”

“자네에게는 미안한 말이지만 정말 욕 들어도 당연한 위인이 아닌가? 수많은 젊은 후기지수들이 얼마나 그녀의 손에 죽어나갔나? 적절한 때에 심령도로 들어가 버렸기에 망정이지, 좀 더 무림을 활보하고 다녔다면 아마 무림맹에 의해 요절이 났을 걸세.”

“됐네. 그만 하고 차나 한잔 마시고 가게.”

더 듣기 싫은 듯 자개양이 자리에서 일어나 부엌으로 향했다.

그를 보며 진생이 혀를 찼다.

“쯧쯧쯧.”

저녁 해가 기울어가는 붉은 노을 아래 자엽령과 은소소는 흘러가는 구름을 보며 만화원의 언덕에 나란히 앉아 있었다. 매일 이 시간이면 항상 소꿉놀이를 핑계로 낯 간지러운 말을 주고받으며 이곳에 있는 그들이었다.

자엽령이 이곳에 온 지 벌써 한 달. 이제 그는 방중술(房中術:남여자 잠자리를 할 때 쓰는 기술)에 대한 마지막 교육을 받고 있었다. 그래서 지금까지 깔아놓은 몇 가지 장치를 은소소를 통해 만들어놔야 할 시기라고 생각했다.

"가가, 사랑해요."

사랑이 무엇인지 알고는 있을까?

붉은 노을을 보며 은소소가 하는 말에 자엽령은 한술 더떠 그녀의 등을 토닥이며 능청스럽게 대답했다.

“나도 사랑한다오. 하지만 이제 헤어질 시간이 되어 아쉽소.”

“헤어지기 싫어요.”

“하지만 어쩌겠소. 그래도 내일 점심에 다시 만날 수 있으니 좋지 않소.”

그러자 은소소가 자리에서 벌떡 일어서더니 자엽령을 뚫어져라 바라보았다. 그리고는 은근한 투로 말했다.

“그러지 말고 우리 진짜 결혼하자.”

순간 자엽령이 움찔했다. 하지만 곧이어 평정심을 찾으며 미소를 지었다. 일곱 살짜리 여자 아이가 내뱉을 말은 분명히 아니었지만 부담스럽지는 않았다. 어린아이의 약속이 무슨 약속이겠나 하고 생각되었기 때문이다.

“그럼 그래요.”

쉽게 떨어지는 허락에 은소소가 활짝 미소를 지었다.

“정말이지?”

“네, 결혼해요.”

자엽령의 대답과 함께 그녀가 새끼손가락을 펼쳐 내밀었다. 하지만 자엽령은 잠시 고민하는 표정을 하더니 선뜻 손가락을 걸 생각을 하지 않았다.

“왜 그래?”

“사실 제게 꼭 해야 할 일이 있거든요. 그걸 꼭 해야 결혼할 수 있어요.”

“뭔데?”

“소마녀님께서 들어줘야 하는 거예요.”

“말해 봐. 내가 다 들어줄게.”

"정말 다 들어줄 수 있어요?"

"응, 말해 봐."

"그럼 이것도 비밀을 지켜야 해요. 다른 사람들이 알면 전 소마녀님과 절대 결혼할 수 없게 돼요."

그의 말에 은소소가 걱정스러우면서도 긴장된 표정을 드러냈다.

"어, 어떤 건데?"

"들어줄 수 있죠? 그것부터 약속해요."

"으응."

"사실은……."

자엽령은 내심 쾌재를 불렀다. 하지만 마음과는 달리 엄숙한 표정으로 그녀가 해야 할 일을 찬찬히 일러주었다.

설명이 끝나자 자엽령은 강조하듯 다시 말했다.

"꼭 해주셔야 해요. 아님 소마녀님이랑 결혼 못해요."

"안 돼. 나랑 결혼 해야 해."

"그럼 들어주실 수 있죠?"

"알겠어. 자, 빨리 손가락 걸어."

그제야 자엽령도 새끼손가락을 마주 내밀어 걸었다.

"자, 약속."

"약속."

"그럼 이건 선물."

말과 함께 자엽령은 목에 걸려 있는 염주를 벗어 은소소에게 내밀었다. 은소소가 그것을 받아 쥐며 물었다.

"뭐야?"

"몰라요. 어릴 때부터 제 목에 채워져 있었다는데… 아무튼 결혼 선물이에요."

"고마워."

은소소는 정말 고맙다는 표정으로 염주를 받아 목에 걸었다. 그것을 지켜보며 자엽령이 엄한 투로 입을 열었다.

"그럼 이제부터 아무도 없을 때는 무조건 저를 가가라고 부르세요. 사람들 있을 때는 그러면 안 되는 거 알죠?"

"응."

자엽령이 인상을 썼다.

"네라고 대답해야지. 이제부터 난 진짜 가가인데."

"아, 알았어. 아, 아니, 알았어요, 가가."

귀여운 그녀의 표정에 자엽령이 활짝 웃었다.

은소소도 따라 웃었다.

"그럼 오늘은 이만 헤어지고 내일 점심때 다시 보자."

"알았어요. 안녕히 주무세요."

"응, 우리 이쁜이도 잘 자야 돼?"

간지러운 말을 능숙하게 내뱉은 자엽령은 평소와 달리 은소소의 볼을 쓰다듬고는 볼에다 입을 맞췄다. 아무리 계획이라고는 하지만 입을 맞추고 나자 자엽령도 내심 창피함이 들어 얼굴을 붉혔다.

"그, 그럼 늦었으니 난 이만 가볼게."

"네."

자엽령은 은소소에게서 몸을 돌리며 만화원을 빠져나왔다. 그리고 숙소로 향할 때까지 지어지는 비소는 순진한 열 살짜리 아이의 표정이라고는 믿을 수 없을 정도로 음흉했다.

"이제부터 시작이야."

그의 눈에서 불꽃이 튀었다.

그로부터 사흘 후.

밤이 깊었다. 자엽령은 그날 낮에 다시 한 번 은소소에게 확답을 받은 후 준비물을 챙겼다. 그리고는 밤이 되길 기다려 자리에서 슬며시 일어났다.

이젠 교육이 완전히 끝나 있었고, 정확히 오 일 후 마녀와 첫날밤을 지새우기로 계획까지 잡혀 있었다. 그전에 도주를 해야 했고, 오늘이 그날이었다.

끼이익!

그는 조심스럽게 방문을 열어 복도를 확인했다.

아무도 없었다.

지금까지 지내본 바로는 이곳 심령장엔 저녁부터 아침 이른 시간까지 모두 다섯 명의 신녀가 잠을 자지 않고 경계를 선다. 네 명은 모두 외곽 담장을 지키는 것이고, 그 외 자엽령 자신이 머물고 있는 천부각 입구에 한 명의 신녀가 지키고 있었다. 그래서 천부각을 빠져나가는 것은 쉬운 일이었다. 지옥봉으로 가기 위해 그곳 담장까지 가는 일도 쉬운 일이었다.

하지만 그 다음부터가 어렵다. 신녀의 눈을 피해 담장을 넘어야 하는데 무공을 익힌 신녀의 안력을 피하는 것은 상당한 모험이었기 때문이다. 그것도 동쪽 담장 주변에는 건물도 없어 이십여 장을 완전히 몸을 드러낸 채 달려야 했다.

담장의 높이도 높았다, 자엽령이 뛰어넘기에는.

내공을 익혔다지만 그것을 써먹을 초식이나 여타 무공을 배운 적이 없었기 때문이다.

사사삭!

달빛의 그림자에 몸을 가리며 자엽령은 천부각의 복도를 지나 뒤쪽으로 이어진 창문을 열고 나왔다. 그리 어려운 일도 아니었고, 그래서 그는 쉽게 천부각을 빠져나와 곧장 동쪽으로 향했다.

천부각을 나와서는 은밀히 움직이지 않은 그였다. 어차피 담장을 지키는 신녀가 있을 뿐 그전까지는 아무런 경계도 없기 때문이다. 오히려 은밀한 행동은 몸의 긴장을 불러일으키고 일을 방해할 뿐이라고 생각하는 자엽령이었다.

하지만 긴장해야 할 때도 있다. 그것은 동쪽 담장이 보인 후부터였다.

환한 달빛에 몸을 그대로 드러내 놓고 소풍이라도 나가는 듯 걸어가던 자엽령도 담장이 보이자 그때부터는 걸음을 조심히 떼기 시작했고, 최대한 건물에 붙어 몸을 가렸다. 여기까지 오는 데 일각도 걸리지 않았다면 지금부터 몇 개의 건물을 지나는 데만도 반 시진이 걸릴 만큼 신중하고 은밀한 행동을 해야 했다.

실제로 그는 걸음 하나하나 떼는 데 엄청난 집중력을 보였다. 지금까지 걸어온 것이 믿어지지 않을 정도로 느리고 온몸에서 땀이 분수같이 흘러나올 정도로 힘든 동작이었다.

그는 천천히 마지막 건물로 다가갔다. 그리고 앞을 보자 이십여 장의 사방이 훤히 보이는 공터가 보였고, 공터의 마지막에 일 장 반 높이의, 열 살짜리 어린아이가 넘기에는 너무 높은 담장이 보였다.

'휴!'

자엽령은 마음속으로 한숨을 쉬었다. 이제 자신이 해야 할 일은 없었다. 은소소를 믿는 수밖에.

그는 건물에 드리워진 그림자에 파묻혀 돌아누웠다. 달빛이 흘러가는지 구름이 흘러가는지 모르겠지만 그것을 보며 긴장과 무료함을 달랬다.

시간이 꽤 지난 것 같았다. 그럴수록 자엽령은 점점 초조해지기 시작했다.

'왜 아무런 반응이 없는 거야? 설마 잠든 것 아니야?'

시간은 점점 더 흘러갔다. 이런 저런 생각이 자엽령의 머리 속을 혼란하게 만들며 실패할지도 모른다는 생각을 들게 했다.

'돌아갈까?'

사실 지금 방으로 돌아간다고 해도 늦은 것은 아니었다. 아무 일도 없었던 것처럼 다시 평상시대로 행동할 수 있었다.

'어떡하지?'

마음속으로 던져지는 물음과는 달리 자엽령은 몸을 일으키고 있었다. 무모한 그는 아니었음으로 돌아갈 생각을 가지고 있었던 것이다.

그는 은소소에게 세 가지의 부탁을 했고, 첫 번째는 상관이 없다 하더라도 두 번째, 세 번째까지 들어주지 않으면 상당한 차질이 빚어진다.

첫 번째를 어겼으니 두 번째도 어기지 말라는 법이 없었다.

그는 몸을 완전히 일으켰다. 그리고는 속으로 욕설을 내뱉었다.

'젠장, 어린 계집애를 믿은 내가 바보다. 다시 계획을 짜야겠어.'

생각과 함께 그는 천부각 쪽으로 걸음을 떼기 시작했다. 그런데 막 첫발을 내디뎠을 때였다.

사사사삭!

공터 주변에서 인기척이 빠르게 들려왔다.

자엽령은 속으로 웃었다.

'됐다!'

그는 인기척과 함께 급히 몸을 숙여 그림자 속으로 파묻혔다. 그러자 동쪽 담장을 지키고 있던 신녀가 재빨리 내원 쪽으로 달려가는 것이 달빛에 순간적으로 드러났다가 사라졌다.

자엽령은 그녀가 사라지고도 한참 동안이나 그 자리에 멈춰 있다가 일어섰다. 그리고 공터로 슬머시 몇 걸음 떼며 걸어나왔다.

그가 완전히 모습을 드러냈는데도 주위에서는 아무런 반응이 없었다. 자엽령은 미소를 지으며 한달음에 담장까지 달려갔다. 그리고 뒤를 돌았을 때, 내원에서 불길이 치솟는 것이 눈에 들어왔다.

자엽령은 씨익 웃었다.

"고맙다, 소마녀. 다음 것도 부탁한다."

그러면서 그는 품속에 넣어두었던 동앗줄을 꺼내 담 위로 던졌다.

핑!

줄을 당기자 원으로 말아놓았던 부분이 반대편 기와에 걸렸다는 것을 알 수 있었다.

"그럼 가볼까?"

자엽령은 유유히 줄을 타고 담을 넘었다.

第九章

마녀가 기거하고 있는 방 안에 손모가 인기척을 낸 후 들어왔다. 그녀를 보며 마녀는 붉은 천이 아른거리는 방 반대편에서 짜증스러운 듯 물었다.

"어떻게 됐느냐?"

손모가 고개를 조아렸다.

"크기 불이 번지지 않아 다행입니다. 지금 불을 껐고, 정리 중에 있습니다."

"피해는?"

"창고에 있는 음식을 못 쓰게 되었습니다. 그 외에는 없습니다."

그녀의 말에 마녀는 침상 구석을 노려보았다. 그러자 구석에서 무릎을 꿇고 손을 들고 있던 은소소가 움찔했다.

"너의 불장난 때문에 어떤 일이 벌어진 줄 아느냐?"

은소소에게만큼은 평소 인자하던 마녀, 그리고 사부였던 그녀의 표정이 때 아니게 노기가 서려 있자 은소소는 감히 입을 열 생각도 못하고 고개만 파묻었다. 그런 그녀를 보며 마녀가 도저히 모르겠다는 듯 물었다.

"왜 이 밤에 창고에서 불장난을 했느냐?"

"……."

"빨리 말하지 못하겠느냐?"

버럭 소리를 치자 은소소가 다시 움찔하더니 갑자기 울음을 터뜨렸다.

"으아아앙!"

말도 않고 울기만 하는 그녀를 보며 마녀는 한숨을 쉴 수밖에 없었다. 고개를 절레절레 젓더니 꼴 보기 싫은 듯 손모에게 말했다.

"소마녀를 방에 데려다주거라!"

"알겠습니다."

"아, 그리고 앞으로 밤에는 소마녀의 방 앞에 신녀를 세워두도록."

"네."

손모는 은소소를 데리고 나갔다. 그리고 잠시 후 다시 마녀의 방으로 돌아왔다.

마녀가 의아함을 드러냈다.

"무슨 일이냐?"

"보고할 일이 있습니다."

"보고? 보고는 아까 다 하지 않았나?"

"화재에 대한 것이 아니라 아이들에 관한 것입니다."

"뭐지?"

마녀는 별것 아닌 것 같자 침상에 비스듬하게 몸을 뉘었다. 하지만 손모의 말에 다시 벌떡 일어나야 했다.

"도망친 아이가 있습니다."

"누구?"

"그것이……."

*   *   *

검은 어둠 속에서 인자한 노인이 그를 바라보았다.

'웃는 건가?'

생각대로 노인은 웃고 있는 듯했다. 입 밖으로 소리는 나오지 않았지만 미소를 머금은 채 성대가 울렁이는 것만 봐도 알 수 있었다.

그는 몸을 움직였다. 하지만 옴짝달싹할 수가 없었다.

'왜 이러지?'

물 먹은 솜마냥 꿈쩍도 하지 않자 의아함에 자신을 내려다보았다. 다행히 고개를 움직일 수 있었다. 그리고 그는 놀랐다.

몸이 작아져 있었다. 그리고 그 작은 몸에 보자기가 둘러져 있고, 보자기 밖으로 나온 손은 앙증맞을 만큼 작았다. 그리고 보니 노인의 얼굴이 너무 크다는 생각이 들었다.

노인이 그를 안고 있었던 것이다.

'누구세요?'

말은 소리가 되어 나오지 않았다. 그는 무언가 해야 한다는 느낌에 손을 뻗었다. 다행히 손도 움직여지고 있었다.

그가 한 행위는 노인의 수염을 잡아당기는 것이었다. 어떻게 된 것

273

인지 말해 달라는 행동이었지만 노인은 아픈지 인상을 쓰더니 손을 뿌리쳤다. 그리고 다시 활짝 웃었다.

드디어 노인의 목소리가 들려오기 시작했다.

─우리 령아는 언제 클까?

'령아? 날 알고 있는 건가? 그런데 왜 난 이 노인을 처음 보지? 가만…….'

그는 노인을 자세히 바라보았다. 낯이 익었다. 기억에는 없지만 분명히 아는 얼굴 같았다. 그리고 분명한 것은 노인의 얼굴이 그를 편안하게 해준다는 것, 그리고 자신을 상당히 아끼고 있다는 눈빛이 그대로 비춰진다는 것이었다.

'누구세요?'

역시 목소리는 나오지 않았다. 단지 입만 웅얼웅얼 움직일 뿐이었다.

그는 다시 노인의 수염을 잡았다. 이번에는 제법 세게 잡아당겼다. 몇 번이고……. 그러자 노인의 입에서 컬컬거리는 웃음소리가 튀어나왔다.

─허허허, 이놈이 나중에 뭐가 되려고 이렇게 장난이 심한지……. 잠시도 가만히 있지 못하는구나. 멕!

답답했다. 말은 나오지 않고 노인의 말을 들어보면 자신을 잘 아는 사람임이 분명한데 누구인지 기억이 나질 않았다. 편안하다는 느낌 그

하나만 머리 속에 각인될 뿐이었다. 하지만 노인의 표정을 가만히 보고 있으니 왠지 불쌍하게도 보였다. 외로운, 그리고 처량한 모습이었다.

'누굴까?'

그는 말하려는 것을 포기하고 생각에 잠겼다.

＊　　　　＊　　　　＊

"어디 있느냐?"

삼십대 중반 정도로 보이는 신녀의 물음에 홍의를 입은 나이 어린 신녀가 대답했다.

"기절시킨 후 외곽 창고에 가둬놨습니다."

"어디까지 갔었지?"

"지옥봉 쪽으로 일 리 정도 떨어진 곳에서 잡았습니다."

삼십대의 신녀가 고개를 갸웃거렸다.

"일 리?"

"네, 도망친 지 얼마 되지 않았는지 그리 멀리까지 가지는 못했습니다. 게다가 여기저기 흔적을 많이 남겨 추적하기가 수월했습니다."

"훗, 정말 도망칠 수 있을 것이라 생각했을까?"

"어린아이에 불과하니까요."

"하긴 아이들의 생각이 다 그렇지. 뭐든지 할 수 있을 거라고 믿는 웃긴 습성을 가지고 있지. 그래, 어떻게 처리한다고 하더냐?"

"늘 하던 대로 사시 초(巳時初:오전 9시)에 창고 앞에서 매질을 한 후 해변가에 묶어둘 거라 들었습니다."

“또 한 명 죽어나가겠네. 그러기에 왜 그렇게 무모한 짓을 하는
지…….”

삼십대 신녀는 표정과는 달리 안타깝다는 듯 말한 후 걸음을 옮겼
다.

다음날 사시 초. 물이 가득 담긴 양동이가 신녀의 손에 의해 거칠게
휘둘러졌다. 그에 따라 물 폭풍이 자엽령의 얼굴을 향해 날아들었다.

촤악!

얼굴을 때린 물 세례에 의해 자엽령은 꿈속에서 빠져나올 수 있었
다.

“으음, 여기가 어디…….?”

그를 본능적으로 말을 하려다 말고 급히 입을 다물었다. 주위에 자
신을 둘러싼 다섯 명의 신녀가 보였기 때문이다. 그리고 저 멀리서 안
타까운 시선으로 자신을 바라보고 있는 진류와 아이들도 보였다. 그가
있는 곳은 창고 뒤뜰에 있는 공터 중앙이었다.

자엽령이 깨어나자 신녀 한 명이 아이들을 향해 외쳤다.

“도망자는 어떻게 되는지 너희들도 잘 알고 있을 게다! 이런 일이 있
어 나도 애석하지만 어쩔 수 없다! 원칙에 따라 매질을 한 후 해변에
묶어둘 것이니 잘 보아두고 다시는 쓸데없는 생각을 하지 말기 바란
다!”

말과 함께 그녀가 고개를 끄덕이자 남은 네 명의 신녀가 큰 포대를
들어 자엽령을 덮었다.

자엽령에게는 다시 어둠이 찾아왔다. 포대가 자신을 덮자 이미 예상
한 것과는 달리 두려움이 일었다.

"쳐라!"

신녀의 목소리와 함께 사정을 두지 않고 몽둥이가 날아들었다.

퍽퍽퍽!

"크으윽!"

자엽령은 처음 떨어지는 몽둥이의 고통에 입술을 깨물었다. 두 번째에는 극심한 통증을 동반한 신음. 세 번째부터는 정신이 아득해져 가는 것을 느꼈다.

원래 도망자에 대한 매질은 반 각 동안 이루어지고 잠시 쉬었다가 아이의 상태를 보고 다시 반 각의 매질이 이루어진다. 극히 짧은 시간 같지만 아이가 견디기에는 무서울 만큼 긴 시간이었다.

자엽령은 반 각 동안의 쉬지 않는 매질을 당했고, 전신에 힘이 쭉 빠지는 느낌을 받았다. 다행히 몸을 웅크리고 맞은 데다 그 상황에서도 나름대로 몸을 보호하기 위해 운기조식을 한 덕분에 기력만은 크게 상하지 않았다. 하지만 입술에 붉은 피가 넘쳐흐르는 것과 여기저기 멍이 들고 멍이 터져 피가 새어 나오는 것은 어쩔 수 없었다. 보기에는 곧 죽을 것 같은 처참한 모습이었다.

반각의 매질이 끝나자 포대가 치워졌다.

자엽령은 정신이 반 나간 상태가 되어 있었다. 매질을 당하는 순간에는 괜찮았던 것이 끝나자마자 긴장이 풀린 것이 이유였다.

너덜너덜해진 자엽령의 몸을 보고 가장 나이 많은 신녀가 다시 포대를 덮고 말했다.

"잠시 후 다시 시작한다."

움직일 수도 없을 것 같은 자엽령과 그런 그를 보며 신녀가 하는 말에 다른 아이들은 침을 꿀꺽 삼킬 뿐 별다른 반응을 보이지 않았다.

이각 정도가 흘렀을까?

예의 그 나이 많은 신녀가 다시 외쳤다.

"시작해라!"

네 명의 신녀가 다시 몽둥이를 들고 때릴 준비를 했다.

첫 번째 몽둥이질이 가해졌다.

퍽!

정신이 없는 와중에도 자엽령은 다시 이어지는 고통에 번쩍 눈을 떴다. 두 번째 고통도 어김없이 이어지고, 세 번째도 마찬가지였다.

'젠장! 왜 빨리 안 오는 거야? 어제도 늦더니 오늘도 늦네? 이러다 정말 시체가 되는 거 아니야?'

퍽!

"크으윽!"

신녀들의 손에는 사정이 없었다. 하지만 그런 매몰찬 매질도 한 여자 아이의 등장에는 약했다.

"멈춰!"

신녀들의 움직임이 소리에 따라 멈춰졌다. 건물 골목으로 모습을 드러낸 여자 아이는 다름 아닌 은소소였다.

돌연한 그녀의 등장에 나이 많은 신녀가 놀라며 고개를 숙였다.

"여, 여기는 어쩐 일이십니까? 소마녀님이 있을 곳이 아니니 어서 돌아가세요."

"싫어!"

은소소는 고개를 저으며 오히려 자엽령에게로 다가왔다. 그녀의 행동에 신녀들이 난감한 표정을 지었다. 소마녀 앞에서 매질을 할 수는 없었기 때문이다.

나이 많은 신녀가 그녀를 달랬다.

"소마녀님, 나중에 제가 놀아드릴 테니 이만 돌아가 주세요."

"싫어! 난 엽령이 하고 놀 거야! 그만 때려!"

"안 됩니다."

은소소가 인상을 썼다.

"싫어! 령이하고 놀 거야! 놀 거야!"

"그러시면 안 된다니까요. 어서 돌아가세요."

"싫어! 으아앙!"

은소소는 자엽령에게 들은 대로 눈물까지 흘리며 보채기 시작했다.

"휴!"

나이 많은 신녀는 한숨을 푹 쉬었다. 우선 소마녀부터 수습해야겠기에 포대를 살짝 들춰보았다.

자엽령은 온몸에 피가 범벅이 되어 곧 죽을 듯 조용했다.

자엽령의 상태를 확인한 신녀가 울고 있는 은소소에게 말했다.

"알겠어요, 소마녀님. 이제 안 때릴 테니 그만 우세요."

은소소의 울음이 거짓말처럼 멈췄다.

"정말?"

"네, 대신 이 아이를 치료해야 하니 노는 것은 다음에 하도록 하세요."

"령아 많이 아파?"

"네, 빨리 치료하지 않으면 많이 아플 거랍니다."

"우웅, 알았어."

그녀의 허락이 떨어지자 나이 많은 신녀가 신호를 보냈다. 그러자 네 명의 신녀가 피 떡이 된 자엽령이 드러나지 않게 포대를 그대로 감싸 안아 급히 해변가로 향했다.

자엽령은 이틀 동안 해변가의 나무에 거꾸로 매달려 있었다. 그동안 그는 정신을 차리지 못한 채 쥐 죽은 듯 대롱대롱 걸려 있는 고기에 불과 했다. 낮에는 뜨거운 태양에 살이 타고 밤에는 피 냄새를 맡고 몰려드는 벌레들에 의해 고통받으면서였다.

그렇게 이틀째 되는 날 밤이었다.

번쩍!

순간적으로 컴컴한 나무 아래 달빛을 받은 두 개의 빛이 빛을 뿌렸다. 자엽령이 눈을 뜬 것이었다.

그는 거꾸로 매달린 상태에서 주위를 살폈다. 매일 하루에 세 번씩 자신을 확인하기 위해 신녀들이 모습을 비췄고, 한동안 지켜보다 돌아가기를 반복했다.

반 시진 전에도 신녀가 왔다 간 것을 그는 알고 있었다.

뿌드득!

그는 매달린 채 고개를 요리조리 꺾었다.

뿌드득! 뿌드득!

뼈가 갈리는 소리와 함께 그는 나직이 투덜거렸다.

"짜증나게. 너무 오래 참았나?"

그는 이틀 동안 매달린 채 정신을 못 차린 척 연기했던 자신이 믿어지지 않았다. 피가 머리로 몰리며 터질 것 같은 머리와 얼굴의 고통을 고스란히 이틀 동안 참았던 것이다.

하지만 그럴 수밖에 없었다. 그 정도는 해줘야 신녀들도 자신이 깨어나 도망칠 생각을 못 할 것이라고 안심할 것이기 때문이다.

“으윽!”

이틀 전 창고에서 너무 많이 맞은 모양인지 손을 들어 올리자 뼈마디가 바늘로 찌르는 듯 따끔거리고 아파왔다.

“으라차!”

그는 온 힘을 한 번에 쏟아 부어 몸을 구부렸다. 최대한 많이 구부렸다고 생각되자 손을 뻗어 다리를 묶고 있는 줄을 잡았다. 한동안 움직이지 않았던 몸을 움직이자 상당히 고통스러웠지만 머리가 정상적인 상태로 돌아오자 개운함도 밀려들었다.

그는 급히 줄을 잡고 숨을 고른 뒤 발목을 묶고 있는 줄을 풀고 바닥으로 떨어져 내렸다.

툭!

“악!”

소리가 제법 컸다.

자엽령은 자신이 내지른 소리에 놀라 주위를 다시 한 번 살폈다. 다행히 아무런 변화도 일어나지 않았다.

“휴!”

한숨을 쉰 그는 해변가로 향했다.

쏴아아! 쏴아아!

그는 우선 해변에 있는 배를 살폈다. 배는 모두 일곱 척. 큰 배는 십여 명은 태울 수 있는 것이고 작은 배는 세 명 정도가 타도 버거워 보일 정도로 작았다.

자엽령은 당연히 작은 배를 골라 바다에 띄웠다. 그리고는 주위를 두리번거렸다. 무언가 찾아야 했기 때문이다. 은소소에게 부탁한 세 가지 중 마지막.

바로 음식이었다.

소마녀인 은소소는 마녀나 손모의 허락만 받으면 신녀들을 대동한 채 마음대로 섬을 돌아다닐 수 있었고, 그것을 알고 있었던 자엽령이 음식을 부탁했었다. 신녀 몰래 숨겨놓으라고.

물론 음식은 자엽령이 직접 조달해 은소소에게 주었던 것이다. 그녀보다는 자엽령이 음식을 구하기 수월했기 때문이다. 그리고 오랫동안 먹을 음식을 은소소가 알 수 있을 리도 없었다.

한참을 두리번거리던 그의 눈이 한곳에 멈춰졌다.

'저건가?'

그는 모래사장 위로 빼져나와 있는 붉은 천을 향해 다가갔다. 그리고 그 속을 파헤치자 조금 큰 보자기가 나왔다.

자엽령은 피식 웃었다. 모든 것이 완벽하게 이루어졌으니 자연스레 나오는 승리의 미소였다. 이제 배를 타고 유유히 섬을 빠져나가기만 하면 그는 자유였다.

중원으로 가서 어떻게 될지, 또 배를 타고 중원으로 갈 수나 있을지는 모르겠지만 우선 마녀에게 정기를 빨려 죽는 것은 면할 수 있었으니 그것만으로도 좋은 자엽령이었다.

"가자!"

제법 큰 소리로 자신을 다독인 자엽령은 마른 고기와 과일이 조금 들어 있는 보자기를 배 위에 던져 놓고 물이 깊어질 때까지 배를 밀고 나아갔다.

배도 심령도가 싫은지 빠르게 바다를 갈랐다.

그리고 다음날 아침 자엽령을 확인하러 내려온 신녀에 의해 심령도가 술렁이기 시작했다.

“사라졌습니다.”

동이 틀 무렵 손모는 마녀 앞에 서 있었다. 손모는 떨떠름한 표정을 지어 보였다.

그것은 마녀도 마찬가지였다.

이른 아침부터 나타나서 하는 소리가 사라졌다니, 어이가 없을 수밖에 없었으리라.

“뭐가 사라졌다는 것이냐?”

“그것이…….”

손모가 선뜻 대답을 하지 못하고 뜸을 들이자 아침잠이 많은 마녀의 짜증스런 목소리가 다시 이어졌다.

“무슨 일이 벌어졌기에 그런 표정으로 아침부터 날 찾아왔느냐?”

“사실은 삼 일 전 도주하다 잡힌 엽령이를 해변가에 매달아두었는데 그가 감쪽같이 사라져 버렸습니다.”

“……!”

마녀는 할 말을 잃은 듯했다. 아직까지 도주에 성공한 아이들이 없었다. 그것은 자엽령도 마찬가지였다. 그런데 그가 없어졌단다.

“그, 그럼…….”

손모가 고개를 끄덕였다.

“일부러 잡혔던 것 같습니다.”

“허!”

마녀는 황당한 표정을 지으며 탄성을 내뱉었다. 어린아이의 머리에서 그런 치밀함이 있을 수 있을까?

‘정말 우연이 아니라면 그 아이는 효웅의 자질이 있다.’

생각과 함께 그녀가 급히 물었다.

"어디로 사라졌느냐? 도주로는 파악했느냐?"

"배가 한 척 사라졌습니다."

그렇다면 쫓을 방법이 없다. 망망대해를 어찌 다 뒤진단 말인가! 바닷길을 알고 있는 사람이라면 잡을 수 있다. 하지만 자엽령이 바닷길을 알 리가 없다. 무작정 마음 내키는 대로 배를 몰아갈 것이 뻔하니 말이다.

마녀는 허탈한 얼굴로 고개를 절레절레 저었다.

"심령도에 뿌리를 내린 지 오래건만 이런 일이 벌어질 줄이야……."

"어떻게 할까요?"

의미없는 물음에 마녀는 손모를 노려보았다.

마녀는 성정이 급하고 손속이 잔인하지만 세 가지 면에서는 확실히 뛰어났다. 그것은 바로 자기 사람, 즉 같은 편이라 생각되는 사람에게는 한없이 마음을 열어준다는 것, 그리고 여인의 몸으로 화경에 들어설 정도로 무공에 조예가 깊다는 것, 마지막으로 끈질겨야 할 때와 포기할 때를 정확히 가려낸다는 것이었다.

"어쩔 수 없지. 하지만 이후부터 해변가에 아이를 매달아놓는 일은 하지 말거라."

"알겠습니다."

마녀가 투덜거렸다.

"완전히 소 잃고 외양간 고치는 격이군."

"아직인가?"

흔들리는 선체(船體) 안에서 은은하면서도 피곤에 지친 목소리가 흘러나왔다. 그러자 사공이 노를 저으며 대답했다.

"이제 얼마 안 남았습니다."

배는 대해(大海)를 건널 정도로 크지 않은 고기잡이 배였다. 심령도로 가는 배를 구하기는 쉽지 않았고, 그래서 어부에게 은전 하나를 준 자개양이었다.

그래도 사공이 힘깨나 써 보인다는 것과 그를 보조하는 인부가 두 명이나 된다는 것이 속도를 빨리하게 했다. 돛에 바람을 실어 달려가는 중에도 세 명의 사내가 번갈아가며 노를 저었기 때문이다.

"그 얼마가 얼마간의 시간을 말하는 것인가?"

자개양의 물음에 사공의 대답이 다시 들렸다.

“반나절만 더 가면 됩니다.”

“흐음, 얼마 안 남았다고 하기에는 긴 시간이군.”

그때였다. 사공의 목소리가 아닌 인부의 목소리가 들려왔다.

“난파선(難破船)이다!”

“무슨 일인데 사람이 없지?”

약간의 소란 뒤로 사공이 선체 안의 자개양에게 질문을 던졌다.

“난파선을 발견했는데 한번 가볼까요?”

“꼭 가봐야 하나?”

“뱃사람들에게는 같은 일에 종사하는 유대감이 강하지요.”

“사람이 타고 있지 않다고 들은 것 같은데, 아닌가?”

“보이지 않지만 가서 확인해 봐야 정확히 알 수 있습니다.”

“어쩔 수 없군. 그렇게 하게.”

말과 함께 배가 방향을 틀었다. 그리고 잠시 후 인부의 경악한 목소리가 바다에 울려 퍼졌다.

“아이다! 아이야!”

또 다른 인부가 혀를 찼다.

“쯧쯧, 이제 열 살도 안 되어 보이는 녀석이 이런 바다 한가운데에서 뭐 하고 있었대 그래?”

마지막으로 사공의 목소리였다.

“탈진한 것 같으니 빨리 배로 옮겨와라.”

배에 사람이 옮겨 다니는 소리가 부산하게 들리더니 이윽고 선체 안으로 사공이 한 아이를 데리고 들어왔다. 그것을 본 자개양이 고개를 갸우뚱거렸다.

“여기는 이런 아이들도 배를 타고 다니나?”

"그럴 리가요! 무슨 사정인지는 저도 잘 모르겠습니다만 여기에 좀 눕혀놓겠습니다."

"그렇게 하게. 그런데 상태는 어떤가?"

"태양 때문에 탈진했을 뿐 크게 심각한 것은 아닌 듯합니다. 배를 탈 줄 모르는 사람들이 바다에 갔다가 이런 경우를 종종 당하죠."

"흐음, 이런아이가 뭐 하러 여기까지 배를 타고 왔을까?"

사공은 대답없이 아이를 한쪽 구석에 눕혀놓았다.

"그런데 사내아이가 왜 이렇게 예쁘게 생겼는지……."

사공의 혼잣말에 자개양이 놀라며 물었다.

"여자 아이가 아니었던가?"

"아닌데요. 사내 녀석입니다."

자개양은 아이의 얼굴을 뚫어져라 바라보았다.

"허, 그놈 참, 정말 여자같이 생겼군."

"하하, 그래도 이런 녀석들이 나중에 여자깨나 울리죠."

자개양은 아무런 대답도 하지 않았다. 사공은 무안했던지 바로 나가버렸다.

사공의 말대로 정확히 반나절이 지나서야 심령도에 도착할 수 있었다. 심령도에 도착한 자개양은 주위를 두리번거렸다. 그러자 숲 속 깊은 곳에 전각들이 간간이 솟아 있는 것이 보였다.

"저곳이로군."

그는 사공에게 다시 은전 한 닢을 전해주고 몸을 돌렸다. 그러자 전각에서 배가 오는 것을 이미 보았는지 잠시 후 신녀들이 모습을 드러냈다.

신녀들의 앞에는 손모가 있었다.

"잘 있었나?"

자개양의 말에 손모가 약간 놀라며 고개를 숙였다. 자개양의 모습이 많이 수척해 보여 병색이 짙다는 것을 알 수 있었기 때문이다.

"어서 오십시오, 어르신. 그런데 어디 편찮으십니까?"

"허허, 그렇게 보이나?"

"많이 야위셨군요."

"늙은이들은 고민이 많은 법이지. 그래서 입맛도 없지 않겠나."

"그렇군요. 피곤하실 테니 우선 안으로 드십시오."

"안내하게."

"아, 그런데……."

걸음을 떼다 만 자개양의 의해 손모가 뒤돌아보았다.

"왜 그러십니까?"

"혹시 탈진했을 때 먹는 약을 가지고 있나?"

"탈진?"

"그렇네. 좀 전에 이곳으로 오다가 난파선을 발견했는데 거기에 탈진한 아이가 있어서 그러네."

순간 손모의 눈이 번뜩였다.

"혹시 여자 아이처럼 곱게 생긴 아이가 아닙니까?"

자개양이 고개를 끄덕였다.

"어떻게 알았나? 자세히 살펴보지는 않았지만 몸 여기저기에 상처도 제법 있는 것 같던데……."

그러자 손모의 옆에 있던 신녀가 급히 나서며 말했다.

"맞는 것 같습니다."

손모가 고개를 끄덕이며 미소를 지었다.

"그 아이도 운이 없구나."

"데려오겠습니다."

"그렇게 해라."

신녀 두 명이 떠나려는 배를 향해 달려갔다. 그것을 보며 자개양이 의아한 표정을 지었다.

"무슨 일인가? 정말 아는 아이인가?"

"도망친 아이입니다."

그 말에 자개양이 씁쓸하게 웃었다.

"허허, 내가 저 아이에게 큰 죄를 지었군. 말하지 말았어야 했는데……."

손모는 아무런 대답도 하지 않고 자개양을 심령장으로 안내했다.

내원으로 안내된 자개양은 정문 앞에서 단정히 치장한 마녀를 만날 수 있었다. 그녀를 본 그는 옅은 미소를 지었다.

하지만 마녀는 달랐다. 수척해진 자개양을 보며 왈칵 눈물을 쏟는 모습이 지금까지의 그녀와는 완전히 다른 모습이었다.

"사, 사형!"

외침과 함께 마녀는 자개양에게 달려들었다.

"어, 어떻게 되신 거예요? 몸이 왜 이렇게 상하신 거죠?"

자개양의 앞에서 그의 몸을 살피던 그녀. 그 모습에 자개양은 쓰게 웃었다.

"보는 사람마다 그런 소리를 하는군. 그래, 잘 지냈느냐?"

눈물을 흘리던 마녀는 자신과는 달리 평정심을 유지하는 자개양을 얄밉다는 듯 노려보더니 피식 웃었다.

"사형의 그 무정한 말투는 여전하시군요."

"너도 마찬가지다. 노파 소리를 들을 만한 나이에 뭐가 그리 감정의 기복이 심하느냐?"

"저를 볼 때마다 그 소리. 아무튼 들어가세요. 사형이 좋아할 만한 술을 준비해 놨어요."

"그래, 나도 오랜만에 너와 술이나 한잔하려고 왔다."

말과 함께 자개양이 먼저 내원으로 걸음을 옮겼다. 그런데 그의 옆에 서려던 마녀를 향해 손모가 헛기침을 하며 불렀다. 자연히 마녀와 자개양이 걸음을 멈추고 돌아보았다.

마녀가 손모를 향해 말해 보라는 표정을 지었다.

"잡았습니다."

순간 마녀의 표정이 묘하게 변하더니 손모에게 다가가 나직이 입을 열었다.

"어떻게 잡았지?"

"바다에 표류하고 있었던 모양입니다. 어르신이 타고 오신 배에 있었습니다."

마녀가 피식 웃으며 자개양과 같은 소리를 했다.

"정말 운 없는 아이구나. 하필 심령도로 오는 배에 구출되다니……. 그래, 지금 어디 있느냐?"

"데려오고 있는 중입니다. 어떻게 처리할까요?"

마녀는 자개양을 힐끔 바라보고는 손을 저었다.

"알아서 가둬놓거라. 차후에 결정을 내리겠다."

"알겠습니다."

마녀는 대답과 함께 자개양을 데리고 내원으로 들었다.

그녀는 자개양을 접객실로 안내했다. 접객실에는 이미 탁자가 휘청

거릴 정도로 많은 음식과 술이 마련되어 있었다.

자개양이 그것을 보고 놀라움을 드러냈다.

"이렇게까지 할 필요가 뭐 있느냐? 옛날처럼 조촐하게 마시면 될 것을……."

"그런 소리 마세요. 몇 년 만에 만난 건데 소홀히 대접할 수 있겠어요?"

그러면서 마녀는 술병을 들어 자개양의 잔을 채웠다.

"어떻게 지내셨어요?"

"나야 형산에 파묻혀 소일거리나 하고 있지."

"그러면서 왜 전에 손모를 보냈을 때는 오지 않으셨어요? 손모의 말을 들어보니 무슨 일이 있다고 하시던데, 무슨 일이죠?"

"말 못할 사정이 있었다."

"저에게도 말하지 못할 것인가요?"

자개양은 굳이 말할 필요성을 느끼지 못하고 고개를 끄덕였다. 그러자 마녀는 서운한 얼굴을 했다.

"알겠어요 더 이상 묻지 않죠. 우선 술이나 한잔하세요."

"너도 한잔하거라."

둘은 주거니 받거니 하며 술을 마시기 시작했다. 그러던 중에 마녀가 미소를 지으며 말했다.

"소개시켜 줄 사람이 있어요."

"누구?"

"제 제자죠."

자개양이 놀라움을 드러냈다.

"그사이 제자도 거뒀느냐?"

“네.”

대답과 함께 그녀가 밖을 향해 소소를 데려오라고 외쳤다. 그러자 잠시 후 푸른 비단옷을 입은 작고 어여쁜 여자 아이가 방 안으로 들어섰다. 조금은 심술궂게 생긴 그녀를 보며 자개양이 미소를 지었다.

“이 아이냐?”

“네. 소소야, 뭘 하느냐, 인사드리지 않고?”

은소소는 자개양을 뚫어지게 바라보더니 별 관심 없는 듯 탁자로 다가왔다. 그녀가 가장 먼저 한 일은 탁자 위에 있는 맛난 음식을 집으려 손을 뻗는 것이었다.

그것을 보고 마녀가 난감한 기색을 드러내며 자개양에게 말했다.

“심령도에서 너무 오냐오냐 키웠더니 애가 버릇이 없습니다. 이해하세요.”

“허허, 그래도 귀여운 아이구나. 그래, 이름이 무엇이냐?”

“은소소라고 해요.”

“은소소라…….”

자개양은 은소소에게 직접 물었다.

“나이가 어떻게 되느냐?”

은소소는 막 과일을 하나 집으며 퉁명스럽게 대답했다. 처음 보는 자개양이 별로 마음에 들지 않는 모양이었다.

“일곱!”

그 말에 마녀가 소리쳤다.

“말버릇이 그게 무엇이냐? 사부의 사형이자 네 사백이 되시는 분이다!”

“으음, 그래도 무섭게 생겼어.”

병 때문에 피부색이 검푸르고 마른 것을 두고 한 말에 자개양이 너털웃음을 터뜨리며 마녀를 보았다.

"허허허, 너무 소리치지 말거라. 크면 다 알게 될 일이다."

"그래도 걱정이에요, 너무 버릇이 없어놔서……."

"그건 너하고 같은데 뭘 그러느냐?"

그 말에 마녀가 무슨 소리 하느냐는 듯 인상을 썼다.

"내가 언제 그랬나요? 사형이야말로……."

그녀는 반박이라도 할 요량으로 입을 열려 하는데 자개양이 은소소를 뚫어져라 바라보고 있자 말끝을 흐렸다.

자개양은 한동안 은소소를 바라보고 있었다. 의아함을 느낀 마녀가 고개를 갸웃거렸다.

"왜 그러세요?"

자개양이 대답없이 은소소의 팔을 잡았다.

"싫어!"

은소소가 반항했지만 자개양은 개의치 않았다. 그에 놀란 마녀가 자리에서 벌떡 일어섰다.

"갑자기 왜 그러세요, 사형?"

역시 자개양은 대답하지 않았다. 은소소의 두 팔을 잡아 저항을 막은 후 옷깃을 뒤질 뿐이었다.

순간 자개양의 표정이 싸늘해졌다.

"이거 어디에서 났느냐?"

은소소가 느끼기에도 자개양에게서 무서운 기운이 풍겨 나오자 울먹이기 시작했다. 그리고 마녀는 아직도 자개양이 왜 그러는지 알 수가 없다는 표정이었다. 감히 자개양의 행동을 막지는 못하고 보고 있을 뿐이었다.

자개양이 버럭 소리쳤다.

“이 염주가 어디서 났느냐고 묻지 않느냐?”

눈물까지 글썽이던 은소소는 방이 떠나갈 듯한 목소리에 움찔거리
더니 저도 모르게 대답했다.

“령아가 줬어.”

“령? 혹시 자엽령이 아니더냐?”

“으응, 령아가 줬어.”

“어디 있느냐? 어디 있어?”

경악한 표정으로 몸까지 흔들어대자 급기야 은소소가 울음을 터뜨
렸다. 하지만 자개양은 그 또한 개의치 않았다. 재차 은소소를 닦달하
자 참다못한 마녀가 나섰다.

“정말 왜 그러세요? 령이를 아세요?”

자개양은 은소소를 버려두고 마녀를 돌아보았다.

“이곳에 자엽령이라는 아이가 있는 것이 확실한가?”

“네, 그 아이의 이름이 자엽령이라고 알고 있죠.”

자개양은 허탈한 웃음을 흘렸다. 팔 년 전 자엽평과 함께 보낸 자엽
령. 그가 이곳에 있을 이유가 없었기 때문이다. 지금쯤 천왕교의 교주
로서 호의호식하고 있어야 하지 않던가!

생각은 거기에서 끝나지 않았다.

‘그럼 엽평은? 그는 어떻게 된 거지?

온몸에 힘이 빠지는 그였다. 정말 자신이 자엽령이라는 이름을 가진
아이가 팔 년 전에 데리고 있던 그 자엽령이 맞다면 엽평에게 문제가
생긴 것이 분명하기 때문이었다.

"그럴 리가……."

자개양은 말과 함께 고개를 저었다.

"아니야. 아직 단정 지을 수는 없지. 엽평이 그렇게 호락호락하게 당할 사람은 아니야."

"도대체 무슨 소리를 하시는 거죠?"

자개양의 혼잣말과 갑작스럽게 여러 가지로 변하는 표정에 어리둥절한 마녀였다.

"말씀해 보세요. 엽평은 누구고 자엽령은 알고 있는 아이인가요?"

자개양은 대답없이 자리에서 일어섰다.

"가자."

"어디를……?"

"령아가 지금 어디 있느냐?"

"그, 그것이……."

마녀는 진땀을 흘렸다. 자개양의 표정으로 보아 자엽령과 상당한 인연이 있는 것이 분명했기 때문이다. 자신이 그를 보양신공으로 이용하려 했다는 것은 당연히 짐작할 수 있을 것이고, 그를 죽음으로 내몰려 했던 것도 밝혀질 것이다. 게다가 지금 자엽령의 상태를 본다면 자개양이 어떻게 나올지 알 수도 없었다.

"한 가지 말씀드릴 일이 있어요. 우선 앉아보세요."

"우선 만나보고 이야기하자."

"아니에요. 제 말부터 듣고 나면 그때 그가 있는 곳으로 안내해 드리죠."

*　　　*　　　*

295

"으윽!"

자엽령은 눈을 뜨다 말고 인상을 찌푸렸다. 온몸에 따가운 통증이 동반되었기 때문이다.

잠시 지나가자 통증에 익숙해지기 시작했다.

"여, 여기가 어디지?"

언제부턴가 편안함을 느꼈는데 꿈이 아닌 것이 분명했다. 몸으로 느껴지는 포근함은 따뜻한 이불과 폭신한 침상이었기 때문이다.

그는 확인을 위해 다시 힘겹게 눈을 떴다.

처음 보이는 것은 당연히 천장이었다. 그리고 아래로 눈을 내리자 부드러운 비단으로 된 이불이 자신의 가슴까지 덮여 있었다.

다행이라는 생각이 들었다. 삼 일 동안 끝이 보이지 않는 바다를 헤매다 결국 찌는 듯한 태양을 이기지 못하고 쓰러진 그였다. 삼 일 정도 바다를 헤치면 분명히 섬이라도 나올 줄 알았는데 그것이 그의 실수였다.

바닷길도 알아놨어야 했다는 후회는 늦은 상태였고, 결국 정신을 잃는 것밖에는 달리 할 것이 없었다. 그래서 정신을 놓아버렸다. 어떻게든 되겠지라는 생각이었던 것이다.

아무튼 그의 생각대로 되었다. 이곳이 천국이 아니라면 누군가에 의해 분명히 구해졌으니 이곳에 누워 있을 것이 아닌가!

차분하면서도 침착한 목소리가 들려왔다.

"정신이 드느냐?"

누군가가 옆에 있다는 것은 그때 알았다.

자엽령은 살며시 고개를 돌려 소리가 들리는 곳을 바라보았다.

"누구세요?"

순간 자엽령이 두 눈을 휘둥그렇게 떴다. 목소리의 주인이 마르고 검푸른 피부이기는 하지만 분명히 전에 꿈에서 보았던 노인과 흡사하게 생겼기 때문이다. 하지만 그보다 그를 경악하게 한 것은 노인의 뒤에 서 있는 여인이었다.

"다행이구나."

마녀였다.

'다행이라니?'

자엽령은 몸이 굳는 것을 느꼈다. 그는 도망칠 생각도 못하고 지금 자신에게 닥쳐 있는 상황을 고민해야 했다. 자신을 잡아 주리를 틀어도 모자랄 판에 다행이라는 말이 무엇인지 이해가 되지 않았다.

분명 좋은 뜻일 수도 있고 나쁜 뜻일 수도 있었다.

경악한 표정으로 아무 말도 없는 자엽령을 향해 마녀가 미소를 지어 보이며 말을 이었다.

"걱정할 것 없다, 너를 해칠 생각은 없으니까. 하마터면 내 사질(舍姪)에게 큰 해를 입힐 뻔했구나."

"사질?"

자엽령은 어안이 벙벙할 수밖에 없었다. 왜 마녀가 자신을 두고 사질이라고 하는지 이해가 가질 않았다.

'도대체 무슨 소리를 하는 거야? 내가 왜 저 여자의 사질이지? 그렇다면 저 여자는 나의 고모님이 되는 건데…….'

혼란만 가중되는데 앞의 노인이 간략하게 설명을 해주었다.

"넌 내 사질이다. 그러니 나의 사매인 요화와도 고모와 사질이 되는 것이 맞다."

“제, 제가 할아버지의 사질이라고요?”

그를 지켜보고 있던 노인 자개양은 인자한 미소를 지어 보이며 고개를 끄덕였다.

“아무튼 깨어났으니 어서 기력을 회복하거라. 나중에 네가 다 나으면 나와 네 아버지에 대한 이야기를 들려주겠다.”

그러면서 자개양은 자엽령의 가슴에 손을 올려 내력을 불어넣기 시작했다. 진기의 흐름을 도와 잠이 들게 하려는 것이었다.

잠시 후 자엽령은 자의와 상관없이 스르르 눈을 감고 잠이 들었다.

마녀가 뒤에서 다시 한 번 사과를 했다.

“정말 죄송해요.”

“아니, 네 잘못은 아니지. 이만 나가자.”

“네.”

방을 나오는 자개양을 향해 문 앞에 기립해 있던 손모가 아까 전부터 궁금증으로 가지고 있던 물음을 참지 못하고 던졌다.

“팔 년 전 제가 형산에 찾아갔을 때 보았던 그 아이인가요?”

자개양은 미소로 대답할 뿐이었다.

자엽령은 무려 팔 일 동안이나 몸조리를 했다. 심령도를 빠져나가 배에서 생활하는 동안 상당히 야위어 있었는데 신녀들의 배려로 어느 정도 살이 붙을 수 있었다.

그동안 그는 자개양에게 자신에 대한 이야기를 들을 수 있었다. 물론 자개양은 천왕교에 대한 것은 언급하지 않았다.

단지 자엽평이 버려진 아이를 주워 양아들로 삼았고, 이 년간 형산에서 생활한 후 북해로 가버렸다는 내용이었다.

그것은 자개양의 욕심 때문이었다. 다른 사람은 꿈도 꾸지 못할 내공을 속성으로 키울 수 있는 신체. 그것을 가진 자엽령에 대한 자질이 탐이 났기 때문이다. 그리고 자엽령을 좀 더 데리고 있고 싶다는 욕심도 한몫 거들었다.

하지만 공간참을 자엽령에게 가르쳐 준 후 그의 신세 내력, 즉 천왕교의 소교주였다는 것을 말해 줄 생각이다. 자개양은 그것으로 죄책감을 씻어버렸다. 오히려 뛰어난 경공술을 자엽령에게 가르쳐 준 후 천왕교로 보내는 것이 그를 위해서도 나을 것이라는 생각으로 자신을 위로한 것이다.

자개양의 이야기를 듣던 자엽령이 이해할 수 없다는 표정으로 물었다.

"그런데 왜 제가 암흑시에 팔려서 이곳까지 오게 된 거죠?"

자개양도 알 수 없다는 듯 고개를 저었다.

"나도 모르겠구나. 분명히 네 아버지에게 무슨 일이 생긴 것 같은데……. 휴!"

자개양은 한숨을 쉬었다. 자엽령을 눈앞에서 보게 되자 안심이 됐지만 이제는 엽평의 걱정이 시작된 것이다.

"도대체 어떻게 된 것인지……."

자엽령은 몸이 나은 후에도 오 일 동안 심령도에 더 머물렀다. 그리고 자개양을 따라 해안가로 향했다. 형산으로 가기로 정했기 때문이다.

그를 배웅 나온 마녀가 미소를 지으며 당부했다.

"백부님을 잘 모시거라. 무슨 일이 있으면 심령도에 연락하는 것을 잊지 말고."

“네!”

자엽령은 고개를 끄덕이면서도 내심 기분이 좋지 못했다. 마녀에 대한 나쁜 기억은 첫날 자신을 벌거벗기고 그의 물건(?)에 장난을 쳤다는 것밖에 없었지만 신녀들에게 당한 기억은, 특히 자신을 잡아 모질게 매질을 가하던 기억은 지워지지 않았던 것이다.

“안녕히 계세요!”

자엽령은 인사를 꾸벅 하고는 더 이상 이곳에 있기 싫은 듯 몸을 돌렸다. 그런데 그때 그를 부르는 울먹이는 소리가 들렸다.

“잠깐!”

심령장에서 급히 온 은소소였다. 그녀는 신녀 하나를 대동한 채 모습을 드러냈고, 자엽령의 발길을 멈추게 했다.

은소소는 자엽령에게 달려와 심통난 얼굴을 드러냈다.

“가지 마세요!”

자엽령이 피식 웃었다.

“가야 돼.”

“으음, 그럼 보고 싶으면 어떡해?”

“나중에 보게 되겠지.”

“그래도 보고 싶으면…….”

은소소는 자엽령의 눈치를 살피더니 손가락을 내밀었다.

“꼭 약속 지켜야 돼요?”

그러자 자엽령이 표정을 굳혔다.

그는 잠시 갈등해야 했다. 도망치기 위해서 그녀와 거짓 약속을 했을 뿐인데 그것을 언급하자 난감했기 때문이다.

‘에이, 애가 뭘 알겠어? 크면 기억도 못하겠지.’

생각과 함께 자엽령도 손가락을 내밀며 약속했다.

"알겠어."

"그럼 나중에 보고 싶으면 꼭 찾아갈게요."

"그래."

그들의 이상한 대화에 자개양은 의아함만 드러낼 뿐이었다. 하지만 마녀나 신녀들은 의아함을 넘어서 경악한 표정을 드러내고 있었다. 은소소가 자엽령에게 높임말을 하는 것이 기가 막혔던 것이다.

"잘 가요!"

울먹이며 손을 흔드는 은소소의 행동은 배가 점이 될 때까지 계속되었다. 헤어짐의 여운이 가시기도 전에 마녀가 의문을 드러냈다.

"약속이라니, 무슨 말이지?"

그러자 당돌한 은소소의 대답.

"나 엽령이랑 결혼할 거예요."

"……."

"……!"

"……?"

모든 사람들이 할 말을 잃었다. 한참 동안 은소소를 바라보던 마녀가 다시 궁금증을 드러냈다.

"그런데 령아와 언제 그렇게 가까워졌느냐?"

"소꿉놀이할 때부터요."

"소꿉놀이? 호호, 그런 걸 엽령이랑 했단 말이냐?"

마녀는 깔깔 웃었다.

"네. 그거 하려고 얼마나 힘들었는데."

"힘들어?"

은소소는 고개를 끄덕였다.

"맨날 엽령의 부탁을 들어줬어요. 안 하면 소꿉놀이 안 해준다고 해서."

이번에는 손모가 나섰다.

"부탁이라니요?"

"아이들 때려주는 거하고, 저기에 보따리 숨기는 거하고, 창고에 불 지르는 거."

"하하하하하!"

잠시 멍해 있던 마녀가 갑자기 배를 감싸 쥐고 웃기 시작했다. 그러면서 이제는 사라진 배를 보더니 미소를 지었다.

"어린아이가 어떻게 그렇게 철저할 수가 있지? 정말 영악한 아이로구나. 차라리 손모가 말할 때 들을 걸 그랬어."

손모가 물었다.

"무슨 말씀이십니까?"

"그때 그랬지 않나? 저 아이를 제자로 삼는 것이 어떻겠느냐고. 영악한 거나 무공의 자질이나 모든 게 내 마음에 쏙 드는 녀석이야."

"제가 그랬나요?"

손모도 따라 웃었다.

『공간참』 2권에 계속…

청 어 람 신 무 협 판 타 지 소 설

최고의 신무협 작가 『설봉』의 최신작!

다시 한 번 당신을 잠 못 들게 만들
불후의 대작!

사자후(獅子吼) / 설봉 지음

깊게 깊게 빠져드는 몰입의 세계!
온몸을 전율케 하는 짜릿 듯한 강렬함을 느낀다!

그에게서는 묘한 악취가 풍겼다. 그가 창을 겨눴을 때……

화염이 이글거리는 눈동자를 보았을 때……

비로소 악취의 정체를 짐작해 냈다.

피와 땀이 켜켜이 쌓여 자연스럽게 뿜어져 나오는 살인마의 냄새.

그는 허명(虛名)을 좇아 비무를 즐기는 낭인(浪人)이 아니라 야성(野性)이 살아서 꿈틀거리는 진짜 살인마였다.

투지가 끓어올라 활화산처럼 꿈틀거렸다.

그의 눈길을 정면으로 맞받으며 묘공보(妙空步)를 밟기 시작했다.

우리의 첫 만남은 그렇게 시작되었다.

- 환봉개(幻棒丐)의 회고록(回顧錄) 中에서 -

FANTASTIC
ORIENTAL
HEROES